愛情，不夠完美

Imperfect ..... Love

天羽　著

目　次
CONTENTS

楔子

回到小學六年級的班級旁，我蹲下身，手指輕輕滑過沾滿灰塵的磁磚。

又要開學了。他，還是沒有回來。

可能，他再也不會回來了吧。

關於年幼時期，那些美好的記憶，至今仍不停在腦中肆虐。就因為那些記憶美好得太過完美，才會讓人苦不堪言。因此，只要趁美好還沒變成完美前先加以毀滅，痛苦就會跟著消失。

所以，凡是美好的事物，毀掉就對了。

「妳又想起巫洛勛了？」傅子昂走到身邊，拽著我的手將我拉起，「三年了，成天在我身邊想著別的男人，妳有沒有考慮到我身為男朋友的心情？」

傅子昂，小學六年級認識的朋友，事發當天他也在場。我們升上國一後，他要求和我交往，而我也答應了。

可是，這個交往有個前提，他必須忍受「我無法忘記巫洛勛」這件事，那時的他，也毫不猶豫地同意了。

只是時間一久，任誰都會忍受不了的吧。

「我要回家了。」一扳開他的手，我轉身朝樓梯走去。

「蘇曦柔。」傅子昂站在原地，冷眼瞪著我，「我受夠了，我們分手。」

「嗯。」回過頭，沒有任何情緒起伏，我答應了。

一個人、兩個人，都無所謂了。

「嗯！」傅子昂的脾氣瞬間爆炸，他衝上前扭住我的手，「交往三年，聽見我說分手，妳就一個嗯？」

「不然呢？」我冷眼瞅著他，「你要我一哭二鬧三上吊？」

「妳從沒喜歡過我，對吧？」傅子昂的怒火越燒越旺，他此時的淡定，不過是在等沸騰的時機。

「重要嗎？」

沒有什麼值得留念，別把事情變得太完美，會痛苦的。

「蘇曦柔這算什麼！我還不足以讓妳忘記他嗎？」傅子昂霍地甩開我的手，失去平衡的我，霎那往後倒去。

「小曦！」

失重的瞬間，我看見傅子昂撲空的手。右腳踝一拐，在重摔地面之前，一雙結實的手臂恰巧接住了我。

仰起頭，接住我的是個年紀和我相仿的男生。他頭戴棒球帽，脖子上掛著耳罩式耳機，明明是休閒的裝扮，在他身上卻特別有型。

「謝謝。」

「小曦，妳有沒有受傷？」傅子昂緊張的衝到我面前，那個男生卻伸手擋住了他。

「你幹嘛？」傅子昂不悅地瞪著他。

「你們分手了，她現在不是你女友。」不顧我的意願直接背起我，抬眼，他對正要動手搶人的傅子昂嚴肅道：「你沒資格保護她。」

「說什麼鬼話！」

「傅子昂，我們分手了。」單憑一句話，我成功阻止傅子昂動手。

離開我，對傅子昂來說才是好的。我是個會破壞所有的人，不值得誰喜歡。

「放我下來。」遠離了傅子昂，我對著他說。

「別逞強，妳的腳受傷了。」他回過頭，對我露出溫柔的笑顏，「我揹妳回家。」

這笑容……好像巫洛勛！

「怎麼了？」他輕笑。

「沒有。」

不可能，如果他是巫洛勛，剛才聽見我的名字肯定就知道是我了。更何況，巫洛勛那麼恨我，才不會出手救我。

「沒關係嗎？」

「什麼？」

「剛才那個男生。」他的聲音淡淡的，很溫暖，卻讓人感到一絲心痛，「就這樣分手，不難過嗎？」

沉默，我不想多說。

「好吧。那至少該跟我介紹妳的名字吧？」沒有因我的不理睬動怒，他還是保持同樣溫柔的淺笑。

「不需要，我是個會毀掉所有美好的人。」

這麼溫暖的一個人，還是別太接近我的好。

「不太懂。」

「人會痛苦，是因為美好太過完美，只要將美好毀滅，痛苦就會消失。所以，凡是美好的事物，毀掉就對了。」

嚇了一跳，連我都不曉得自己為什麼會無意識對他說出這些，這些在巫洛勛離開之後，我所信奉的不完美哲學。

他不再說話了。

「今天謝謝。」回到家門口，我倚著鐵門道。

還真的整路讓他揹回來了。

「我還是想認識妳，因為我不認為自己有多完美。」燦爛的笑容在他唇邊綻放，他朝我伸出手，「我叫邵陽。」

我靜靜望著他，沒有動作。

果然，不是巫洛勛。

「呃，好像太突然嚇到妳了，可是我不會放棄喔。」戴上耳機，他朝我揮揮手，「希望我們是同個高中，掰掰。」

用毛巾包住少許冰塊，我坐在沙發上冰敷紅腫的腳踝。要是逞強走回來，肯定會變得更嚴重吧，多虧了他……想到這，我無奈莞爾。

同個高中，哪可能。

第一章——重疊的記憶

揀了教室最後一排最後一個座位，我靜靜打量周遭的生面孔。新生訓練被颱風打亂的我們，開學當天才正式見到班上同學，難免在不安中帶著些許雀躍，除了我。

對我而言，這不過就是個新環境，沒必要去認識誰，反正那些人最後也會成為路人，放太多感情進去，最後傷的只會是自己。

一個眉清目秀的男生走到我前面的座位，怯弱地問了句：「請問這裡有人坐嗎？」

我搖搖頭，懶得與他多說。

就在我趴到桌上準備補眠時，出現在教室裡的男生瞬間吸引了眾人的目光。

不會吧，真的同校還同班。

「是妳！」他跑到我面前，笑容滿面的對我伸出手，「現在該告訴我妳的名字了。」

對於他的熱情，我沒有伸出手，只是淡漠地望著。

位處教室角落還趴在桌上的我，有那麼好發現嗎？

「那女的怎麼回事，那麼高傲。」

「就是，太陽王子都願意和她握手了她居然不領情。」

幾個女生壓低音量談論，以為聲音小了就沒人聽得見，卻忘了背地裡的聲音，才是傳得最快的言論。

識趣地收回手，邵陽坐上一旁的空位，撐著下巴，眼神滿是溺愛。

「有事嗎？」我問。

這神情，和巫洛勛好像。

「沒有。只是覺得妳越看越可愛。」

可愛？

升上國中後，就再也沒人說過我可愛了，但現在，只見過兩次面的他，居然說我可愛。難不成是目睹昨天的事，所以在同情我嗎？

「不要隨便同情我。」我淡淡的說。

「不是同情，我是真心覺得妳很可愛。」撓撓頭髮，他靦腆笑著：「其實，我還蠻開心你們分手了。」

怪人。

接下來，開學典禮、掃地，邵陽總繞在我身邊轉，甚至連座位都抽到一塊，惹得一些女生頻頻吃味，卻又無可奈何。

即便說了五句我才會搭理一句，邵陽仍鍥而不捨的主動與我攀談，可他越是靠近，我就越不懂他放棄一大片花叢的動機。

如果是因為名字，他早就從老師口中得知，根本不必多此一舉。如果是因為同情，他對我的態度卻沒有任何憐憫，反倒像是久未聯絡的朋友。

除了覺得他很像巫洛勛給人的感覺之外，我們……曾經見過嗎？

只要邵陽出現，這個問題總會浮上心頭。想著想著，星期五放學，我竟然不小心坐錯車，急忙下車後，才發現我跟這個地方一點也不熟。

可惡，都是那該死的邵陽，成天在我耳邊嗡嗡嗡，連思緒都被他影響了。

無奈的，我走到對面站牌等車，正要戴上耳機時，卻瞥見有個似曾相識的身影在對面的公園裡。

是開學那天坐在我前面的男生，在他對面，還有一個穿著女校制服的女生。

沒想到他也有女朋友。

微揚起嘴角，我掛上耳機，按下音樂的同時，那個女生竟撿起地上的石頭往他身上砸。

這驚恐的一幕瞬間推翻他們是男女朋友的臆測，而當我反應過來時，已經穿越馬路來到距離他們不遠處。

周圍路過的三三兩兩總會多瞄他們幾眼，但對於他的遭遇，卻沒有人願意挺身而出。

這樣的現象並不能怪社會冷漠，而是太多古道熱腸的人，最後落得狗咬呂洞賓的下場。

其實，平時的我也不會管這種閒事，但不知道為什麼，看他抿緊唇、眼光泛淚，悶不吭聲承受欺凌的模樣，我就是想站在他面前保護他。

肩上的書包在空氣中俐落劃過圓弧，我擋在他面前，將她丟出的石頭以雙倍的力量揮回去，不偏不倚砸中她攻擊人的手。

「好痛。」摀住重擊的地方，她不顧形象的破口大罵：「哪來的神經病？」

我冷瞪她一眼，「有話不能好好說嗎？」

「我跟這賤人的事不用妳管，再插手小心我讓妳哭著回去找媽媽。」

拿下耳機，用手指通了通耳朵，我絲毫不把她的威脅放在心上，「你們學校學生的素質都這麼糟糕嗎？」

她朝我的方向啐了口痰，開始拿起手機討救兵。

後方的他忽然拽住我的手臂，吹彈可破的肌膚不免露出慌張的神情，「蘇同學，妳快走，她要叫人來了。」

「無所謂。」

仔細一看，這個男生，簡直比女生還漂亮。

「我已經叫人來了，妳最好快滾。」那女生放下手機，惡狠狠的說。

「他到底做了什麼讓妳非得要動手？」嘆口氣，我問。

「他隱瞞自己是同性戀的身份玩弄我的感情，這樣不該對他動手嗎？」她故意要讓所有人都聽見似的扯開嗓子大喊：「同性戀最噁心了。」

轉過頭，他垂著頭不做任何解釋，只有閃著委屈的眼淚直直摔落地面。

先不管性向如何，如果是感情世界的問題，外人插手……好像不太好。

「交往前，我也不知道自己是……」在我準備開口要她冷靜下來好好談時，後方傳來微小又顫抖的聲音，「我確定自己的性向後就誠實的告訴她，也跟她道歉了，可是……」

無助的聲音，讓我無法就此拋下他不管。他大概也覺得對她有所虧欠，才會站在原地任憑她羞辱吧。

暗自在心底嘆了口氣，既然都插手了，就幫到底吧。

「他也是人生父母養，有必要因為性向不同就動口又動手嗎？」我冷語著：「交往期間，他也沒對不起妳吧？」

「哼！誰叫他是同性戀，想到他以前還跟我牽手就覺得想吐。」她瞥了一眼我身後的他，「我最討厭這種噁心鬼了。」

「聽妳說這些我才噁心。」我豎起目光往她的方向掃去，「如果妳不懂什麼叫尊重，我來好好教妳。」

「妳想對我親愛的做什麼？」身後傳來的愉悅男聲，冷不防使我愣住。

連搭錯車都能遇到。這個人是鬼嗎？

他的出現立即讓她陷入花癡世界，眼神閃亮、雙頰紅潤，幾乎忘了前一秒才被我的氣勢嚇得倒退。

唉……又是個只看臉的女生。她之所以會跟我身後的他交往，大概也是因為他的顏值高吧。

這樣的女人，被騙也是活該。

風輕輕掠過身邊，邵陽含笑走到她面前，用食指抬起她的下顎，「嚇到妳了。」

居然在公開場合撩妹……邵陽這個人，果然輕浮的看見女生就想上前撩一下。

「沒、沒有。」那女生的臉幾乎紅透了，「你是太陽本人嗎？」

「正是。初次見面妳好，我美麗的粉絲。」邵陽抬起她的手，在手背上輕輕印下一個吻。

我的天，這什麼神展開……

「看來沒事了。」我轉身，對早已愣住的他說。

我可不想待在這麼微妙的氣氛下。

「這位同學請等一下。」很不幸的，邵陽早一步發現要逃跑的我，還出聲把我喊住了。

「你又想幹麻？」回過身，我無奈道。

站在原地一臉無奈，邵陽筆直朝我走來，接著擦過我身邊，帶著微笑來到他面前。

我正想問他要做什麼，他卻讓在場的人無一不愣住。

這、這什麼情況？他們兩人，竟然嘴對嘴了……

看他倏然漲紅的臉，邵陽不免輕笑揉揉他的頭髮，對著幾乎石化的女生說：「如果是我親他，妳還會覺得噁心嗎？」

邵陽這是在……幫他？

「每個人都有自己獨特的性格，即使不喜歡也請妳尊重。因為得不到就把氣發洩在對方身上，這樣也未免太幼稚了。」

前一秒被捧上天堂，下一秒即摔入地獄。雙倍的羞辱氣得她臉一陣青一陣白，卻無法對邵陽進行反擊。

「請不要再用妳那無知又可笑的藉口來欺負宥澄，要是再有下一次，我會生氣的。」邵陽扳起臉，態度比往常都要嚴肅。

我好像，有點錯怪他了。

救兵只有一個男人，在她快被氣昏時趕到，聽不清她說了什麼，但那男的立即不分青紅皂白的衝向我們。

破綻真多。

「讓開。」我說。

一瞬間，我已將那個男人摔倒在地，右手指甲抵著他的頸動脈冷語：「還想要命的話就別掙扎了。」

他以要將我生吞的憤怒瞪著我，「妳竟然讓我在女神面前出糗。」

「不想出糗就別學人逞英雄。」我放開他，拾起掉落在地的書包，用力拍掉沾染在上頭的灰塵。

「不走嗎？」我好心提醒被我嚇到魂不守舍，甚至差點石化的兩人。

唉……這人到底為什麼破綻百出還硬要出手啊？

停下腳步，丟下書包，轉身，揮拳，他的鼻粱不偏不倚撞上我出了全力的拳頭，兩注紅流直滾而下。

「別再讓自己更難看了。」再次撿起書包，我勸道。

要是他再來，我就不會手下留情了。

「帥！」遠離了那兩個人，邵陽對我比起大拇指。

我聳肩一笑。

不曉得為什麼，對於他此刻的稱讚，我有點開心。

「謝謝你們幫我。」他扭緊手指，小聲的向我們道謝。

「你受傷了，先來我家擦藥吧。」邵陽輕笑，「曦柔也一起來。」

「不用了。」我還要想辦法搭車回家。

「我也不用了。」他低頭道。

走在我們中間的他，全身都在顫抖著。

真是的，他這模樣好像剛從虎口逃脫的小羊。

「去他家擦藥吧，我們一起。」

看看我又看看邵陽，他猶豫許久才終於應聲：「嗯。」

「蘇曦柔，叫我小曦就行。」伸出手，我兀自向他做自我介紹。

我好像很久很久，沒有主動說出自己的名字了。

「我、我叫鍾宥澄，請多多指教。」握上我手的前一秒，他像觸了電似的縮回，只見他低下頭，泫然欲泣的說：「妳還是不要跟我握手的好。」

「想到他以前還跟我牽手就覺得想吐。」

是那句話吧。

「吵死了。」我主動握住他垂下的手，在那瞬間，他居然連肩膀都僵硬了。

欲言又止的他，配上像機器人的生澀舉動，不禁讓我會心一笑，「放輕鬆，我不吃人。」

「不跟我自我介紹也從沒牽過我的手，蘇曦柔妳很偏心。」邵陽噘著嘴，神情滿是哀怨。

「你不就知道我的名字了？」

「又不只有我，宥澄也知道。」

「……」這男人任性起來簡直是小孩。

見我不理他，邵陽幽怨瞪我一眼，加快腳步走到前方，顧自生著悶氣。

「這樣好嗎？」宥澄擔憂問道。

「無所謂。」

大不了以後不要有交集就好。

「可是邵陽同學好像很喜歡妳。」

這個又傻又天真的鍾宥澄，邵陽頂多是拐到神經才會拗脾氣，他怎麼能想到「喜歡」啊？

「進來啦！」領著我們進入公寓，邵陽打開七樓右邊的門，但他還是很不開心的努著嘴。

和想像中不太一樣，邵陽的家不大，擺設也不多，但深色木紋地板搭上溫暖的燈光以及淺色系的沙發，給人一份剛剛好的溫暖。

「隨便坐，我去拿醫藥箱。」把鑰匙隨手放到木頭桌面上，邵陽的身影很快消失在另一扇門後。

「邵陽同學的家好溫暖喔。」宥澄羨慕的說。

是啊，和他給人的感覺有點像。

我順手拿掉宥澄肩上的書包，「先脫衣服吧。」

「咦？」瀕臨絕種的純情美男子，此刻又再度紅了臉。

「要擦藥。」我無奈解釋。

「喔。」

眨了眨眼，宥澄慢慢解開身上的制服，當他露出香肩的霎那，提著醫藥箱回來的邵陽趕忙大喊：「喂，別在曦柔面前脫衣服。」

「我叫他脫的。」我拍拍被嚇愣的宥澄，「沒事，別理他。」

「我說不行就是不行。」幼稚鬼邵陽立即擠進我跟宥澄之間，用高出許多的身高巧妙擋住了我的視線。

這傢伙不也知道宥澄的性向嗎，到底在堅持什麼？

「那你幫他擦藥。」我不打算和邵陽僵持，轉身坐到沙發上，點開手機開始滑連載漫畫。

「嗚！」

「嘤！」

耳邊時不時傳來悶哼，宥澄很克制的不讓疼痛發出聲音，但這樣壓抑的他，反而更叫人心疼。

「真是的，下手也太重了。」邵陽一邊擦藥一邊唸著：「就算不會反擊也要會找庇護，以後有什麼事要我幫忙就直說吧。」

大半時間都很開朗，但遇到事情會很認真，也會用自己的方式挺身而出，不順他的意時，又會像小孩子一樣鬧彆扭。邵陽……我好像，越來越覺得他是個不錯的人了。

「好了。」闔上醫藥箱，邵陽不忘叮嚀：「回家洗完澡記得再擦一次藥。」不曉得是不是對邵陽的溫柔動了心，宥澄扭著手指，端正地坐在我身邊，有些羞澀又有些害怕。

不理會他，我繼續滑著我的少女漫畫。

「你們……不覺得我噁心嗎？」在邵陽邊伸懶腰邊走出來時，宥澄顫抖的問。

「你會覺得我們噁心嗎？」收起手機，我反問。

「當然不會，我很謝謝你們救了我。」全身都在顫抖的宥澄，幾乎無法清楚表達自己的想法，「可是……」

被人在公眾場合羞辱到渾身是傷，也難怪他會那麼不自信了。

「在我們的世界裡你的確不一樣，但在你的世界裡，我們不也不一樣嗎？」我握住宥澄顫抖的手微微一笑，「走在非主流的道路上本來就比較辛苦，但這不代表你要跟著主流來否定自身的價值。」

「沒錯。」邵陽坐到宥澄身邊，親暱地勾住他的脖子。突如其來的舉動嚇得他渾身顫抖，臉還在瞬間紅到冒熱氣。

「只是性向不同又沒有危害到誰，也沒有要特權要我們讓著你。」鬆開手半躺在沙發上，邵陽舒服的閉起眼，「少了理解就無法成為朋友了，不是嗎？」

「朋友？」宥澄難以置信地重複。

邵陽坐起身，笑容滿面地揉了揉還愣著的宥澄，「我去煮麵，你們留下來吃晚餐。」

「我不用了，謝謝。」揹起書包，我準備走人。

要不是為了鍾宥澄，我才不會跟著邵陽回家呢！只是，離開之前，我是不是該問一下這裡最近的公車站牌在哪裡？

「放心啦，我一個人住，不會再有其他人出現。」邵陽拉住我的書包，又回到他嘛嘴的小孩模式，「曦柔都偏心只對宥澄好。」

這個人……變化未免太大了。

只是，為什麼他也一個人住？

「邵陽同學沒跟家人住一起嗎？」

「叫我陽就可以了。」眼中藏有溫柔的波光，邵陽輕聲解釋：「家人在台北，我是為了某個人才到台南來唸書的。」

為了某個人而來台南唸書？

「那個人知道嗎？」

「不知道。」邵陽看向我，無盡的無奈裡卻處處充滿包容，「她忘記我了。」

怎麼回事，他笑容裡的那份無奈竟然揪緊了我的心。疼痛的感覺，和巫洛勛從我身邊消失的那刻相同。

雖然很像，但他，應該不是巫洛勛吧。

「想不到你有這種遭遇。」

「是啊，而且還被曦柔欺負，連留下來陪我吃晚餐都不肯。」邵陽放開我的書包，可憐兮兮的戳著手指，「反正我就是沒人喜歡的可憐蟲。」

這個人真是……

「不是要煮麵嗎？」我百般無奈地放下書包，「我來幫你。」

「不用，妳又不會煮。」

「我已經學會了。」

空間頓時靜默無聲，我們尷尬地愣在原地大眼瞪小眼，彼此心裡多少有些詫異和震驚。短短兩句對話卻像老朋友似的，早已摸透對方的底細。

這樣的默契，是巧合嗎？

「總之，妳負責吃就好。」率先反應過來的邵陽勾起唇角，手不忘溺愛地摸著我的頭，「宥澄，顧著曦柔別讓她溜了。」

我撇過頭，裝出比誰都要難搞的模樣，「不好吃我會直接走人的。」

「我對自己的手藝有自信。」自負一笑，邵陽轉身走進開放式廚房裡。

撫著左胸口，我緩緩舒出一口氣。心中的悸動彷彿藉由放大鏡擴大，一點點期待、一點點緊張、一點點曖昧的氣氛，都把我帶向心跳加速的世界。

我怎麼會，對邵陽的舉動感到心跳？

「小曦，我可以靠近妳嗎？」稀有種宥澄膽怯又害羞的問。

「嗯。」

挪動屁股來到我身邊，宥澄漾開融化人的笑容說道：「在小曦身邊果然很安心。」

但，他還是和我保持著一隻手掌的距離。

「在邵陽身邊不安心嗎？」

這句話，連我也不曉得為什麼。

「很安心。只是，我還沒辦法像小曦一樣泰然的面對他。」

「你喜歡邵陽？」確定邵陽一時半刻還不會出來，我淡淡問著。

搖搖頭，宥澄的笑容有些靦腆，「他就像太陽，閃閃發光，是萬人追隨的對象。這樣的人，我能靠近就已經很不得了，喜歡他……對我來說太不切實際了。」

如果不是喜歡，那為什麼不能自然的面對他？

只是，我並不打算得到這個問題的解答。畢竟，再追問下去，就不像現在的蘇曦柔了。

抿抿唇，宥澄主動告訴我那個被我理智強迫中斷的答案，「我想，大概是我發現自己的性向後，還不習慣和男生相處吧。」

如果是這個問題那太簡單了，只要……

「把他當女的就好。」我毫不猶豫的說。

「說的也是。」愣了半晌，宥澄掩嘴，咯咯地笑著。

閉上眼，我安靜地靠在沙發上。

到底是因為這裡是邵陽家還是鍾宥澄在身旁，本該保持高度警戒的身心，竟然緩緩地放鬆了。

「曦柔姊姊！」甫開門，還背著書包的洛遙興奮地撲到我身上，左右晃了幾下。

小學五年級正值女孩子的成長期，雖然巫洛勛的身高跟我差不多，但小我們兩歲的洛遙，身高很明顯只到我的腰際。

「笨洛遙，你背著書包撲曦柔姊姊，她會受傷的。」巫洛勛牽著腳踏車走來，笑容裡滿是無奈。

「你怎麼會來？」我驚喜的問。

「我可以進去嗎？」

「當然可以。」

放下書包的洛遙又再次跑過來抱住我，「哥哥說，姊姊的爸爸媽媽今天會很晚回來，我們是來保護姊姊的。」

「真的嗎？」聽到這，本來要一個人看家的恐懼全消失了。只是，想起什麼的我，卻擔憂的望向巫洛勛，「你們不回家沒關係嗎？」

「我才不想回家。」洛遙嘟起小嘴，滿是不悅。

「沒關係。」巫洛勛簡單應了聲，隨口轉移話題，「吃晚餐了嗎？」

我搖搖頭。

似乎早就料到我的反應，巫洛勛拎起手上的袋子晃了晃，「介意我煮晚餐嗎？」

「你會煮飯？」我驚訝不已的瞪大雙眼。

「當然，哥哥煮的飯是全世界最好吃的。」洛遙很認真地向我闡述著他對巫洛勛的崇拜。

「哪有那麼誇張。」巫洛勛溺愛地摸著洛遙的頭，轉頭問我，「蛋包飯好不好？」

「好，我來幫忙。」

自己煮晚餐是我從沒有過的初體驗，總覺得心裡的興奮多到快滿出來。要是我成功了，爸爸媽媽一定也會很驚訝的。

誰知道，蛋才剛從洗碗槽離開，就迫不及待的要和地板做親密接觸，哪怕粉身碎骨也在所不惜。

「有沒有受傷？」巫洛勛連忙關火，緊張的來到我身邊。

我搖搖頭。

盯著地板上破碎的雞蛋，心裡那份初嘗煮飯的雀躍也跟著碎裂。哽咽地，我輕輕說：「對不起。」

「沒受傷就好。」巫洛勛牽著我的手，跨過雞蛋屍體來到客廳，「妳幫我陪著洛遙好嗎？我這個親哥哥的魅力還沒有妳這個曦柔姊姊大呢。」

「哪有這回事。」一直苦著臉的我，終於被巫洛勛的反應逗出笑容。

「對嘛，這樣笑才可愛。」巫洛勛要洛遙來帶我去看電視，自己則又轉身回到廚房裡忙。

巫洛勛那時小小的背影，卻在我最不安的時候，撐起了我的全部。

「即使困難，仍渴望擁有一份真心相待的感情。小曦，這樣的我，會不會太愚蠢了？」回憶中，我聽見宥澄的聲音，不自信到幾乎一碰就碎。

凡是完美的事物，毀掉就對了。

這樣，即使當下痛苦，也不會再有人受傷。

信奉不完美主義的我，該怎麼回應宥澄在絕望中對我的期待？我沒有辦法，在此刻打碎他夢想中的完美。

「好了，開飯！」說時遲那時快，兩手捧著三個盤子從廚房走出來的邵陽無意中解救了我。

跟著起身，坐上餐桌的我，愣盯著飯桌上的盤子。

蛋包飯？

邵陽把湯匙塞進我手裡，對我揚起微笑，「開動吧，保證好吃。」

「好特別喔，上面淋的是起司醬耶。」

宥澄的聲音就像背景音樂，我沒有對他的驚奇產生任何想法。挖了一口邊邊的蛋放入口中，當味蕾觸碰到記憶的瞬間，彷彿有東西在我嘴裡炸開，那份來自過去的回憶，差點逼出我的淚。

「洛遙，來幫我端一下晚餐。」過了大半個小時，巫洛勛在廚房喊著。

怕再度幫倒忙的我，這次選擇乖乖地坐著，等巫洛勛把蛋包飯放在我面前。

「哥哥，為什麼不加番茄醬？」率先開動的洛遙，吃了一口之後卻嘟著嘴，表情很不開心。

「因為曦柔姊姊不敢吃番茄醬。」巫洛勛摸著洛遙的頭柔聲安撫：「哥哥這次加了起司醬，拌在飯裡味道也很好喔。」

「嗯。」小小年紀的洛遙，很快就懂得體諒我的挑食。

「謝謝。」我感激地笑著。

雖然不曉得巫洛勛是怎麼得知我不敢吃番茄醬這件事，但他的細心與體貼，再次成為我安穩的依靠。

「這蛋的味道好特別。」嘴裡還咬著湯匙，我興奮地眨了眨眼，驚喜的模樣溢於言表。

「我用麻油下去煮的。」巫洛勛不好意思的笑了下，「因為我只找到這種油。會很難吃嗎？」

「一點也不，超好吃的。」

「這蛋的味道好特別。」

「麻油。」還處於過去狀態的我，無神地回答著。

「妳吃出來了？」邵陽的表情比以往都要開心，注視我的眼神裡，似乎還帶著一點冀望，「是因為過去有吃過才吃出來的嗎？」

像小狗一樣雙眼充滿光彩地望著我，好似期待著那不能說出口的內心。

「為什麼是起司醬？」我的嘴唇，有那麼一點顫抖。

「為什麼？」邵陽歪著頭，不能理解地說：「前幾天中午的番茄炒麵妳一口也沒吃，難道不是因為不喜歡？」

他……發現了。

宥澄放下湯匙，驚訝地眨眨眼，「小曦不吃番茄嗎？」

「不是太喜歡。」

「看吧，我的觀察力可不是一般人喔。」洋洋得意的，邵陽的鼻子都快翹到天上去了。

不是的，邵陽和巫洛勛完全是兩個不同個性的人。世界上巧合的事本來就很多，但不是每個人都能遇到那些巧合，真正遇上了，才會覺得難以置信。

「你的觀察力都是用來偷窺嗎？」吞下方才過於彰顯的情緒，我冷冷地回了句。

「什麼偷窺，這叫關心朋友。」

「我還沒答應要跟你當朋友。」

「無所謂，反正我認定妳了。」

「噗。」觀戰的宥澄不禁笑出聲，「你們兩個真好玩。」

「我很認真，沒在跟他玩。」

「我很認真，沒在跟她玩。」

僵持幾秒，邵陽忍不住先笑開，「蘇曦柔，妳果然夠可愛。」

「神經。」然而奇怪的是，我的嘴角，竟也跟著揚起淺淺地弧度。

再挖一口放進嘴裡仔細地品嚐，蛋裡面包著的不是飯，而是麵。

只是蛋嚐起來的味道雷同，混著起司醬的刺激也相似，整體感覺起來還是不太一樣。大概是我太過思念當時的記憶，或者是我早已忘記當初的味覺，才會嚐到了一點點類似，就以為重新遇見了他。

冷靜點吧，蘇曦柔。

「謝謝招待。」最後一個吃完，順手到連自己都覺得詫異，我幫忙收了他們的盤子。

「放著就好，我媽不在不用當乖媳婦。」邵陽跟著我進到廚房，靠在牆邊打趣地說。

「我才不打算當你家媳婦。」我把盤子全放進洗碗槽裡泡水，擦乾手上的水滴，遵照邵陽的指示走了出來。

「小曦，妳沒事吧？臉好紅。」宥澄一看見我，立即緊張兮兮的湊上前問。

「沒事。」我背起書包，故作冷漠的說：「我要回家了。」

天啊，我居然會因為邵陽的玩笑臉紅，真想一頭撞進牆裡。

「時間晚了，我送妳回去。」

「你送這隻回去比較實際。」我把宥澄抓到邵陽面前，「別趁機對他下手就好。」

再怎麼看，也是宥澄比我更需要保護。

「你家離這裡多遠？」邵陽先發制人拉住我的背帶，控制住我的行動後，才悠然的和宥澄談話。

這個人，真是聰明到我很想給他一拳。

「走路大概十分鐘。」宥澄靦腆的笑了下，「陽，你送小曦回去吧。」

「送她回去是一定的，從這裡到她家用走的可要一個多小時。」邵陽對我說道：「先一起送宥澄回去，我再送妳回家。」

「我可以自己回去。」

在他們面前能徒手壓制男人的我，看起來像需要被保護嗎？

「可是，這次再搭錯車，我就沒辦法救妳了。」

瞇起眼，我銳利的視線掃過邵陽，「你跟蹤我？」

「只是剛好跟妳搭同一台車而已。」邵陽露出無害的萌寵模樣，彷彿我把全世界犯的錯都算到他頭上似的。

知道我搭錯車還躲在一旁有趣地觀察，這個邵陽，根本就存心來看好戲的啊！

「曦柔不說話就代表同意了。」無視我憤怒的目光，邵陽開心地把我的書包拿走，「宥澄帶路。」

星光寥寥，月色朦朧，街道上熾白的路燈令人眩目。邵陽單手牽著腳踏車走在最外側，心情極好地哼著歌。宥澄走在最靠近牆的那邊，嘴角揚著不易察覺的幸福。我則是默默走在他們之間，心中沒來由地湧上些許溫暖。

本是被強迫的一同前行，卻意外讓我有了被保護的感覺。

我不討厭，甚至可以說是……喜歡這種感覺。

「謝謝你們送我回來。」宥澄在家門口對我們揮揮手，「路上小心。」

「下星期見啦。」邵陽單手抓著腳踏車掉頭，修長的腿俐落一跨，成了一腳踩踏板一腳踏地的等待姿勢。

男生……都這麼會耍帥嗎？

「蘇曦柔，上車啦。」邵陽以時速五的速度，歪歪扭扭的騎在身旁。

「綁架我的書包不夠，現在還想綁架我？」斜了他一眼，我淡然。

我的書包從被他拿走的那刻開始就一直乖巧地斜躺在他肩上，他也不覺有異的揹著，說不定連他自己都忘了主人不是他。

「妳又不讓我綁。」噘起嘴，邵陽小聲嘀咕著。

停下腳步，我無奈的嘆息，「你沒停車怎麼綁？」

雖然不想妥協，但這附近我本來就不熟，還被他左彎右拐走小路離開宥澄家，搞得我都分不清東南西北了。

「對喔。」邵陽慌忙在我身邊停下，必恭必敬的說：「公主請上車。」

側坐在後頭，我找到平衡點之後即放開扶著座椅的手，「可以騎了。」

「天色那麼黑，不會有人發現妳吃我豆腐的。」邵陽含笑將我的手拉過，放到他的腰際上，「這樣才安全。」

「到底是誰吃誰豆腐。」我撇過頭，手卻乖乖地放在邵陽腰上，隨著他踩動踏板跟著小幅度上下起伏。

風涼涼的撫面而過，邵陽身上，有股淡淡的清香。

新學期、新環境，即使想把自己隱形，卻還是遇上邵陽這樣的人。如果說，這是走向完美的路程，那我必定在這之前，將這些完美毀滅。

美好的事物，毀掉就對了。如此一來，才不會再有人受傷。

「速度會不會太快？」邵陽轉過頭來，神情語態無一不溫柔。

我搖搖頭，沒有答腔。

和有旁人在場的時候不同，邵陽那只為我綻放的溫柔，強大到令人難以忽略。

為什麼待我如此溫柔？我們，不過才認識不到一個星期。

「為什麼想靠近我？」我開門見山的問，手卻不自覺抓緊邵陽的衣服。

「妳想聽真心話還是場面話？」

我彷彿看見邵陽那微微勾起的唇角，帶著一點哀傷、一點期待、一點無奈的色彩。

「真心話。」不該有答案的題目，我卻還是做出了選擇。

「我喜歡妳。」邵陽的語氣，淡得有如空氣裡的塵埃，「喜歡到，連我自己都不知道該怎麼辦。」

臉一熱，我愣在後座，空白的大腦，唯有夜風吹過的聲音。

邵陽瘋了嗎？還是，他是那種只認識幾天，就能輕易和女生說喜歡的人。

他，會是這種人嗎？

「那，場面話呢？」壓不住內心的慌亂，我顫抖的問。

巫洛勛的指責早就將我的心吼碎了，我早該對這種話有免疫力的。臉紅、慌亂、不知所措……這些不該存在的情緒，發生了，全是因為那個人是邵陽。

在邵陽面前，我好像，越來越不像我了。

「妳很可愛，想要更認識妳一些，才能跟妳當朋友。」邵陽輕笑，「這種帶有目的性的撩妹話術，妳聽到不想聽了吧。」

「我寧可相信後者。」努起嘴，我有些抱怨的低語。

「曦柔。」風輕巧地，從前方捎來他溫柔的嗓音，「妳有喜歡的人嗎？」

喜歡的人？

記憶中的巫洛勛……算嗎？

「我在等人。」

只是想問清楚他當初丟下那句話轉身就走的含意。這樣的等待，應該算不上喜歡。

「誰？」

「一個曾經傷害過我，卻也曾經打開我世界的人。」

「前前男友嗎？」

「或許算吧。」

想不到，陪了我三年的傅子昂，都得不到我關於這方面的回答，纏著我幾天的邵陽，卻輕易得到了。

「我有可能，取代他嗎？」邵陽的聲音，難得的不自信，「算了，妳還是別告訴我答案。」

邵陽的告白，好像不是在開玩笑。

在芽還沒萌發以前直接燒毀，對他才是最好的吧。

「我曾說過，只有不完美，才會讓人覺得不那麼疲憊。」抿著唇，我思索著這刀要從哪裡劃下。沾滿鮮血的雙手，再多這筆也無所謂。

「嗯。」邵陽輕哂，「但是，我沒妳想像中完美。喜歡妳這件事，即使美好，卻從沒有過完美。」

聽到這，我不免愣住，「什麼意思？」

「意思是，不用妳出手，我早就受重傷了。」

微微低下頭，我不知道該怎麼繼續談論這個話題，更聽不出邵陽話中特有的含意。

受了重傷，卻還是執意要喜歡我。

如果這些都屬實，那他還真是笨死了。

「到了。」

「謝謝。」我跳下腳踏車，朝他伸出手。

把書包遞給我的同時，邵陽俯在我耳邊小聲地問：「漆黑一片，妳家又沒人嗎？」

「嗯。」

「要我陪妳等家人回來嗎？」

「習慣了。」

「好吧。」

「曦柔，妳可以進續前進，但不要躲我。」邵陽此刻盯著我的眼神，陌生的，卻又熟悉的，讓我有些無所適從，「即使妳在的地方是我到不了的距離，我也會努力走向妳的所在地。」

這……為什麼感覺，他認識我好久、好久了。

見我發愣，邵陽情不自禁地揉了我的頭髮，「我在這邊等，確定妳五分鐘後沒出來再走。」

掛在他唇邊的，是那以我為中心的溺愛微笑。

「不用那麼麻煩。」

可是，心，熱熱的。

「這是我的堅持。」

點點頭，我輕聲道：「再見。」

回到房裡打開電燈，我站在窗簾旁邊偷偷往下看，邵陽果然還坐在腳踏車上等待，唯一改變的，就是他把耳機戴起來了。

沒來由地接近我，無論我給他碰了多少釘子，他仍帶著笑容給我溫暖。他跟宥澄說，他是為了某個人才來台南唸書，可是剛才他又告訴我，因為喜歡我，他已經傷的很重。

離開前，他還不忘把視線轉向整棟房子唯一的亮光，也就是我房間的方向，嚇得我急忙轉身立正貼在牆壁上。

直到他的背影消失在黑暗中，我才離開窗戶，走進浴室洗澡。

比我還要矛盾的邵陽，他的出現，到底是偶然還是安排？這樣和他接觸，真的不要緊嗎？

第二章——因為是妳

白雲點綴，悠悠飄過藍天，晨間的太陽不再如盛夏熾熱，撫面而來的微風，帶著一點青春的氣息。松鼠在樹間嬉鬧跳躍、鳥兒在葉間穿梭飛翔，學校少了平常的喧囂，多的是那份自然的生命力。

早上沒什麼人的校園，真不錯。

從後門走進教室，書包掛上桌子右邊，我肩膀一垂，腰一彎，馬上把頭埋進桌子裡睡覺。

累死了，到底是哪根筋不對，居然會看錯時間。

「曦柔應該也常看錯時間吧？」

可惡！絕對是邵陽害的。昨天講話就講話，還順便把我扯進去，害我今天真的早了一個小時到校。

記得最後一次看錯時間，是小學的事了。

邵陽……笨蛋。

昏昏沉沉的睡了好一陣，耳邊的竊竊私語逐漸轉變成高談闊論。真吵，學校還是沒人的好。

勉為其難的瞇開雙眼，右手撐起頭痛欲裂的額，當我注意到桌面上還有另一個人的時候，不免嚇了一跳。

邵陽……他正趴在我桌上，睡得比我還香甜。

這怎麼回事？

仔細瞧了下，他居然我行我素的把椅子搬來，還占了大半走道。

自己有桌子不睡偏要睡我的，真是敗給這傢伙了。只不過，看著邵陽的睡臉，我很難不去聯想我們趴在一起睡覺的畫面，感覺……怪溫馨的。

「唔……」邵陽揉著眼起身，見我正盯著他瞧，嘴角馬上勾起弧度。撐著臉頰，他以男朋友的視角對我呢喃：「早安。」

拜託，可以不要說的像我們倆在學校過夜一樣嗎？

不明的熱氣迅速爬上臉頰，為了不讓邵陽發現，我故作隨意地將視線轉向腕上的手錶，時間還沒到。

不管了，先逃再說。

強迫自己要神色自若地起身，離開椅子後，我快速走到宥澄面前，用指頭輕敲了兩下桌子，「打掃。」

「現在嗎？」正滑著手機不知道在跟誰聊天的宥澄抬起頭，有些困惑的問。

「對，就是現在。」

「我就說蘇曦柔有問題。無論我們陽王子怎麼獻殷勤，她就是喜歡去找鍾宥澄。」

「真的耶！鍾宥澄哪來的魅力跟我們陽王子比啊？」

「真不曉得陽王子為什麼那麼偏袒蘇曦柔。」

「妳們不要說了，萬一被陽王子聽到他會生氣的。」

真是夠了，左一句陽王子右一句陽王子，邵陽在她們心中那麼像羊群領袖嗎？

「太大聲了。」走過那群交頭接耳的女生身邊，我難得駐足，輕笑。

見她們在瞬間綠掉的臉，還有眼巴巴望著希望我別去找邵陽打小報告的模樣，就覺得可笑。

來到掃地區域，拿著掃把的宥澄不免苦笑了下，「小曦，妳在學校還是別太靠近我了。」

「我不在意。」我淡然。

無論被說什麼、被做什麼，只要那個人不是巫洛勛，我都不在意了。

「可是我很在意。」噙著隱忍至今的眼淚，宥澄哽咽地說：「從小，我就因為個性懦弱飽受欺負，小曦跟陽是我好不容易交到的朋友。陽有強大的背景撐腰，但是妳沒有，我寧可妳離我遠一點，也不要妳因為那些言語放棄我。」

「鍾宥澄，你太小看我了吧？」我丟下掃把冷語：「在你心裡，我是那種會在意別人言論而放棄你的人？」

「言論的壓力，足以殺死一個人。」宥澄顫抖的說：「我不希望我的朋友因此消失。」

「你現在說的話才會讓我消失。」語落，我轉身離去。

躲到回收場後方，抱著雙腳，我坐在草皮上靜靜仰望藍天。

安靜的，好像世外桃源。

成天被說三道四，拿來當茶餘飯後的消遣，宥澄的擔憂也不是沒有道理，他的出發點，只是想保護我們的友情。

只是，這麼美好的初心，終究毀在我手裡了。

斂下眼，無奈的微笑緩緩揚起。

果然，還是變成這樣。

沉重的鐘聲響遍學校角落，提醒學生的同時也驚擾了小動物們，非自然的定律告訴我，第一節課開始了。

還是先睡一會吧。

「妳果然在這。」躺平草地不久，耳裡傳來零星的腳步聲，以及邵陽平和的嗓音。

連這裡都找得到。這個人，真是陰魂不散。

撐起身子，陽光映在他臉上，邵陽瞇著笑眼來到我面前，同時手裡還拎著一隻驚慌失措的小動物。

「有事嗎？」嘆口氣，我問。

若是要我回去上課，想都別想。

「宥澄有話跟妳說。」

被邵陽推到我面前的宥澄，緊張的都快斷氣了，「小曦，對不起，我只是太重視妳了，才會跟妳說那些。」

「我知道。」

但是知道，不代表我同意他的說法。

「可以，不要跟我生氣了嗎？」宥澄淚眼汪汪的問。

我猶豫著，剩下一半的完好，該不該全部毀掉。但，看他全身微微發顫，眼角泛著淚光，一副受虐兒等待判刑的可憐模樣，我只好妥協地點了頭。

面對鍾宥澄，我始終狠不下心。

「嗚嗚小曦。」宥澄淚光閃閃的撲向我，在我懷裡啜泣著。

這個專為別人掏心掏肺的傻瓜。

「你的顧慮沒錯，的確有很多人會被流言左右，但我知道，也非常確定曦柔不是這樣的人。」邵陽的絕對，使我才清晰的腦袋又再次混亂。說的那麼肯定，好像認識我多久似的，更詭異的是，他的肯定，竟沒理由地讓我感到踏實與溫暖。

「我也曾害怕妳離開，可是妳沒有。」笑著，邵陽為我的困惑補充。

他越解釋，我越聽不懂了。

數一數，我們不也才認識半個月之久。

「你在作夢嗎？」想了許久，我終於找出一個最有可能的答案。

「或許吧。」他輕笑，「那是我這輩子最不願醒來的夢，可惜最後還是醒來了。」

那抹笑靨藏有無比的心酸，卻又帶著淡淡的溫暖，如往常邵陽貼心的反差舉動一樣，帶給人自在。

「時間到。鐘宥澄，不能再抱了。」邵陽又恢復平常的小孩子性，抓住宥澄的衣領將他拎起，「那些事我會找時間處理，你們只要待在我的保護下就好。」

「我不必了。」

這點程度還不足以動到我分毫。

「多學著怎麼當女生吧，傻瓜。」邵陽輕笑，也不管錯愕的我，直接躺到我原本要睡覺的草地上，「我要學曦柔蹺課睡覺。」

這話什麼意思，我在他眼裡不像個女的嗎？

「蘇曦柔，蹺課是妳起的頭，妳可不能溜喔。」在我甩頭跨出第一步時，邵陽悠哉的聲音，刺耳地晃進耳裡。

回過身，我憤怒盯著邵陽，他由然不因我的警告退縮，微睜一隻眼，嘴角的笑容特別曖昧。

雖然不悅，但我不得不承認，這樣的邵陽，好有魅力。

「小曦？」宥澄擔憂喊著。

「蹺就蹺。」抱著賭氣的心態，我躺到邵陽身邊閉上眼，「我要睡覺了。」

聽見隔壁急忙坐起身子而與草地發出的摩擦聲響，我的嘴角不禁微微揚起。

這個邵陽，表面上說的多灑脫，真正遇到了還是會害羞嘛。

忽然間，有個帶著溫度的東西覆到我身上，嚇得我連忙睜開眼。

嗚……陽光好刺眼。

單手斜撐著身子，抓起身上那輕飄飄的東西一看，是邵陽的外套。他本人早就躺回我身邊，毫無防備的閉起眼。

「把外套丟我這幹麻？」

「會熱。」他閉著眼，慵懶的回答。

「誰穿來的誰處理。」把外套丟回邵陽身上，這次躺下後，我背對著他蜷起身子。

在陽光的照射下，我的臉頰泛起些許紅暈。其實，邵陽的外套好溫暖，還有淡淡的洗衣精香。

我好像……不討厭這種感覺。

「曦柔？」過了一段時間，邵陽在我身後溫柔喊著。

見我沒反應，他再次將外套小心翼翼地覆上，望著我的背影，不禁輕嘆了口氣：「真是的，都不知道我的用心良苦。」

「陽，你對小曦很特別呢。」宥澄的語氣滿是溫柔，「是怕她會著涼才把外套給她的吧。」

心臟猛然一跳。我都不曉得，身上的外套，原來藏有那麼深的貼心。

「嗯。從見到她的第一眼就注定了，我會比任何人都要喜歡她。」邵陽莞爾，但嗓音卻充滿了苦澀，「只是，她有喜歡的人了。」

「咦？」

「不過，不管對方是誰，我都有把握能讓曦柔比喜歡他更喜歡我。」

以為我睡著了，才會那麼大膽的和宥澄說出那些，但其實，我只是累得不想撐開眼，本不該被我聽見的絕對，我全聽見了。

濃密的眉宇、高挺的鼻梁、如兩潭泓水的雙眸、性感誘人的唇瓣。靜靜望著男孩幾乎完美的臉部輪廓，我的內心，平靜的有如貝加爾湖。

邵陽，不可能的，連傅子昂都無法讓我放下巫洛勛，更不用說是認識不到一個月的你了。

我的世界是不容許有完美存在的，你的靠近，最後只會換來兩敗俱傷的結局。

「愛上我要說喔。」邵陽湊近身子，嘴角掛著的笑容有如太陽燦爛。

「為什麼堅持陪我回來？」為了掩飾被他牽引的心跳，我隨口轉了話題。

思忖片刻，邵陽對我眨了眨眼，「有兩個答案，妳想聽哪個？」

「都不想。」

「喂，哪有人這樣的，問我還不讓我說。」

我聳肩，一臉你奈何不了我的表情。

其實，不管是哪個答案，都改變不了我好像已經習慣他的存在。

「曦柔，我可以進去嗎？」到我家時，邵陽一反以往的問。

我狐疑地望著他。平常都陪我到門口就走了，今天怎麼會突然想進來？

「我不會做什麼的。」為了證明自己，邵陽趕緊舉手對天發誓，「妳不相信的話我現在馬上發誓。」

「不用了。」我打開門，「進來吧。」

進到屋內，邵陽少了那份初來此地的陌生，甚至他還站在原地，閃神進入他的回憶裡面。

「怎麼了？」

「沒有。」

「先坐吧，我去放個書包。」

回到房裡換掉一身青草味的制服，我的動作忽然停滯下來。我到底是怎麼了？面對邵陽，我居然沒有半點防備，甚至還同意讓他進來……

「要喝什麼嗎？」回到客廳，我隨意瞥了他一眼。

「不用，謝謝。」

等等，好像有哪裡不一樣。

T恤和牛仔褲……這不是學校制服。

「你換衣服了？」我詫異地問。

「嗯。」

「你哪來的衣服？」

「工作關係，習慣包包裡多帶一套衣服了。」

對此，我額上落下三條黑線。成天黏在我身邊，動不動就陪我回家，就算他有上班，也早就被開除了吧。

「對了，妳爸媽什麼時候回來？」

「今天不回來。」想了下，我含糊地說。

憑我們現在的關係，應該還不適合讓他知道我一個人住。

「那我晚餐前就走。」

我眨眨眼，一臉莫名其妙。

這個人，是來做什麼的啊？

發現我懷疑的目光，邵陽掛在唇邊的笑容變得異常溫柔，「妳不用管我，我只是想多點時間待在妳身邊。」

「說這種話，都不怕我把你當成變態？」

「我很認真欸。」捧著心，邵陽受傷的望著我，「曦柔好過分。」

「我這是正常人的反應。」

抓起一旁的抱枕，邵陽不再反駁，只是安靜地凝望我。

他的眼神，炙熱的快要將我灼傷。

我無法理解，邵陽為什麼總是想靠近我，無論我對他多麼冷淡，他仍然每天在我身旁轉，甚至沒有任何理由，就單純的在一旁看著我。

以他的條件，明明就可以待在原地，等著女生一個個投懷送抱。

「時間差不多，我先走了。」毫秒不差，邵陽依約在晚餐時間起身離開我家。

送邵陽出去，我看著他的背影，突然有種不想和他分開的衝動。

「喂。」撇過頭，我紅著臉問：「要不要去吃晚餐？我請客。」

「當然要。」邵陽興奮的跨上車，「快坐上來。」

真是的，小孩子一個。

含著笑容，我剛坐上車，邵陽便急忙問：「想吃什麼？」

「你決定。」

「那找一間有甜點的店？」

愣了會，我不禁漾開微笑，「嗯。」

或許是誤打誤撞，也可能是每個女生的通病，我並不意外邵陽知道我喜歡吃甜食這件事。

「妳穿這樣有點性感又可愛，我很喜歡。」

愣了下，我低頭盯著自己的服裝，寬鬆的短版上衣和簡單的牛仔短褲再加上一雙球鞋。這麼正常的外出衣服，他到底從哪看見性感跟可愛？

「不過，那是我在的情況下才可以這樣穿喔。」車輪滾了數十圈之後，邵陽又接著說。

「誰管你。我要去爆料說邵陽是色狼，專盯著女生看。」

「這不成立，因為我只盯著妳看。」

「變態大色狼！」我漲紅了臉，羞的掄拳往他身上砸。

可惡，說這種話居然臉不紅氣不喘的，根本把我當小狗耍了。

「哇啊，蘇曦柔別亂打，我會死啊。」

在我們鬧得不亦樂乎時，邵陽卻忽然將腳踏車停下，「等等，我有電話。」

「嗯。」坐在他身後，我無聊地將視線亂轉，這條小路上連台車都沒有，只有流浪貓迅速跑過路燈的殘影。

安靜的，好像有點幸福。

「宥澄出事了。」邵陽收起手機，腳隨意撩動踏板再重重踩上，「抓緊。」事態緊急，我環住邵陽的腰，他飛快地踩著踏板，腳踏車在崎嶇不平的柏油路上高速前進，甚至有幾度我們幾乎飛了起來。

「確定是這裡嗎？」我和邵陽趕到一棟公寓外，衝上六樓後，卻在門前猶豫了。六樓只有一戶住家，再上去就是頂樓了。黯淡的燈光，感覺怪陰森。

「大概。」先是騎車全速飆了十多分鐘，又以最快的腳程和我跑上六樓，邵陽額上的汗珠源源不絕地冒出，氣息也變得雜亂無章。

握上門把，我試圖轉了下，微乎其微的聲響嚇得我急忙後退。

「怎麼了？」邵陽扶住我的肩膀，對於我的退卻感到不解。

「門沒鎖。」我以氣音說道。

擰起眉，邵陽拉過我的手，將我往他身後藏，自己則戰戰兢兢打開門。映入眼簾的凌亂，簡直和兇殺案現場沒兩樣。

「戴上。」像變魔術般，邵陽拿出兩個黑色口罩，自己戴上之餘還要我跟進。

「為什麼？」

「如果宥澄真的在裡面，那我們勢必要用暴力才能將他搶回。」大半表情都被口罩遮住，我只能從邵陽眼裡，看見他無微不至的溫柔，「這是保護自己的方式。」

「知道了。」

戴上口罩，隨手紮起馬尾，我和邵陽才剛交換開始行動的眼神，裡頭的房間立即傳出宥澄微弱的求助聲。

一人一腳，和邵陽默契地踹開房門，只見宥澄倒在床上，上衣被扯的破爛，褲子早已掉在床下，手腳皆被麻繩綑綁的他使力扭動掙扎，卻怎麼也逃不開全身只剩一件內褲，還壓在他身上的男人。

「你在對宥澄做什麼！」趁那男人還沒反應過來，我一個過肩即將他摔往牆壁。

床單上的絲絲血跡一再提醒我們，在這之前，宥澄所承受的暴力對待。

「別怕，我們來了。」扶起全身顫抖的宥澄，我試圖解開捆住他自由的繩子。

「妳這女人，我現在就送妳上路。」男人搖頭晃腦的爬起，舌頭舔過嘴唇的霎那，我似乎看見他身後那道被激怒的紅光。

這個人，渾身都充斥著危險的氣息。

可惡，繩子尾端被凝固了，解不開。

面對步步逼近的他，我慌張的想用蠻力扯開繩結。

「你以為我會讓你動到她？」邵陽挺身站到我們面前，轉動了幾下關節。

他自信的背影，再度給了我被保護的感覺。

閉上眼，靜下心來深呼吸。當我再度睜眼，腦中的混亂已經消除，輕鬆就將宥澄手腳上的繩子解開。

才重獲自由，宥澄即拽住我的手大喊：「小曦，快幫陽，他有在練拳。」

心中一驚，我飛快將注意力移到纏鬥的兩人身上。邵陽已經筋疲力盡，反觀對方，雖然氣喘吁吁，但他只有嘴角瘀青，再多打幾個邵陽都不成問題。

「交給我。」我將邵陽扯到床上，自己則接替了他原本的位置。

那個男人不屑哼聲，「怎麼，瞧不起我？」

「誰瞧不起誰，等會就知道。」

靜下心，我不斷左閃右避，照傅子昂所教觀察著他的進攻。雖然有練過，但他和傅子昂的等級實在差太多，平常被訓練慣的我，很快就找到幾個攻擊點。

手、腳、揍、踹……被我接二連三的攻擊，他連跪地的力氣都失去，只能狼狽的倒在地上喘息。

邵陽單手將宥澄護在身後，兩人的眼楮瞪的老大，擺明不相信一個偶爾會打拳的男人，竟然敗在看似毫不起眼的我手下。

雖然不像傅子昂是連續兩屆全國大賽冠軍，但好歹我柔道練那麼久，多少有點打趴人的實力吧。更何況，除了柔道之外，我還陪著傅子昂學散打，再怎麼弱，保護身邊的人總是有辦法的。

「快走吧。」正打算帶著宥澄撤退，一個不留神，我的右腳被向後拉，瞬間重摔在地。

糟糕，我太大意了。

快速踹開他的手爬起，我還來不及防禦，他已握緊拳頭朝我揮來。

這一拳重重地陷進肉裡，幾口水從嘴裡噴出，卻被黑色口罩擋下，宥澄的大喊、我的呆滯，邵陽摀著肚子，硬生生倒在我面前。

「你這個人渣！」我一腳踹開他，尖叫地衝上前朝他猛攻。

那麼重的一拳、那麼重的一拳，竟然是邵陽替我擋。

早知道就不要控制力道了，早知道就把他打到昏死過去，這樣邵陽、邵陽就不會為了保護我而受那麼重的傷了。

都是我的錯，都是我。

「好了，夠了。」邵陽從後方抱住我，溫柔的語調，輕的好像夢一場。

「哪裡夠了？」回過頭，我朝臉色慘白的邵陽大吼：「他沒死就不夠。」

「冷靜點。」我的激動反而使邵陽瞇起眼，輕輕摸著我的頭，「別哭，我沒事。」

他手心的溫度逐漸緩和了我的情緒，只是，心中仍免不了一愣。

為了邵陽受傷，我哭了？

宥澄手裡緊握著一個瓶子，顫抖的走到他面前，「剩下的，你自己喝吧。」

在我的幫助下，他被迫喝下那僅剩三分之一的藥水，本來就奄奄一息的他，不到五秒便沉沉睡去。

「他就是用這種藥對我……」害怕又委屈的眼淚，緩緩從宥澄的臉頰滑落。

「不急，回去再慢慢說。」邵陽拿下口罩，狂冒冷汗的他，還是對宥澄露出淺淺的微笑。

給宥澄披上邵陽的外套，我們叫了輛願意載腳踏車的計程車，三人直接回到邵陽家。

邊啜泣邊發抖，宥澄終於說出他和那個男人是網友，雖然只認識兩個月，但兩人聊天從沒有找不到話題的時候。

這幾天，發覺心被聊走的宥澄抱著離開的覺悟主動坦承性向，沒想到對方興奮的說他也是，而且喜歡宥澄好一段時間了。

總是被用異樣的眼光對待，好不容易找到肯接納自己的愛情，宥澄興奮的想要早點見到他，沒想到他卻用藥迷昏了宥澄，還強迫宥澄和他發生關係。

也許是藥量下的不夠，宥澄在他去洗澡時醒來，發現自己一片狼藉又疼痛不已，很快就意識到發生了什麼事，馬上穿好衣服逃跑，同時打電話向邵陽求救，可惜剛報完地址，就再度被他抓了進去。

後來，就是我們看見的那樣了。

唯一不幸中的大幸，就是邵陽飆車的速度夠快，宥澄才免於承受第二次粗暴對待。

交代完事情脈絡，宥澄趴在我懷裡哭了好久，直到聲音剩下抽噎，邵陽才要他去洗澡。這段期間，我什麼話也沒說，只是摸著他的頭，心疼他的遭遇。

那麼單純，只希望獲得真愛的男孩，被騙走了心不打緊，連人都失去了。

「妳今晚可以留下來嗎？」兩人獨處時，邵陽有些難為情的搔搔頭，「我對這種情況不太拿手。」

「你先休息，我等宥澄睡了之後就出來。」我輕語。

禮貌性敲了下房門，這是我第一次走進邵陽的房間。

深藍色和白色拼接而成的四面牆，幾何風的地毯，藍白直條紋相間的床單，另一牆面擺了個極大的置物櫃，格子裡有幾株可愛的小盆栽。

簡單、帥氣，很有邵陽給人的風格。

「還好嗎？」我單手將縮在床上的刺蝟宥澄摟進懷裡。

「為什麼……」

「什麼？」

即使靠得這麼近，我仍聽不清宥澄又小又抖的聲音。

「我只是想要有一份愛，想要一份純粹的喜歡。這樣的期望，在這個社會裡卻成為人人訕笑的對象。」

頓了會，宥澄忽然笑出聲，那是一抹對世界絕望的笑容，「說什麼永遠，那些過於片面的斷言，只有我這個傻子才會相信。」

我愣住，原本堅定抱著宥澄的手也逐漸垂了下來。這種如同世界毀滅的絕望我也曾經有過，接著，我將自己關進那無窮的黑暗之中，直到現在。

可是，那個單純的宥澄，那個一心一意只為別人著想的鍾宥澄，我不希望他和我一樣，從此離不開黑暗的沼澤。

視線放空，我不帶任何感情的低語：「有些際遇太美，美的接近完美，可惜現實沒有完美可言，因此，人才會苦不堪言。只要趁美好出現之前將之破壞，完美就不會存在，理所當然的，痛苦也會跟著消失。所以，關於各種美好，毀掉就對了。」

只要毀掉，就可以不再痛苦。但是，為什麼我毀不掉巫洛勛？這麼多年了，寧願讓自己痛著，也不毀掉過去和他相處的記憶。

「小曦？」

「這是我所信奉的人生哲學。」回過神，我動了動嘴角，卻無法真正露出微笑，「可是宥澄，你怎麼能肯定這個世界上沒有執子之手，與子偕老的喜歡？」

「那妳又怎麼能說有？」

「因為我相信。即使這世界有再多黑暗，也總會留下一個純白無暇的地方。鍾宥澄，你是少數能讓我想守護的美好，千萬別放棄自己對愛情的渴望。」

不要變得和我一樣。

「我還能有希望嗎？」宥澄噙著淚哭訴：「我的長相、我的性向，根本沒有人會接受。好不容易找到一個和我同性向的人，以為終於能相愛了，他卻把我當成發洩的工具。」

「鍾宥澄，在說這些話的同時，你把我跟邵陽放在哪了？」

「我……小曦不是……」

看宥澄慌亂又無從解釋的模樣，我難得笑出聲，輕輕握住了他的手，「給自己多點自信和勇氣，我跟邵陽都很喜歡你。」

「真的？」

我頷首，「所以，一定也會有人發現你的好，只是時間早晚的問題。」

「真的可以這樣想嗎？」宥澄的眼淚撲簌簌地墜落，「這樣的夢，對我來說不會太奢侈嗎？」

「即使是夢，總有一天也會變成現實。」想起和邵陽聯手保護宥澄的畫面，我不禁莞爾，「在夢變成真實以前，我和邵陽會保護你，就儘管待在我們的保護下做夢吧。」

「小曦，謝謝、謝謝妳！」宥澄撲向我，在我懷裡哭的撕心裂肺，好似要藉著眼淚把那些噩夢全沖掉一樣，而我則是一次又一次來回摸著他的頭，無聲安撫著他。

「還好嗎？」敲敲疲憊的肩膀，剛來到客廳，馬上傳來邵陽關切的聲音。

「剛哭到睡著，暫時沒事了。」

只是心裡的傷，短時間內是恢復不了了。

「謝謝妳。」

我搖搖頭，邵陽的臉色仍然慘白。

邵陽牽著我坐到沙發上，「餓了吧？我幫妳弄了蛋炒飯，吃一點吧。」

「你呢？」

「不了。」他的微笑，顯得極度勉強。

「現在去醫院。」拉著邵陽，我慌張的就要衝出門。

「不用，我休息一下就好。」

「不行，一定要，現在馬上跟我去。」

「曦柔，冷靜一點。」邵陽捧起我的臉，過近的距離，害我以為他就要吻上，「我真的沒事。」

那沒來由害怕邵陽會消失的恐慌，被過熱的臉頰蒸熟，逐漸消失了。

我到底，在做什麼？

「那你先去房裡躺著休息。」

睡一覺，說不定會好點。

「我今晚睡沙發。」邵陽無奈笑了下，「雖然不想，但我家就這麼丁點大，只好暫時忍受妳和宥澄睡了。」

我搖搖頭，「我要在你旁邊。」

「妳傻啦，沙發睡不下兩個人。」

「我坐地板。」

「不行，會感冒。」

「我堅持。」

我們僵持著，誰也不願讓誰。直到最後，邵陽終於露出一抹被打敗的笑容，「真是……先吃飯吧，我去幫妳拿毯子。」

「謝謝。」

等到邵陽在沙發上躺平，我才背過身坐在地毯上，一口一口，我吃著邵陽為我準備的晚餐，眼眶頓時酸澀不已。

都受了那麼重的傷卻還是以我為優先考量。怕我會餓，忍著痛幫我做飯；怕我擔心，堅持不去醫院檢查；怕我著涼，特地去拿了毛毯給我。

練柔道好幾年又怎樣？學了散打又怎樣？還不是不夠強。要是夠強，邵陽就不會因為我受傷，也不會連飯都吃不下。

「不好吃嗎？」邵陽的聲音輕輕的、柔柔的，觸動了我內心最深的淚腺。

不要再那麼包容我了，不要再用你的溫柔，溶化我長年的冰封。

「為什麼是我？」苦澀地，我以自己聽得見的音量問。

「嗯？」

「沒有，你先睡吧。」快速吃掉剩餘的飯，我起身走到廚房裡。

洗完盤子，我又磨蹭了下時間，才擦乾手上的水坐回地毯上，猶豫著到底該趴在桌上還是沙發上。

「不舒服要說。」我一直以為睡了的邵陽緩緩起身，把身上其中一件毛毯披到我身上，再輕輕將我的頭壓到他身旁，「說好要陪我的。」

含著唇，我噙著淚光，偷偷地揚起嘴角。

忽然間，邵陽朝我伸出手，「手，可以給我嗎？」

「嗯。」彷彿被下蠱一樣，我輕輕握上邵陽的手。

「晚安。」

邵陽的手心給人一種安穩的力量，即使所處的地點不太理想，我仍很快進入夢鄉。

「因為，那個人只能是妳。」

睡夢中，我好像隱隱約約，聽見這句囈語般的呢喃。

第三章——太陽

黎明才剛從黑夜探出頭，我已經綁好頭髮，關上大門，身著成套運動服，左右扭動幾下關節之後，開始踏上晨跑之路。

邵陽為了我受傷那件事始終讓我耿耿於懷，儘管他丁點怪我的意思都沒有，我們的相處也如往常他說五句我回一句，但，我就是和自己過不去，很想做點什麼。

於是，我開始晨跑，假日有空就到道館去被摔一摔。說來諷刺，最討厭跑步又痛恨早起的我，過去只有傅子昂強迫，我才會勉強邊跑邊睡，而今，我卻因為邵陽的挺身，選擇做我最討厭的兩件事。

一個多小時過後，我氣喘吁吁的回到家。洗完澡，任務結束，我虛脫的撲進床裡。

都跑第二個星期了身體卻還是不適應，我果然天生和跑步相剋。

今天……抓起床頭櫃上的手機一看，日子過的好快，這個假日過後就要段考了。

算了，今天吃完早餐就回家唸書，不去道館了。

走到離家有大段距離的早餐店，我點了份他們的招牌雙色蛋餅，一個人坐了下來。

有時候我覺得自己像個瘋子，只要時間充裕，就會走上半小時的路來這裡吃早餐。不是這間早餐有多好吃，而是因為，這裡是巫洛勛曾經帶我來的地方。

景物依舊，人事已非。我喜歡這樣的觸景傷情，一點點痛，更能提醒我不復存在的美好。

就某方面而言，我還真像個被虐狂。

吃完早餐，我仍有點睏，索性抄小路回家，沒想到這個決定，竟然將我帶向危險的埋伏中。

眼看再三分之一的路程就到大馬路，我卻被曾有一面之緣的男人擋住了去路。

「好久不見，女人。」

是那時傷害宥澄的女生叫來的幫手。

真是冤家路窄。

停下腳步，我冷眼看著他，不打算回話。

「妳該不會忘了吧？那時妳可是一點面子都不留給我。」他彈了個響指，我的前後馬上出現了幾個男人。

原來不是碰巧，而是來復仇的。

「我記得，你的女神也沒給人面子。」我強裝鎮定的冷語。

糟了，一兩個人我還能應付，但這麼多人我根本就打不過。

「真是個冷面冰山。」他走上前，輕佻的攫起我的下巴，「仔細看，妳這女人長的還真不錯。」

這種情況，待在原地也無法脫身，更不用期待會有誰出手相救了。還是放手一搏吧！只要到大馬路上，他們就不敢再那麼囂張了。

趁其不備拽住他的手，我將他重摔在地，同時以地上的他為人工屏障，暫時阻擋裡面衝來的人。

幸運的是他的自我陶醉，在裡面擋了四個人，外面卻只有他和另外一個。

躲開另一個男生的攻擊，再準確地踹向他的重要部位，我快速抓住痛到彎下身的他往後甩。

已無阻礙的我，筆直朝大馬路奔去。

會如此順手也得感謝傅子昂常拿自己來給我練習，告訴我在不利的狀況下要用最聰明的方式保護自己，因此，我才有辦法第一次實戰就上手。

外力電流在瞬間導過全身，雖然只有短短一秒，但我卻像癲癇發作一樣抽搐了幾下，渾身癱軟的摔倒在地。

麻痺的肌肉已無法動作，只剩下刺痛感刺激著暈眩的大腦。

差一點，就到大馬路上了。

他得意洋洋的蹲到我面前，「哼，管妳多厲害，一支電擊棒就把妳制服了。」

小人！

「就是這種眼神讓人不爽。」他揮我兩巴掌，扯著我的頭髮將我的臉壓進全是沙塵的地面上，「不是很厲害？再來啊！」

可惡，這個卑鄙小人！

呼吸全是沙子，好不舒服。

絕對，不能任他為所欲為。

強迫肌肉早點開始活動，我費盡全力掙脫他的魔掌，卻又再次被電擊。還沒恢復的肌肉遭受二次攻擊，就像橫在地上的死魚，再也無法動作。

「真的不能小看妳這女人。」他奸邪的邊笑邊踢無法動彈的我，「起來啊，不是最會讓人沒面子了？」

渾蛋！

「喂，要搶劫能不能到裡面點？」

在我被圍毆的前一秒，站在大馬路和巷子的交叉口，男子背光的身影，神秘的有如超級英雄現身。

這聲音……是傅子昂！

他怎麼會在這？

「不乾你的事，滾。」其中一個男生氣勢跋扈的說。

「救我……傅子昂……」我虛弱喊著，聲音小到連能不能穿透一個人都不知道，更何況我現在被圍了起來。

但，此刻出現的他，是我唯一的希望。

傅子昂愣了會，半信半疑的擰起眉，謹慎朝我的方向走來。

他聽見了嗎？

最外頭的男人主動上前和傅子昂會一會。如果他能好好說，基本上傅子昂是不會動手的，但他偏偏以為自己很厲害，走過去就先推了傅子昂一把，下場……當然是到旁邊蹲了。

其他人見狀，紛紛跑到我後方排成一列，緊張的進入備戰狀態，而我，也就這樣狼狽的出現在傅子昂眼前。

「小曦？」傅子昂瞪大眼，雖然不敢置信我會變得如此落魄，但他還是迅速將癱軟的我扶起，「怎麼回事？」

「小心……」

軟弱無力的聲音還來不及提醒，傅子昂單手擰住從後方攻擊他的手腕，用力一轉，對方手裡的電擊棒應聲落地。

這個刺激來得過於強大，傅子昂瞪眼盯著地上的電擊棒，晴天霹靂都不足以形容他的震驚。

「傅子昂……」

他怎麼了？

面色一灰，傅子昂放開扶著我的手，扭著他緩慢站起，「六個男生圍一個女生已經很丟臉了，竟然還耍這種賤招。」

「小哥，這是我和這女人的問題，你就別插手了，後面這幾個人可都是幹架常勝軍。」他不斷冒汗，不知是求饒還是威脅的說。

「幹架常勝軍還會用電擊棒對付一個手無寸鐵的女生？」低沉的嗓音，是傅子昂爆發的前兆。

「小曦，妳先到旁邊去。」傅子昂隨手將他甩到牆上，抬起頭的瞬間，瞳眸閃過殺氣騰騰的危險，「今天就讓你們知道，動我的女人會是什麼下場。」

仰起頭，傅子昂的背影還是和交往時一樣，流露出高高在上的傲氣與自信，那是他與生俱來的氣息。

我能理解，也不反感，畢竟他是大老闆的獨生子，是大家眼中不敢得罪的寵兒。只是，對於他的自我中心，偶爾我會很無奈，像現在，我要是能移動早就逃跑了，哪還會跟那些人瞎耗。

深知一夥人全上也打不過傅子昂，領頭的他竟趁傅子昂專心打架時，把目標轉向雙手撐在地上，還無法自由移動的我。

可惡，快動啊！

眼看他就快要碰到我，一隻腳倏地出現，如同動作片的騰空飛躍，他立即離我好一段距離。

我愣愣看著來者。邵陽？

現在到底……怎麼回事？

「如果不想死，最好別動到她。」手插口袋，邵陽的眼神是我從未見過的寒冷。

分析了下局勢，邵陽將地上唯一會威脅到傅子昂的電擊棒丟到他手中，沒有多待一秒，他立即抱起我，上了路邊的計程車。

「大哥，可以開車了。」

語落，邵陽卸下他的後背包，從裡頭拿出濕巾，輕輕替我擦去臉上的灰塵。

意志力退去後的疲憊在此刻無限放大，再也無法逞強的我，渾身一軟，癱倒在邵陽手臂上。

「躺下來會舒服點。」邵陽莞爾，輕輕將我放倒，讓我能毫無後顧之憂的躺在他腿上休息。

這時，邵陽無保留的溫柔，很快就蓋過傅子昂霸道的保護。

會出現這種感覺，大概又是心中那個渴望被呵護的小女孩在作祟了。

我閉上眼，沒有問邵陽要去哪裡，直到和他一起下車，才發現他居然帶著我來到高鐵站了。

「能走嗎？」邵陽貼心的扶著我，「要不要我背妳？」

「沒事。」

買了兩張票，我就這樣糊里糊塗的跟著邵陽上了列車。他先仔細替我擦去身上所有髒污，才放下餐桌，從包包裡拿出早餐。

等等，雙色蛋餅？

「吃過了嗎？」他問。

我頷首，難掩詫異的問：「這個……」

是巧合嗎？

「不覺得兩個顏色的蛋餅很酷嗎？」

「兩個顏色的蛋餅超酷的。」

這就是，巫洛勛帶我去吃的理由。

「曦柔？」

我搖搖頭，將注意力轉回自己身上。打給傅子昂的電話沒接通，他大概又忘了帶手機出門。側靠在窗邊，我閉上眼，疲憊不已卻無法入眠。不可否認，那巧合到不行的相似，早已撥動心中對於過往的弦。

「曦柔，妳睡了嗎？」良久，邵陽溫柔的聲音傳來。

沒有睡著，但我也不想回覆他。

「真是……一點都不擔心我把妳帶去賣掉。」邵陽無奈的語調裡，藏著全然相反的笑意。輕輕扳動我的頭，邵陽借出他的肩膀讓我靠上，畫面瞬間成了我依偎在他身上，安穩睡去的模樣。

不知怎地，我不討厭他這樣的為所欲為。

「曦柔，醒醒，我們到了。」

瞇開眼，我步履蹣跚的被他牽下車。

想不到，我真的因為他的溫度睡著了。

又搭上計程車，我完全像個沒有自我意識的娃娃，被他帶進一個極為寬敞的攝影棚，裡頭專業的設備和忙進忙出的人員，就和平常在電視上看到的一樣。

「大家早安，辛苦了。」邵陽有禮貌的大喊完即對大家深深一鞠躬，站在他身旁的我頓時顯得突兀。

「太陽你來啦！」放下手邊工作，大夥兒紛紛和邵陽打招呼。

我想起來了，好像第一次見面的女生都喊他太陽。這……是他的綽號嗎？

「比平常晚了不少，發生什麼事了嗎？」一位貌美的熟齡女子走到我們面前，輕笑著說：「太累要說喔。」

「沒有啦，路上有點事。」邵陽仍如往常笑著。

總覺得，好像害到他了。

「路上的事，指的是這位美女嗎？」女子發現安靜站在邵陽身邊的我，臉上盡是曖昧的笑容，「帶女生來工作場所，一點也不像你。」

工作？

「她是能讓我打破所有規則的人，我忙的時候要幫我好好照顧她喔。」

這個邵陽，說得那麼曖昧，一點也沒想過身為當事人的我會尷尬。

「好，先去梳化吧。」

「遵命。」離開前，邵陽把身上的包包交給我，對我笑了下，「如果覺得無聊裡面有書，下星期要考試多少看一下。」

「真好，我們家太陽終於戀愛了。」女子臉上的笑容沒有因邵陽離去而消失，反而更加深遂。

「請問……」縱使再怎麼不想打探邵陽，我也該知道我現在到底處在什麼環境下吧。

「我是太陽的經紀人，叫我荷姊叫可以了。」她興奮的表情彷彿看見什麼有趣的獵物似的，「妳呢？」

「蘇曦柔。」我輕聲道。

荷姊攬過我的肩膀，將我帶到一個角度絕佳的位置，「從這裡可以清楚看見太陽每個表情。雖然這次拍攝會有點親密，但妳是太陽第一個帶來的女生，所以要多體諒他一下喔。」

呃，好像被誤會什麼了。

「請問，邵陽……不對，太陽在這裡，在做什麼？」

「他沒告訴妳？」

我搖搖頭。

「這小子。」荷姊碎念著跑進休息室，把剛換好衣服的邵陽拉到我面前。

「痛啊，荷姊妳做什麼？」邵陽摀著被扭到發紅的耳朵，可憐兮兮的望著她。

「還問我做什麼，怎麼沒跟人家說你的工作？」荷姊戳了下他的額，「我還以為你這小子開竅了，怕這次拍攝女朋友會生氣才把她帶來。」

「她又不當我女朋友。」邵陽噘起嘴，不滿的抱怨：「我在她眼裡根本和路人差不多。」

「如果是我也不想。」荷姊親暱地將我攬到身邊，「誰想要一個這麼幼稚的男朋友，對吧？」

眨眨眼，手上還抱著邵陽包包的我有些不知所措。

這兩個人，還是沒回答我的問題啊！

「我準備完再跟妳解釋。」邵陽溺愛地摸了下我的頭，「別亂跑喔。」

沒有點頭，我只是愣盯著邵陽的背影。

總覺得，在這裡的他，好像有些不一樣。

陌生的環境，我不打算離開，而是聽話地打開邵陽的包包。裡面很整齊，兩本活頁夾、一套衣服、一個小包，一只錢包，行動電源、充電線、手機，都好端端的待在自己的位置上。

邵陽所謂的「書」就是那兩本活頁夾。令我驚訝的，除了他把每科的重點整理的一目了然，還有那無限延伸的題目以及到高二程度的內容。

這個人，竟然是學霸！

「抱歉，今天拍攝不對外開放。」在我專心複習考試內容的時候，有個年輕的工作人員來到我面前，有禮貌的說。

「她是太陽帶來的小女朋友，你要是把她趕走，今天就不用拍了。」另一位工作人員笑著走來，「妳待著不要緊。」

呃……來邵陽工作的地方，就算女朋友嗎？

「哎，別趁我不注意時拐走她啊。」邵陽從容的含著微笑朝我們走來。

特別抓過的偶像髮型搭上不失個人風格的衣服，雖然看不出來有化妝，可是他給人的感覺完全不一樣了。

自信、耀眼，就好像……真的太陽一樣。

「怎麼了？想當我女朋友了嗎？」

我愣了下，意識到不能表現出自己的失態，慌亂的找了個話題，「包包，我擅自翻了，對不起。」

「只要是我的東西，妳都有權翻動。」

還是那樣淡而溫柔的微笑。

邵陽，到底在想什麼。

「雜誌模特兒是我的工作，太陽是我的藝名。」邵陽坐到我身邊，輕聲和我解釋：「為了慶祝雜誌十週年，這次要以無對話的漫畫模式進行照片編排，而等會要拍攝的就是其中一個主題。」

該怎麼說呢，聽見這個和我的世界完全平行的事，我並沒有多大的震驚。雖然想像不出平時愛鬧的他拍攝時會是什麼樣子，但這份工作，蠻適合他的。

「都幾點了，女主角呢？」突然的怒吼，使得所有工作人員全靜下來，原先熱鬧的氣氛，已在瞬間降至冰點。

「我馬上聯絡。」工作人員小聲的說。

邵陽無奈笑了下，「他是爆哥，業界數一數二的攝影師，但他的脾氣就跟他的名字一樣火爆。我剛出道也被罵過幾次，還一度覺得未來無望了。」

「太誇張。」我輕笑。

「蘇曦柔，其實，妳笑起來很好看。」

「巫洛勛，其實，你笑起來很好看。」

心臟驀然漏跳幾拍，我怔怔望著眼前的男人。不是因為被稱讚而害羞，而是我在初次見面時對巫洛勛說的話，和他現在對我說的話，一模一樣。

「真是……也不想想自己上年紀了。曦柔，在這邊等我一下。」邵陽沒有察覺我的不對勁，交待完動機便往氣到快中風的爆哥走去。

很快的，暴走的爆哥已和邵陽談笑自若，周圍的工作人員也紛紛鬆了口氣，並以感激外加崇拜的眼神望著邵陽。

短短幾分鐘就能讓人從憤怒轉為平靜。這，或許就是邵陽的渲染力吧。

「太陽很厲害吧。」荷姊站在我身邊，笑盈盈的說：「如果時間允許，他總會提早到現場準備，敬業的態度也讓挑剔的爆哥讚賞不已，甚至這次的特別企劃也是他一手策劃，他真的是個不可多得的人才。」

想不到平常看似隨性的他，在工作上竟然有如此高的評價。

見我愣著，荷姊的表情更溫柔了，「太陽是個只會把苦自己吞的小孩，有時候我真的很擔心他會想不開，不過，當我看見他看妳的眼神之後就放心了。小曦，請多陪著他，好嗎？」

微微斂下眼，這個請求，對我而言是毫無意義的。

無論邵陽如何看待我，我是個會破壞掉一切完美的人，我的身邊不會出現任何美好，他越是靠近，我的心越是掙扎。更何況，只要在他身邊，我就會不自主地想起巫洛勛。

巫洛勛，是我記憶中最美好的存在，也是我破壞美好的元兇。

說穿了，破壞美好，只是紀念他的一種方式。

「爆哥……女主角臨時有事，問能不能改期。」工作人員囁嚅的說。

「她算哪根蔥啊？你叫她不用來了。」

「可是爆哥，現在上哪去找模特兒？」

「想辦法、想辦法！你媽生腦子給你裝飾啊？」

「荷姊，能延嗎？」

「不行，太陽的空檔是下個月了。」

「怎麼辦？現在要去哪找人？」

「而且還要夠清純，才能搭上這次的主題。」

「快點聯絡啊！聯絡！」

攝影棚忽然亂成一團，工作人員紛紛拿起手機打電話，鎮定的只有坐在椅子上氣呼呼的爆哥、站在一旁沉思的邵陽，以及默默躲回角落的我。

這種像極偶像劇的突發狀況，原來真的會發生啊……

邵陽扳著臉朝我走來，本以為他是要休息，誰知道他卻對坐著的我九十度鞠躬，「曦柔，幫我，拜託了。」

等等，這什麼情況？

眼神掃過四周，所有工作人員全停下動作，把視線投向我們這邊。爆哥拿起相機朝我拍了一張，當他看見相片裡的我，不禁大喊：「這個好。」

你好我不好。

「以照片編排劇情的無文字漫畫是我好不容易想出來的點子，絕不能在此刻泡湯。」邵陽的神情滿是懇求，「曦柔，現在只有妳能幫我了。」

跟我說這個也沒用，我又不是專業模特兒。

「別把希望放在我身上。」將活頁夾放回邵陽的包包，我起身離去。

這不是淌混水，而是亂來。

「蘇曦柔！」邵陽在眾目睽睽下從身後緊緊將我擁抱，「這種時候，不要讓我一個人好不好？」

為什麼聽到他這句話，我的心突然不能呼吸了。

「我需要妳，一直都很需要妳，我已經一個人太久了。」

邵陽……他的聲音，心疼的讓人好想抱緊。

他的一直，有多久？

這些日子，我又何嘗不是，一個人。

「我不會擺姿勢。」低下頭，在邵陽的溫度裡，我妥協了。

「妳只需要把自己交給我。」鬆開手，邵陽輕揉了我的髮絲，「謝謝了。」

「夏，交給你了。」把我交給走來的男生，邵陽大喊著：「計劃變更，請大家集合一下。」

雖然好奇邵陽要幹麻，但我已被名為「夏」的化妝師帶進休息室，根本看不到更管不著。

「怎麼稱呼？」

「蘇曦柔。」

「柔柔。」夏單手托著色盤，拿著粉刷在我面前比來比去的，「從太陽國二出道我就擔任他的化妝師了，但我從沒看過他今天這個樣子。」

「麻煩了。」閉上眼，我不想多說。

我知道邵陽對我的特別，但輕易就對一個人特別，反而會讓人覺得他對每個人都是如此，一點也不特別了。

門輕響兩聲，我被夏阻止不准睜眼，只能靜靜聆聽邵陽的聲音，「曦柔，從此刻起，妳是我的戀人，無論等一下我做什麼，妳只要照女朋友的心情做出反應，除了我，其他的妳都別管。」

「佔有慾好重，當你女朋友還真不是普通的辛苦。」揶揄的人不是我，而是正在我臉上掃來掃去的夏。

「放心，這份辛苦輪不到你。」邵陽開玩笑的說完，又問：「衣服選好了嗎？」

「有底了。」

聽命睜開眼，誰知道映入眼簾的竟是件黑色細肩低胸連身裙，裙子長度還只到屁股。

這尺度……要是爸媽看到肯定會昏倒。

「我拒絕。」這次說話的人仍不是我，是邵陽。

「為什麼？我觀察過了，這件衣服能把柔柔的好身材全襯托出來。」

「第一，曦柔只是幫忙，露的部分點到即可；第二，不要隨便觀察人家；第三，人是我帶來的，衣服由我決定。以上，不得有議。」語畢，邵陽投入好幾排衣服中，認真的一件一件挑。

「啊！有夠不爽。」夏攀在我耳邊小聲的說：「太陽從來都隨我處置，這次大概是因為妳，他才囉唆的像個老頭子。」

「不要跟曦柔那麼親密。」邵陽一掌拍在桌上，用眼神嚴厲地瞪著他。

「好啦好啦，你這個護妻狂魔。」

直接當夏是空氣，邵陽把一件上衣展示在我面前，「曦柔，這件可以嗎？」是件咖啡色斜肩針織衣，長度大概在膝上七公分。

這的確比剛才那件好多了，可是，這跟邵陽的服裝一點也不搭。

「不可以。」夏嚴肅道：「外行人都看得出來，跟你的衣服根本不搭。」

「我會配合這件衣服的風格。」邵陽還是執著地徵求我的意見，「曦柔，可以嗎？」

「嗯。」極為不好意思的，我輕點了頭。

照夏的話算，邵陽出道也三年了。毫無拍攝經驗甚至可以說是路人的我，衣服的決定權竟然在我手上。

「好。」邵陽微笑，「我換完衣服就先出去。等妳喔，女朋友。」

怎麼會，我居然一點也不討厭這種感覺。

換上邵陽替我挑選的上衣，我還讓夏微調了髮型跟妝容才走出休息室。

微捲的長髮披垂，單邊的黑色內衣肩帶展現在眾人眼前，總覺得有些害羞。

「小曦好甜呀。」荷姊興奮的抱住我，「太陽的眼光果然無人能敵。」

「是夏厲害。」我害羞地說。

夏的化妝技巧幾乎可以用神技來形容，短短幾分鐘就能讓我呈現和平常不太一樣的感覺，更可怕的是這樣的妝，竟然讓人覺得根本沒化妝。

我紅著臉走到邵陽身邊，雙手捏緊下擺，羞澀的不知所措。

爆哥試拍了幾張我跟邵陽站在一起的照片，滿意的點了頭，「甜美的氣質巧妙搭上太陽的自信，這個組合完美。」

「不愧是男女朋友。」

「太陽女友太正了。」

「我快戀愛了。」

工作人員此起彼落的讚美讓我更加害羞，但一旁的邵陽卻不受影響，深情的望著我。

「怎麼了？」我彆扭的問。

「比想像中還漂亮。」邵陽的雙眼直盯著我，「怎麼辦，我好想把妳占為己有。」

笨蛋邵陽，我已經夠害羞了還說出這種話。

「小曦，妳的電話。」荷姊跑來，遞過我的手機，「可能有什麼重要的事，響了好久。」

「謝謝。」

是傅子昂……

這麼多通沒接到，肯定又要被罵了。

「喂？」

「蘇曦柔，妳是打算等手機燒掉之後才接電話嗎？」

我就知道。

「我現在有點事。」

「喔。那妳找我有事嗎？」傅子昂的聲音明顯緩了下來。

脾氣差歸差，但至少，他還會聽人解釋。

稍微環顧了下四周，大家還在做開拍前的最後準備，再講個幾分鐘應該不是問題。用眼神徵求邵陽同意，我坐在佈景用的沙發上繼續講電話。

「只是擔心後來的情況。」我斟酌字句的說。

「當然是被我打趴啦！」

「還說呢，都進警局了。」

「媽，不要偷聽我跟小曦說話。」傅子昂摀住話筒，無奈的說。

「幫我問小曦什麼時候要來吃飯，說傅媽媽想她了。」

「聽到了吧，我媽說想妳了。」

頷首，我愣愣的問：「你進警局？」

「那不是重點。」

那就是重點。

「對不起。」

又一個人因為幫我而惹上了麻煩。蘇曦柔妳最近是水逆嗎？
「比起道歉，我更想聽妳是怎麼惹上那群人的。」
「幫朋友。」我簡短帶過。
「朋友？真不像妳。」
是啊。會為別人帶來麻煩，這樣的蘇曦柔，真不像我。
「主動來找我，就當是害我進警局的補償吧，拜拜。」
電話斷線了……
我無奈輕哂，還是一樣自大呢。
「是誰？」剛站起身，我馬上要面對冷著臉的邵陽，他的表情有些可怕。
愣盯著他，我不知道該怎麼開口說來電的人是傅子昂。
說了……他也不認識吧。
手腕猛地被擰起，手中的手機直落回沙發上。邵陽沉著臉的模樣，標準是個大吃飛醋的男友。
「在我身邊，不許妳跟其他男人說話。」
我莫名其妙的正想反抗，卻被早一步用唇封住嘴，邵陽精緻的五官就這麼呈現在我眼前，好漂亮的睫毛……
趁我愣著，邵陽邊吻邊將我推到牆上，他單手壁咚，另一手環著我的腰。
這種處境，除了用腳踹，我根本沒有其他脫身的可能。
閉上眼，邵陽放肆的把我的唇當食物吸咬。他呼出來的熱氣噴在臉上，伴隨著淡淡的清香，逐漸癱瘓我最後一道防線。

溫柔又帶有佔有慾的吻……不對，眾目睽睽之下，這人在發什麼神經？

喀嚓！喀嚓！

快門聲迴盪在攝影棚裡，悄然無聲的空間，每位工作人員都在鏡頭後方默默堅守自己的崗位，並且屏息靜觀在佈景內的我們。

原來是開始拍攝了。

說親就親，完全不需要培養情緒。平時的邵陽，也都如此敬業的在工作嗎？我是第幾個，被他這樣霸道對待的女生呢？

怎麼好像，有點不甘心。

輕輕離開我的唇，邵陽魅惑地看著鏡頭，同時在我耳邊低語：「宥澄那次不算的話，這是我的初吻喔，妳打算怎麼回報？」

初、初吻？

一夕間漲紅了臉，我嬌羞地別過視線，邵陽卻含著笑容摟住我，頭輕輕側放在我露出的香肩上。自然的互動氛圍，我和邵陽就像一對真正的戀人。未曾間斷的快門聲，反而沒有邵陽那些調戲我的舉動來得讓人緊張。

「曦柔，可以認真的，只愛我一個人嗎？」單手撫上我的臉頰，邵陽溫柔的模樣，在瞬間醉了不少女工作人員的心。

明明就是工作呀！為了幫夥伴入戲，這種話，他不曉得對多少女生說過了。我的心，根本不該為了他此刻的演技而動搖。

「曦柔，反應一下。」邵陽小聲提醒著。

對，我現在是邵陽的女朋友，要表現出女朋友該有的樣子。

覆上邵陽的手，我的眼神和語態皆帶著戀愛中特有的輕柔，「一直以來，我都只愛你一個。」

邵陽眼中盈滿淚光，燦爛地笑了。

他捧起我的臉，再度親吻了我。

閉上眼，微張朱唇，我羞澀接受了邵陽給我的愛。隨著他一次次的侵略和挑逗，我那閒暇的雙手也逐漸勾上他的後背，將彼此的距離縮得更短。

我從沒有，如此投入在一個吻中。

邵陽的舌頭，好軟、好溫暖。

比真實還要真實的演技。

知道我逐漸習慣鏡頭，邵陽一步步領著我拍了各種情侶間的甜蜜互動，牽手、背後抱、偷親……漫畫裡會出現的，我們一個也沒漏掉。他巧妙地掌握著拍攝節奏，讓我在毫無壓力的情形下，多了好幾張個人特寫鏡頭。

工作中的邵陽專業的好吸引人，好像有他，什麼都不用怕。

「呀——」無意中尖叫的我急忙摀住嘴，羞紅著臉盯著從膝蓋將我打橫抱起的邵陽，「你要幹麻？」

「別用這種眼神看我，我會把持不住。」將我放上床，仔細地挪了下姿勢，邵陽躺到我身邊伸出手讓我枕著，「最後一個景了。」

「是嘛。」折騰了大半天的工作終於要結束了，我理當開心才對，可是為什麼，心裏竟有那麼一點點捨不得。

「本來是想扒光妳，讓妳身上剩一條棉被的。」邵陽打趣地眨了眨眼，「就市場需求來說，香豔的場景會賣得更好。」

猛然坐起身，我用力打了他幾下，「我只答應幫你，可沒說要出賣色相。」

「好嘛。」邵陽跟著起身，握住我拍打他的雙手，在他的拉扯下，我們又雙雙倒回床上，但不一樣的是，我居然從枕著他的手臂變成躺在他懷裡了。

「只要想到雜誌出版，妳可能會變成男人意淫的對象，我就放棄了。」邵陽摸摸我的頭，「放心，我沒有大方到可以把自己的女朋友跟全天下的男人分享。」

「知道就好。」嬌嗔嘟了下嘴，我在邵陽的臂彎裡，綻放出鮮少浮現的笑顏。

「閉上眼吧。」

快門又喀擦幾聲，爆哥說道：「OK！女生休息了。太陽，接著補拍特寫鏡頭。」

「好。」邵陽順手將我拉起，「先去把衣服換回來。」

「嗯。」

轉身離開時，我又往佈景瞄了幾眼。

撩人的姿勢搭上放電的眼神。少了我的拖累，此刻的邵陽，儼然是個架式十足的國際模特。

總覺得，好像有點被他吸引了。

「抱歉，不僅要妳幫忙，還讓妳陪我到這麼晚。」路燈下，邵陽走在身旁，溫柔對上我的視線。

「沒關係。」不知怎地，面對邵陽，我竟然害羞了起來。

「妳要吃宵夜嗎？」

我搖搖頭。

「嗯，那我就先回家囉。」

「哎？」我一愣。

這傢伙說什麼？

「別擔心，台北旅館很多很好找，別忘了明天還有場外拍喔，掰掰。」

不、不是吧……就這樣把我一個人留在這？我連這裡是哪裡都不知道啊！

看著邵陽加速離去的背影，我忽然覺得全世界都暗了。想不到他還真的把我丟在這。

無奈拿出手機，點開地圖，我茫然的連要去哪都不知道。

可惡，我絕對是瘋了才會到現在還沒切斷和他的孽緣。

「蘇、曦、柔，我是壞人，我來抓妳了。」

就在我蹲下身，抱著自己思考著要不要搭夜車回去時，身邊突然冒出一只可愛的貓咪手偶，故意裝嗲的聲音，還有左右來回晃動的萌樣，都在瞬間安定了我的心。

哼！就會討女孩子開心。

「蘇曦柔，妳怎麼不哭不鬧的，害我好挫敗喔。」

我冷撇他一眼，不悅地站起身。

其實，當邵陽重新出現在我面前的霎那，我才發現，原來我害怕到連手腳都在顫抖了。

「嗚嗚，曦柔都不理我，我好傷心。」邵陽讓貓咪手偶撲到我手臂上，可憐兮兮的撒嬌著。

「我要回家了。」

哼！誰叫他要欺負我，把我丟在這種地方，現在才想來求和，門都沒有。

「不准。」卸下肩上的包，邵陽脫下夾克披到我身上再輕輕拉緊，「哪怕只有一點，稍微向我撒嬌吧。」

衣服好溫暖。

好安心。

見我不語，邵陽只好再度請出貓咪來賣萌，「蘇曦柔，妳拿走邵陽的初吻，多少得負點責任吧？」

這個神救援的確使我有了反應。下意識抿抿唇，腦中不禁浮現我們接吻的畫面。

那個炙熱的，帶著滿滿佔有慾的吻，真的是邵陽的初吻嗎？

撇過頭，我倔強的為自己找理由，「身為模特兒，接吻對你來說早就是家常便飯了。」更不用說邵陽都出道三年了。

「初吻要留給喜歡的女生，這是我的堅持。」邵陽改將包包揹在胸前，看起來有些突兀，「本來這次的拍攝主題是微糖曖昧，因為是妳，我才臨時改成全糖戀人，跟女模特兒互動的尺度，這次也是最大的。」

我愣看著邵陽，臉紅了，腦袋也頓了。

因為是我，今天的肢體接觸才會這麼多？

「上來吧，我帶妳去旅館。」蹲下身，邵陽轉頭朝我微笑。他的溫柔，好似夢。

「我自己可以走。」我臉紅的說。

「可是我不想讓妳走。」逕自揹起我，邵陽綻放在唇邊的笑容，只有夜晚的路燈看得到。

好溫暖。

安心的，讓我不想反抗了。

聽著自己的心跳聲，我一直以為拍攝就是這樣，擁抱、接吻，甚至必要時，還會有更大尺度的接觸，可是邵陽卻說，因為是我，他才願意獻出他的初吻。

邵陽在很多地方都有屬於他的堅持，但他卻一點一滴的，侵蝕了我的堅持。

是該抗拒的吧？可是，每當我要抵抗的時候，邵陽總會用他的溫柔來攻掠我當下的決心。

像現在，就是。

靜靜的放空，我沒注意邵陽走進哪間旅館，但有聽見他開了間雙人床的房間。

無視自己的不便和旁人的目光，他一路揹著我，直到進房後才將我放坐在床上。

「將就穿吧。」邵陽從包裡拿出衣服遞給我，「確定不吃點什麼？我回家洗澡順便買過來。」

搖頭，我不解的問：「你直接回家就好幹麻還過來？」

「沒幫妳守夜我不放心。」

愣了下，我不禁噗哧笑出聲，「既然如此，這裡有浴室，幹麻回家洗澡？」

他難不成認為還會發生像今天早上的事嗎？只是，知道他會在，心裡的確踏實多了。

「就……」支吾片刻，邵陽臉上的緋紅都蔓到耳根子去了，卻還是沒有給我解釋。

「怕我偷窺？」我笑著猜測。

「妳想看我是無所謂。」邵陽撓撓頭髮，靦腆的說：「就……洗澡的時候有男生在，不會很尷尬嗎？」

沒想到，他考慮到那麼遠去了。

「你又不會偷看。」

「妳那麼信任我？」

想了下，我輕輕頷首。會想那麼多還知道要主動迴避的男生，我相信他不會做出什麼。

「那……先去洗澡吧。」邵陽似乎是得到很大的鼓舞，他唇邊含著的笑容，怎麼也收不回去。

果然是個怪人，不過……願意繼續和他共處的我，更怪。

鎖好門，我脫去衣服站到蓮蓬頭底下，讓嘩啦啦的熱水沖打。溫暖的霧氣頓時繚繞在浴室間，洗去疲憊的同時，睡意也緩緩佔據大腦。

好累，好想睡。

「換你了。」身著浴袍，我披著毛巾走出。

自古以來，濕漉漉的頭髮總對男人有著致命的吸引力。邵陽一見到我，臉瞬間紅的像關公，一句話都說不出來。

「喂。」我羞赧的輕喊。

「啊，對不起。」邵陽連忙回神，闔上桌上的段考筆記，「妳吹完頭髮先睡吧。」

都工作一天了還要利用空檔唸書，他也真夠辛苦的。

用毛巾把頭髮包起來，本來想先小憩一下再吹頭髮的，但身體一碰到柔軟的床就如同染上毒品，要不了多久，我已經失去意識。

總覺得，好難得的安心。

「曦柔？」

身體被輕晃幾下，勉為其難地瞇開眼，邵陽掛著水珠的髮稍緊貼著他的俏臉，完美呈現在我面前。

一個比琉璃還精緻的男子。

「早。」我說。

「妳睡昏了嗎？」邵陽苦笑著，「頭髮也不吹乾。」

「起來，我幫妳。」邵陽拿出吹風機，拉起渾身軟趴趴的我，打開開關就逕自吹了起來。霸道的傢伙。

瞌睡蟲怎麼也趕不走，甚至還呼朋引伴來啃蝕我的力氣。在邵陽懷中，我無力的左倒右倒，他起初驚慌的不敢碰我又怕我會摔下床，到後來他乾脆一手抱著我一手動作，模樣熟練不已。

「你到底幫多少女生吹過頭髮了，大情聖。」我擰起眉，呢喃的聲音在瞬間被吹風機蓋過，忙著「處理」我的邵陽自然不會聽見這些抱怨的話語。

「好了，睡覺吧。」邵陽把我放回床上，替我蓋好被子，自己則草草吹了幾下了事。

躺在床上，雖然有點迷濛，但頭髮傳來的熱度卻使我稍稍清醒了些。

「你去哪？」

「門口守夜。」邵陽理所當然的說。

意思是，他要坐在門口睡？明天還要工作，他這樣身體會吃不消吧？更何況，他是因為我才放棄回家休息的機會。

「旁邊，可以睡。」我紅著臉，心臟狂跳不已的說。

「什麼？」

拉起棉被蓋住大半張臉，我害羞盯著他，「床，還有位置。」

終於明白我意思的邵陽也跟著紅了臉，「這樣好嗎？」

「中間隔大一點就沒關係。」

「那，我關燈囉？」

「嗯。」

床鋪中間幾乎隔了一個人的寬度，我和邵陽分別躺在兩旁。黑暗的空間，首次和男生同床的我，怎麼也無法入睡。

「睡了嗎？」黑暗中，邵陽的聲音比平時還要溫柔。

「還沒。」

「今天謝謝妳。」

「不累嗎？」

想起工作和課業要同時兼顧，即使再累也必須騰出時間唸書的邵陽，我有點好奇，讓他這麼拼命的理由。

「累啊，可是，我沒資格抱怨。」

不曉得是不是暗夜帶來的錯覺，邵陽的聲音顯得極度自責，他語調中所透露的悲傷，是我從沒見過的他。

「我有個相依為命長大的弟弟。小時候，爸媽離婚了，我跟著媽媽，他跟著爸爸，但是，跟著爸爸的他不太好過。因此，我和他約好，要他高中來台北唸書，到時候我也大學了，會搬出家裡，我們就能一起生活。」

寂寥的夜裡，我的心正微微泛疼著。

真實的邵陽似乎和表面上不太一樣，而他的故事，更讓我在一夕間想起巫洛勛。他們一樣都是好哥哥，是個把弟弟看得比自己還重要的傻瓜。

「此外，我還有一個不自量力的夢。」側過頭，適應黑暗的我已能看見邵陽微揚起的唇角，「我想要讓我記憶中閃閃發光的她，在我身邊依然能如此閃亮。」

為了一個人做到這種地步，還露出那種「就算累死也在所不惜」的表情，肯定是真愛了。

他對我的喜歡，果然只是隨便說說。

真真假假、假假真真，越靠近邵陽、越瞭解邵陽，就越覺得這個人像團解不開的謎，處處充滿神秘。

「可以牽著手睡嗎？」緩緩的，邵陽把他的手移到中間的空位上。

不知道想睡是不是真有和喝醉同等的行為能力，我居然緩緩的，將手放進邵陽的手裡。

「晚安。」十指緊扣之後，邵陽愉悅地閉上眼。

我想，大概就是從此刻開始，我的光明與黑暗，再也無法與他無關。

第四章 另一個啓程

一回生二回熟，第二天的拍攝，說穿了就是情侶去野餐的約會鏡頭。拍完之後，我們又風風火火的搭乘最後一班高鐵趕回台南準備隔天的段考。

實在不得不佩服邵陽，在蠟燭兩頭燒的情況下，竟然還能以滿分之姿拿下全校第一。

明天雜誌就要發售了，大家看到宣傳照了嗎？是不是很心跳呢？這次和我搭檔的是個對我而言很重要的女生，她從沒有過拍攝經驗，是為了我才勉強幫忙。我希望明天的言語以鼓勵居多，如果想批評也請對著我來，千萬別去騷擾她喔，否則我會很為難的。我們打勾勾，好嗎？

IG動態上，是一張邵陽回眸，伸手要和大家打勾勾的照片。

這篇發文在短時間內撩走不少新舊粉的心，底下的留言也大多是帶著些微吃醋，卻表示願意聽話的乖孩子們。

今天，雜誌發售了。

一眨眼的時間，我儼然成為最顯眼的移動標靶，所幸邵陽的勸世文奏效，多的是用羨慕或打量的眼神偷看，我並沒有遇上什麼麻煩。

雜誌發售啦！快來留言你們買的版本。偷偷說，這次的特別活動企劃案是我提的喔！看過的人快跟我說感想，我要把鼻子翹到天上去。

另外，跟我相處久了的粉絲都知道，公司為了保留我的私人空間，只能婉拒私下簽名及合照。但是，為了慶祝雜誌十周年，這次有特別活動唷！有興趣的人快到雜誌粉專參加。

最後，我要冒著生命危險出賣女主角，給大家發點糖啦！

這次IG附上的，是第二天在等待拍攝時，邵陽為了讓我能進入狀況，而要我和他以太極方向互躺在草地上的照片。本想說不會有人察覺，偏偏夏就這麼出現，順手拍了一張，而且還恰巧拍到我們對望的瞬間。

我還以為邵陽說要給福利只是玩笑話，沒想到這傢伙真把我賣了。

「小曦。」宥澄一進教室即放下書包，興奮的跑來和我共擠一張椅子，「妳和陽好甜，感覺就像是真的情侶呢。」

「那是工作。」

「被撇清關係的感覺好糟。」說歸說，邵陽還是極度愉悅的放好書包，從裡頭抽出一本雜誌遞給我，「妳的。」

看著封面上的我們，心裡忽然有種好特別的感覺。仔細想想，即使身為女主，我卻從沒看過裡面的內容。

隨手翻了幾頁，裡頭真如漫畫般，帶領讀者一步步走入畫面中的甜蜜世界，但這和漫畫最大的不同在於，這不是畫筆下的人物，而是真正活在現實的人，也因此給了廣大少女更多的戀愛想像空間。

照片裡的我們，真的就像一對戀人。

「曦柔，妳平常都做什麼運動？身材超好的。」人手一本雜誌，不下幾秒的時間，幾個女生已團團圍住我的座位。

愣盯著四周，備受矚目的感覺讓我極度彆扭，而那位罪魁禍首，竟然還在一旁憋笑。

就知道看戲，也不想想我是為誰落得這種下場。

「拜託告訴我們。」

無路可退的我，只能在心中無奈嘆息。

運動……我唯一常做的運動就只有，「柔道。」

沉寂一會，她們有些尷尬的抽動嘴角，「呃……還有嗎？」

想了想，我又答：「散打。」

妳看我我看妳，她們面面相覷的模樣顯然不相信我說的話。

真是的，問我又不相信我，這些女生是哪裡有問題？

「是真的喔。」邵陽笑著替我緩頰：「曦柔一個人可以撂倒兩三個男生。」

邵陽不是沒見過我的狼狽，那種三腳貓功夫連自保都有問題了，卻被他說的像神一樣。

這樣……應該算詐欺吧。

「好酷喔！」單憑一句話，她們對我的態度紛紛從懷疑轉為崇拜，有時候真懷疑女生是不是個個都是川劇變臉的繼承人。

一點加油添醋、一點捏造事實，幾節課過後，我在班上的地位已和邵陽平起平坐，但這樣的尊貴待遇，我實在是難以適應。

更慘的是，連在走廊上都莫名其妙有男生來示愛，而且還不只一個。所幸邵陽提早觀落陰，整天都守在我身邊，幫我擋下所有的真情告白。看到競爭對手是他，再白目也懂得摸摸鼻子離開。

哼，算他還有那麼一丁點良心。

「曦柔的人氣真不是普通的高，那麼多人來告白，我都吃醋了。」故意等到大部分學生都離開學校，我們三人才一同走出校門，但是，邵陽的風涼話真讓人想一拳打飛他。

「趁這個機會，小曦要不要從裡面挑一個出來當男朋友？」

都還沒回應宥澄的天方夜譚，邵陽就急忙伸手護住我，「不行。曦柔的男友候選名單裡只能有我。」

「陽果然很喜歡小曦。」

話都你們在講。

「宥澄，你看啦，我的告白又被無視了。」面對毫無反應的我，邵陽不禁哭喪著臉抱怨。

書包裡的手機悶聲震起，我瞥了邵陽一眼，大概又是鬧小孩子脾氣，等會就好了。

「喂？」接起電話，我偷盯著邵陽的表情變化，他正好奇的偷瞄我，上一秒的任性已全數消失。時而耍帥、時而幼稚、時而嚴謹，邵陽表現出來的樣子，已經讓我分不清哪個才是他原本的樣子了。

「喂，蘇曦柔，妳有在聽嗎？」手機裡不悅的聲音大到身旁的他們都聽見，我才趕忙回過神來。

「嗯。」

「那還不快解釋，這雜誌到底怎麼回事？」

平常只關注財經雜誌的傅子昂怎麼……算了，看到就看到，無所謂。

「我做什麼需要向你報備嗎？」

無謂的解釋，我不想，也不需要。

「當然要。」傅子昂說的倒理直氣壯，「單憑妳是我女友，妳就有義務和我說清楚。」

「是前女友。」

我的糾正引來兩人極大的關注，忽然被四隻眼睛緊盯著，感覺好不自在。

「不管，現在來我家說清楚，這是妳害我進警局的命令。」語落，傅子昂連讓我申訴的機會都沒有，即單方面切斷了通話。

又來了，這少爺脾氣。

「你們先回去吧。」無奈的，我說。

「小曦，妳前男友好自大，妳真的要去見他嗎？」宥澄擔憂的擰起眉，「總覺得好危險。」

「沒事，他只是霸道了點，不至於對我怎樣。」

轉身離去的那刻，手腕猛然被人拽住，我愣盯著動作之人，他的表情是我從沒見過的不安。

「別去。」

總是自信的邵陽，也有露出這種表情的時候。

我的心跳，怎麼就這樣加速了。

「你沒資格管我。」甩開他的手，我壓抑著狂跳的心臟，冷淡不已的回。

「當我女朋友。這樣，就可以阻止妳了吧？」邵陽根本不管他是小有名氣的模特兒，也無視這裡是學校大門，一把摟上我的腰，連唇都差點碰上了。

不可以……我怎麼能對這種輕浮的舉動感到心動，甚至臉燙到我控制不了。

本該無動於衷的啊！邵陽舉手投足間的曖昧，真的影響到我了嗎？

「蘇曦柔，跟我交往。」鄭重地，邵陽又重聲了一次。

如果我答應同邵陽交往，他也會落得和傅子昂同樣的下場吧？無論經過多少年，我都不可能愛他，他最後得到的，只會是滿地的心碎和失望。

殘忍的我，是否要再次出手傷害，一個不知道是真心喜歡我，還是和我一樣各有所圖的人。

「我有個很在意的對象，你是不可能超越他的。」推開邵陽，我毫無波瀾的盯著他比誰都要失落的表情，「不要再隨便說出這種話。」

鑽進計程車內，我靜靜盯著後照鏡，邵陽站在原地的身影越來越遠、越來越遠，直到我看不見。

我還是無法像對待傅子昂一樣，帶著在意巫洛勛的心情待在邵陽身邊。

同樣的事，換個人就做不到了。我想，或許是我和傅子昂從小就認識，才會造成我對他的依賴，進而殘忍做出「在一個人身邊想著另一個人」這種事吧。

說到底，我虧欠傅子昂的，是那已經被我毀於殆盡，他所嚮往的美好。

「蘇小姐，好久不見。」按下門鈴，替我開門的，依然是傅子昂家的傭人。

三年來，從沒有一次是傅子昂親自為我開門，哪怕每次要我來的人都是他。

「小曦，妳終於來了。」都還沒換上室內拖，傅媽媽便急忙跑到玄關來抱住我，「傅媽媽好想妳。」

我微微一笑，「抱歉，那麼久沒過來。」

名牌香水特有的香味，輕輕蓋過我的嗅覺。傅媽媽還是沒變，連在家裡都不忘擦香水。

「小曦來。」傅媽媽拉著我坐到客廳，「跟傅媽媽說，那麼久沒來，是不是小昂又惹妳生氣了？」

看來，傅子昂還沒跟他家人提起我們分手的事。是刻意隱瞞，還是覺得解釋太麻煩？

「小曦？」

「我們分手了。」淡淡地，我說。

傅媽媽臉色忽地驟變，向一旁的傭人使了個眼色，「去請少爺出來。」

儘管傅媽媽從小就疼我，但分手了還害她寶貝兒子進警局，她這次大概不會原諒我了。

「幹麻？我不是說心情不好不要吵我嗎？」傅子昂心有不甘的拖著步伐，當他看見坐在沙發上的我，很自然地坐到身旁，「來了就該直接來找我，在這邊磨蹭什麼。」

「你還說！」傅媽媽怒氣沖沖的質問：「傅大少爺，你到底做了什麼讓小曦跟你分手？」

傅子昂瞪大眼，憤怒又不安的瞪著我。

看他的反應，沒有說出我們的事，大概是為了隱瞞什麼吧。

「說啊，你們分手的原因是什麼？」

是我。

「是……」

「是我一言不合對小曦動手。」傅子昂搶在我說話前解釋。

捨去大部分真相，只說出對他不利的話，傅子昂……到底在掩飾什麼？

「你對小曦動手？」傅媽媽氣到差點腦充血，「我說過多少次了，叫你要對小曦溫柔點，結果呢？你根本沒把我的話聽進去。」

看這情形，我離開以後，傅子昂又要被罵個三天三夜了。

「傅媽媽，其實是……」

「蘇曦柔，跟我進來。」

扭著我的手腕，傅子昂面有慍色的扯著我進到房間，甩門的同時也將我甩到床上。

「蘇曦柔，妳不是不知道我爸媽有多喜歡妳，要是他們知道妳從沒把心放在我這，妳覺得他們會放過妳嗎？」傅子昂跨到我身上，擰起我的雙手，「這件事妳別自作聰明，被問起就隨便帶過，聽到沒？」

這是……在保護我？

見我不答，傅子昂又換了另一個話題，「那本雜誌到底怎麼回事？妳真的和那個叫太陽的在交往？」

「如果拍雜誌等於交往，那就是了。」知道自己掙不開傅子昂的手，我死心的躺在床上，承受他一點一滴加重的力量。

好痛。

「不要說的那麼雲淡風輕！妳知道照片上的妳是什麼樣子嗎？」

照片上的我，不就是那樣子嗎？

「那種小女孩的羞澀，是妳動心時才會出現的表情。」傅子昂的怒氣值越來越高，扭著我的力道也越來越大，「他到底哪一點比我好，能讓妳不再執意於巫洛勛。」

要不是手腕傳來的疼痛如此巨大，我真會以為自己還在睡夢中。

傅子昂說……我對邵陽動心了？我因為邵陽，忘了巫洛勛？

「說啊！他到底哪一點好？」

關於邵陽，我說不上他哪一點好，甚至對他一無所知，但他就是有辦法勾住我的注意力，偶爾還會有那麼一瞬，讓我忘記自己偽裝的冷漠。

「他沒有哪一點好，但是，他不會不顧我的感受。」我冷眼望著傅子昂，「手要廢了。」

五指印的瘀青，在傅子昂急忙放開手之後浮現。重獲自由的我緩緩坐起身，一句話也沒有說。

這種事，早就習以為常了。

「很痛嗎？」知道做錯事的傅子昂，小心翼翼的開口。

「還好。」

「今天要留下來吃飯嗎？」

我搖搖頭。

「可是我媽……」

「等一下。」輕柔的鋼琴聲解救了我的為難，我急忙從書包裡翻出手機，「喂？」

「曦柔，妳在哪？宥澄好像出事了。」邵陽的急迫，和上次接到宥澄電話後一模一樣。

其他方面我不知道，但就宥澄這部分來說，邵陽真的是個很可靠的朋友。

「約哪？」我問。

「宥澄家門口。」邵陽頓了會，又問：「需要我去接妳嗎？」

「不用。」

「那晚點見，地址我再傳給妳。」

「好。」

揹起書包，我不打算解釋太多，「我有急事，腳踏車可以借我嗎？」

雖然從這裡到宥澄家飆腳踏車少說也要半小時，但總比用跑的去好。

「我載妳去。」傅子昂隨手抓起手機，側過頭對我一笑，「能讓妳向我開口的事絕對非同小可。」

微勾起唇角，我輕點了頭，「謝謝。」

不得不說，很多時候，傅子昂還真是頗瞭解我。

「蘇小姐，請問是這裡嗎？」不一會兒，手握方向盤的中年人轉頭問道。

「是，謝謝。」

多虧傅子昂出動他的貼身司機，我在十分鐘內就趕到宥澄家門口，還免去滿身大汗之苦。

「妳一個人可以嗎？」傅子昂問。

「嗯。」

邵陽也在此刻趕到宥澄家門口，他俐落的剎車甩尾，單腳著地，帥氣的好像在拍廣告一樣。

正準備下車，LINE的提示音小聲響起，是邵陽發來的訊息。

我到了。

「等等。」傅子昂粗魯扯住我的手腕，「那個人是太陽吧？妳的急事就是他？」

「不是。」我用力想收回手，卻絲毫沒有移動，「放開。」

好不容易被放行，一下車，我立即奔向邵陽，「宥澄怎麼了？」

隨著他敵意的視線，我向後轉，才發現跟在我身後走來的傅子昂。

拜託，能不能別在這時惹事……

「傅子昂。」手插口袋，傅子昂冷淡的自我介紹。

「邵陽。」毫不退讓，邵陽的口吻和他有得比。

這兩人……

「傅子昂，你先回去。」

「我等妳沒事再走。」

「這是『我們』的事。」邵陽加重語氣強調。

好煩，乾脆把他們丟在門口算了。

兩人僵持不下之際，門輕輕開了一小縫，探出身子來的宥澄，不免讓我們震驚。

白皙的臉上有著大小不一的瘀青，嘴角滲著血絲，雙臂全是紅腫瘀血，亂七八糟的衣服跟頭髮，簡直慘不忍睹。

「怎麼回事？」我和邵陽異口同聲的問。

今天放學明明還好好的啊！

「噓！我們上樓再說。」宥澄把手指放在唇邊，淺淺的笑容，反而更加讓人心疼。

轉過頭，我輕聲道：「傅子昂，我真的不會有事。」

沉默片刻，傅子昂從口袋裡摸出把瑞士刀丟到我手上，「帶著。」

頷首，我默默將之收進口袋，轉身跟著宥澄進屋。

傅子昂，是真的在擔心我。

應宥澄要求，我和邵陽拎著鞋子，放輕腳步快速躲到三樓房間裡，沿路上的斷垣殘壁好比大戰，還清晰可聽互吼的聲音。

這是，夫妻吵架？

「那個人來我家把我的性向說出來了。」宥澄抓了下頭髮，明明身體還在顫抖，卻仍逞強笑著，「不用擔心，他以為他的傷是我弄的，報復完就沒事了。」

原來是我……

如果那時我能好好說，別衝動出手，宥澄就不需要面對這些事了。

「對不起。」

搖了搖頭，宥澄輕輕地抱住我，「小曦是將我從地獄裡拯救出來的人喔。如果沒有妳，我可能會痛苦到死掉吧。」

「都是妳！要不是妳放縱他，事情怎麼會變成現在這樣？」

「別把責任都推給我，你難道不用負責嗎？」

「負什麼責？我家都斷後了你他媽的還要我負責？」

爭執聲越演越烈，宥澄一聽見朝這裡來的腳步聲，驚慌的衝到門前反鎖，又推著我們到衣櫃前。

這場景……似曾相識。

「陽、小曦，你們先躲進去，不要出聲。」

還來不及反應，我和邵陽已被宥澄推進那小小的衣櫃裡。當衣櫃關上，全然的黑暗，彰顯了中間透著光的縫隙。

「鍾宥澄！開門。」

半掩的門扉還未全開，馬上伸來一腳將宥澄踹到地上，「養你那麼久，你要我拿什麼臉和親戚說你愛男人？」

「就叫你不要隨便對兒子動手。」宥澄媽媽趕忙扶起宥澄，「宥澄，快跟媽說，你喜歡女生對不對？」

「就是妳這麼寵他才會變這樣！」

「你以為我想嗎？說穿了還不是你成天在外面風流！」

「妳這女人說什麼鬼話！」

一團亂的外面，吵到幾乎是打起來的兩人附加一個沙包。相似的記憶，不敢再隨意碰觸的恐懼，摀著耳朵，我渾身顫抖的縮起自己，在黑暗之中。

「曦柔姊姊，這是我跟哥哥的房間。」晚餐後，洛遙拉著我跑上二樓，開心的和我介紹他們的房間。這是我頭一次到巫洛勛家，他們家小小的，卻一點也不凌亂，洛遙說這是因為他媽媽去上班，巫洛勛一肩扛起所有家事，才會變得如此整齊。

巫洛勛，他真的比我想像的，還要多更多的成熟懂事。

「巫洛遙，我說過多少次了，剛吃飽不能跑。」巫洛勛無奈敲了下洛遙的頭，有些羞慚的對我說：「抱歉，這裡很小。」

「我很喜歡喔。小小的，很溫暖。」毫無保留地，我露出甜甜的微笑。

牆上貼著洛遙從幼稚園到現在的畫，每一張畫裡都是巫洛勛，看著看著，心都跟著溫暖了起來。

「巫洛勛！巫洛遙！你們在哪？給老娘出來！」含糊不清的吼叫和甩門的聲音同時出現，嚇得我整個人跳了起來。

「哥哥，怎麼辦，媽媽又喝醉了。」洛遙緊抓著我的衣服，害怕的躲到我身後。

「巫洛勛！巫洛遙！」和恐龍有得比的腳步聲一步步踩上樓梯，「叫都沒反應，你們想死嗎？」

巫洛勛反應極快的鎖上門，把我和洛遙推到衣櫥前，「躲進去，無論如何都不要出聲。」

「巫洛勛！開門！」可怕的撞門聲，又再次使我全身一震。

「別怕，只要不出聲就不會有事。」巫洛勛抱起洛遙將他放進衣櫥裡，又幫著我爬進去，此時此刻，門幾乎要被撞壞了。

「要和往常一樣躲好，不能出聲喔。」巫洛勛輕輕摸了洛遙的頭，又對我綻開歉疚的笑容，「對不起，讓妳遇上這種事。」

搖搖頭，我害怕的問：「你打算怎麼辦？」

「這門撐不了多久。妳在這裡幫我照顧洛遙，害怕的話就閉上眼睛，很快就會沒事的。」語畢，巫洛勛關上衣櫥，只有縫隙的微光，能讓我勉強看見外頭的景象。

「曦柔姊姊。」洛遙爬到我身邊，緊緊抱住了我。

尚年幼的他，渾身都在發抖著。

深吸了口氣，巫洛勛快速打開門，囁嚅喊了聲：「媽。」

「垃圾！連你也瞧不起我，把我當空氣了嗎？」一腳下去，巫洛勛已被踹到地板上。

「沒有。」

「沒有？沒有為什麼不出聲！」

隨後，藤條如雨點，來來回回打在巫洛勛身上。他扭曲著臉，表情極為痛苦，卻連坑都不敢坑一聲，甚至，他沒有閃躲。

手裡抱著洛遙，我瞪大眼，害怕地愣在黑暗中。在幸福家庭中成長的我，做錯事頂多被罰站、打手心，我從沒看過如此瘋狂的、把小孩子當成出氣筒的景象，更何況，巫洛勛什麼都沒做。

家暴……這是我腦海裡唯一出現的名詞。

「你弟呢？」她丟下手中的藤條，咆哮的問。

被點名的洛遙哆嗦了下，抱著我的手不斷縮緊。尚年幼的他，根本無法承受如此巨大的恐慌，咬著唇落下一顆顆無聲的淚滴。

「我要他去買東西。」巫洛勛痛苦的回答。

「買東西？」她的火又上來，開始將拳頭砸在巫洛勛消瘦的身上，「我那麼辛苦養你到底做什麼？白吃飯的廢物！」

一句比一句更不堪入耳的話吼在這小小的空間裡，甚至把我從沒聽過的祖宗十八代全請了出來。

好可怕……她真的是巫洛勛的媽媽嗎？

挨打的巫洛勛至始至終都保持著沉默，反而是打人的她，在體力耗盡之前先哭了。

「結婚……我到底何苦？」她睥睨地瞪了眼倒地不起的巫洛勛，即狼狽的甩門下樓。

確定不會再有第三波攻擊，巫洛勛垂下緊繃的肩膀平躺在地上，不一會兒，他踉蹌的摀著肚子爬起，蹣跚地走出房間。

他要去哪？

「已經沒事了。」我摸了摸仍顫抖的洛遙，「我們先出去。」

「嗯。」

房間外面的廁所傳來沖水聲，接著是很輕的腳步聲。我護著洛遙緊盯門口，想著如果又是她，我該從哪裡帶著洛遙逃跑。

「哥哥！」洛遙一見到來者，急忙衝上前緊緊抱住巫洛勛，我也迅速將門反鎖。

「對不起，又把你丟進衣櫥裡。」巫洛勛摸著洛遙的頭，嘴角的微笑滿是寵愛。

都傷成這樣了還是……

「我帶你去醫院好不好？」我抿著唇，眼角不自覺泛出淚光。

「吐一吐就沒事了。」巫洛勛歉疚的低下頭，「對不起，讓妳遇上這麼危險的事情。」

搖搖頭，我摀著臉，顫抖的蹲下身子。受到如此劇烈的傷害之後，巫洛勛凡事一肩扛起的溫柔，輕易地打開我的淚水閘門。

「對不起，都是我不好，妳不要哭。」巫洛勛慌亂的跟著我蹲下，用僅剩的力氣輕輕抱住我。

紅腫、瘀青、血痕……他身上，全是令人畏懼的傷，但是，他仍然借出他的肩膀，給了我心靈受創後的溫暖。

「姊姊不要哭。」洛遙蹲到我們身邊，雙手揉著眼裡的淚，「洛遙會跟哥哥一起保護姊姊，姊姊不要哭。」

「好，姊姊不哭，洛遙也不哭。」擦掉眼淚，我對著洛遙微微一笑。

年幼的他強迫自己勇敢的樣子，更讓我覺得身為姊姊應該要堅強起來。

「有我在，沒事了。」巫洛勛一手一個，將還餘悸猶存的我們擁進懷裡。

三人不同頻率的心跳，逐漸的、逐漸的合而為一。

「曦柔？」邵陽攬住我的肩膀，「妳在發抖。」

「抱緊我。」瑟縮在邵陽懷裡，我貪婪著他身上的溫度。

現在，只有另一個人身上的溫暖，才能拯救過去受到創傷的心。然而，可笑的是，受到創傷的我，從來都只是個旁觀者。

「有我在，沒事的。」狹小的黑暗空間裡，邵陽摟著我，手緊握我顫抖的手。

他規律且溫暖的氣息，逐漸平靜了我的心。

心跳平穩了……

跟那時候的感覺，一模一樣。

巫洛勛……

「只要我離開，你們就不會覺得丟臉了吧？」

即使我分神了，外頭的狀況劇仍在上演著。宥澄握緊雙拳，朝他爸媽大吼：「反正你們要的只是一個性向正常的兒子！」

「有種東西收一收滾出去，不要回來了！」

「出去就出去！這種無法體諒我有多痛苦的家庭我也不要！」宥澄哭著吼完，即將他爸媽推出房外。

很快的，提著行李的宥澄已和我們站在公園裡。

宥澄撓撓頭髮，難為情的笑了下，「對不起，原本是想找你們來討論這件事該怎麼辦的。」

走上前，我輕輕抱住宥澄，「笨蛋，別獨自逞強。」

這句話，是那時年幼的我，忘了對巫洛勛說的話。

別獨自逞強了，我陪你。

只是這一切，都只能留在想像裡了。

良久，宥澄離開我的懷抱，小聲地說：「小曦，妳可以先收留我一個晚上嗎？」

「直接住下來吧。我爸媽在美國，家裡還有空房間。」

「咦？」邵陽吃驚地喊了聲：「妳一個人住？」

「嗯。」

「那怎麼可以讓宥澄去妳家。」邵陽像在搶玩具一樣把宥澄拉到身邊，「宥澄住我家。」

真是……我還以為他要說什麼。

「你家只有一張床。」

「但是是雙人床。」邵陽仍倔強的不肯妥協。

真搞不懂他的堅持。

「小曦，我住陽家好了。」宥澄淡笑著，「這樣陽才不會擔心。」

聳肩，我表示隨他開心。

「那今晚買披薩來慶祝我和宥澄成為室友。」邵陽極為迅速的拉住正要開溜的我，「曦柔當然要一起來，晚點我再送妳回家。」

「我不要。」

「我不管。」

「邵陽你少幼稚。」

「小曦一起來嘛。」

吵吵鬧鬧中，我半推半就的被他們推著走向邵陽家。

這份滲入心底的快樂，竟美好到，我捨不得毀掉。

第五章——毀滅的美好

連續三次段考都以滿分之姿奪得全校第一，加上運動會又拿到不錯的個人名次，以及雜誌發售後的暢銷度和正面評價。邵陽儼然成為大部分男生所崇拜的怪物，女生心目中的完美情人，更是時尚廣告圈的新寵兒。

事業達到小巔峰的他，還是不改喜歡在我身邊轉的本性，唯一能不見他蹤影的，就只有六日兩天的工作時間。

我沒發現是從什麼時候開始，邵陽那份鍥而不捨的溫柔，逐漸地佔據了我的空間。在他身邊，我總是自在的，和他的話題也越來越多，當我回過神，我已經無法再用這雙鮮血淋漓的手，毀掉和他相處的美好。

我很擔憂，再這樣下去，事情會發展的太過完美，我又會重蹈當年失去巫洛勛的覆轍。所幸，對邵陽的種種心情，很快就被寒假消磨殆盡。

為什麼這麼說呢？答案是那個可惡的邵陽，寒假開始後就完全消失了蹤影。長達一個月的假期，竟然連一則訊息都沒有，還把家交給宥澄顧，我只能和成千上萬的小粉絲一樣，從IG追蹤他的近況。

說了那麼多次喜歡我，黏著我上放學好避免其他男人接近。邵陽對我的種種行為充其量是在打發時間而已，只有我這個笨蛋，會為了他的接近憂心。

「宥澄，這給你。」一到學校，我把白色鐵罐放到宥澄桌上，隨即回到座位上趴著。好睏。

時差還沒調過來，早知道就聽爸媽的話提早回來了。

「早安。」

我旁邊位置的人似乎在和我說早……管他的，睡吧。

「陽，先別吵小曦，她才剛從美國回來，還在調時差。」

「她去美國？我怎麼都不知道？」

哼，你當然不知道啊！大忙人。

「鍾宥澄，把曦柔叫醒，準備去開學典禮了。」

不……我沒力氣爬起來了。

「她不太舒服，讓她在這邊休息吧。」

宥澄守在我身邊，等到所有會吵醒我的人都離開，他才快步跑向集合地點。

靜下來的教室果然好舒服，終於可以放心入眠了。

宥澄，謝謝你了。

「這兩個人，昨天做什麼去了？」

嘈雜聲逐漸擴大，耳裡傳來桌子被敲擊的聲音。歷經幾次掙扎，我才終於從睡夢中醒來。

什麼時候大家都回來，而且還上課了。

「你們去洗把臉吧。」英文老師說道。

我們？

往左一瞧，和我一同站起的邵陽，眼神還處在迷濛當中。

他也沒去開學典禮？

「看妳睡覺總能讓我放鬆。」邵陽愜意閉起眼，靠在一旁的圍牆上，「曦柔睡覺的模樣真的很可愛。」

一回到學校就恢復這種撩妹模式，真的很討厭。

撇了邵陽一眼，我轉身走進教室。

直到放學，我都沒有對他任何一句搭話進行回應。

「陽、小曦，我先去上班了。」宥澄收好書包，急匆匆的和我們道別。

我擔憂擰起眉，「你可以嗎？」

宥澄他，真有辦法白天上課晚上上班嗎？

「嗯，今天過後就換假日班了。」宥澄笑著和我們揮揮手，「拜拜。」

「放心，宥澄比我們想像的還要堅強。為了證明自己，他寒假不僅打兩份工，還自願在年節排班以賺取更多生活費。」說著說著，邵陽不禁莞爾，「當初那個凡事不敢吭聲的鍾宥澄，已經在妳的幫助下蛻變了。」

如果我真有幫上宥澄的忙，那就好了。

低頭檢查了下抽屜，確定沒漏掉東西，我揹起書包，視若無睹的從邵陽身邊走過。

「蘇曦柔，幹麻都不理我？」不知從哪變出鴨舌帽和招牌耳機的邵陽，在我踏出校門的瞬間從後方拉住我的手腕。

放假就消失，開學就黏我。他到底把我當成什麼了？

「我要回家。」

「我陪妳。」

「不用。」

「不管。」

實在受不了邵陽，就算被我無視，他仍堅持搭上和他家全然相反方向的公車陪我回家。

如果我在他心裡真如他表現出來的那麼重要，又怎麼會連續一個月不主動和我聯絡。

說到底，他還是在打發時間。

「我家到了，你可以滾了。」我淡漠。

「蘇曦柔，我忙了一整個月，好不容易終於見到妳，妳能不能別對我那麼冷淡？」垂下頭，即使被帽沿遮住，我仍能感受到邵陽落寞的神韻。

「自作自受。誰叫你放假連通電話都沒有。」撇過頭，我不悅嘟囔著。

「除了原本的工作，我還接了一個廣告、兩個代言、一部網路微電影。每天被工作追著跑，收工都是凌晨的事了，怎麼敢打給妳。」邵陽噘起嘴，不滿的說：「要是知道妳去美國，我也不用這樣壓抑自己。」

一個廣告、兩個代言、一部微電影……這些全集中在一個月內拍完？

「幹麻沒事把自己弄得那麼忙？」聽到邵陽誇張的行程，沒用的我，態度馬上軟了下來。

想趁爆紅多賺點錢好完成夢想的心情我不是不了解，但這麼多工作全集中在一個月內完成，他的身體哪受的了。

「沒辦法，我最自由的時間就是寒暑假了。」邵陽露出無辜的小狗眼神，撒嬌的對我張開雙臂，「被曦柔誤會了，傷心難過求抱抱。」

「去找你廣大的太陽公主們要啦。」推開邵陽的手，我打開門，本來是不打算理他的，但想了想，我還是轉過身，撇過頭問：「要進來嗎？」

原本黯然到快消失的邵陽眼神驟然發亮，還控制不了自己興奮的撲向我，「曦柔最好了。」

「變態，放開我啦！」我紅著臉，緊張的用腳把門踹上，萬一有鄰居經過就麻煩了。

「不小心太開心了。」邵陽不好意思的吐吐舌。

真是……

「坐一下，我去煮晚餐。」順手掛上鑰匙，我放下書包，直接走進廚房裡。

停下腳步，想起那短暫的接觸，我不免揚起微甜的笑容。

邵陽的擁抱……還是一樣溫暖有力。

我好喜歡這種感覺，好想好想保持著，可惜這種帶有淡淡糖蜜的雀悅，很快就被其他心情取代。

「盯那麼緊，是怕我燒了房子嗎？」從冰箱裡拿出青菜，我沒好氣地瞪了眼從剛才就靠在牆上看我忙碌的邵陽。

「有點。」他不僅不避諱，甚至還保持著一貫的輕笑。

這個人，我絕對是瘋了才讓他進來。

「阿！好吃。」熱騰騰的飯菜剛上桌半小時不到就被邵陽全數清空，他滿足地拍了拍鼓起的肚子，「妳進步很多。」

「你又知道了。」明知道邵陽是第一次吃我做的飯，但被這樣真誠且熱烈的誇獎，我還是害羞了。

「我當然知道。」邵陽起身幫我收拾盤子，「我來洗碗。」

「放著就好。」

「不行，我要當個好老公。」義正辭嚴的說完，邵陽即捧著一堆碗盤走向洗碗槽。

這幕要是被他的粉絲看見，不曉得會不會有人幸福到昏厥。

側躺在沙發上，清脆的水流聲讓我好不自在。平常一個人慣了，現在不是自己動手，總覺得有些坐立難安。

「曦柔，可以來一下嗎？」忽然間，邵陽從廚房探出頭，有些不好意思的問。

走到他身邊，我不解的問：「怎麼了？」

「烘碗機沒反應。」

呃……

手繞到一旁打開開關，按下按鈕，我微笑看了他一眼，轉身走回客廳。

廢話，電源沒開，烘碗機怎麼會動啦。

「我有東西要送妳。」快速掃去方才出糗的尷尬，邵陽神秘兮兮的從書包裡拿出一個心型鐵盒，「給。」

接過帶有一點溫度的鐵盒，心臟似乎就是裡頭的內容物，怦怦跳的好大聲。

怎麼會……我竟然期待著裡頭的禮物。

見我毫無動作，邵陽可憐巴巴的眨了眨眼，「不打開嗎？」

謹慎打開鐵盒，好比絲綢的緞布打成了蝴蝶結繞在髮圈上。櫻花粉、天空藍、純白和少許翠綠，不算太和諧的配色不規則地染在上頭，卻別有一番風味。

「雖然剪裁和加工都是別人，但這塊布是我自己染的。」搔搔臉頰，邵陽難為情的笑著，「雖然被劇組的大家嫌到吐口水就是了。」

「你怎麼有時間做這個？」

「拍微電影時遇到一位販賣手工小物的攤販，覺得妳應該會喜歡，就趁空檔拜託老闆教我了。」

「……」

因為我「可能」會喜歡，就毅然決然地放棄寶貴的休息時間。邵陽……我真不知道該罵他傻，還是該開心他把我放在比自己還重要的位置了。

「怎麼了，不喜歡嗎？」

搖頭，我蓋上鐵盒，說出一點也不像現在的蘇曦柔會說的話，「我很喜歡，謝謝。」

「太好了。」一直緊繃著的邵陽終於如釋重負，露出靦腆的笑容，「被那麼多人嫌棄，搞得我都沒信心了。」

怦通！怦通！

意識到什麼的我趕忙低下頭，遮掩因害羞而發燙的雙頰，順道看看能不能遮掉那過於激動的心音。

我怎麼會，為了一個笑容心跳。

「對了，我的巧克力呢？」

「啊？」

這傢伙沒頭沒尾的在說什麼……

愕然抬頭，邵陽吃醋的模樣就在眼前，「為什麼宥澄有巧克力我沒有？」

為什麼？

「因為是買給宥澄的。」

「所以妳在美國只想到宥澄都沒想到我？」

「沒有。」

「我果然是不受人疼的小孩。」轉過身，邵陽背對著我縮起身子。

看他一連串失寵的舉動，我不禁笑出聲，「喂，哪那麼誇張？」

「妳不懂。」說著說著，他甚至把臉埋進膝蓋裡了。

這傢伙，鬧起彆扭來簡直比小孩還麻煩。

嘆口氣，我無奈起身，「等我一下。」

回到房間，我從衣櫥深處摸出一個紙袋，裡頭裝著一件長袖帽T和牛仔褲。

說沒想到邵陽是騙人的。每當我晃過玻璃櫥窗，腦中總會自動將邵陽代入，思考著那套衣服適不適合他。

想來想去，想到最後，我還是決定宰殺錢包，用手邊僅剩不多的錢買下我認為他穿起來最好看的衣服，即使那時的我，心裡滿是咒怨邵陽的人間蒸發。

為了買到合適的尺寸，我甚至打越洋電話騷擾只見過兩次面的荷姊。不可否認，邵陽早已走進我心裡，佔據了和宥澄同樣，甚至比他更多的份量，只是這件事，我不會讓他發現。

我的世界，不該有美好可言。

拎著紙袋下樓，我左瞧右看，卻怎麼也找不到人。

生氣跑回去了嗎？

瞟了紙袋一眼，我將之放到桌上，只能明天再……等等，好像哪裡不對……

蜷起的身子緊靠在沙發內側。少了華麗的舞台，單薄的背影，正在夢裡上演著他的獨角戲。我愣了，腦袋空了，眼淚沒來由地盈滿眼眶。心疼的，是他傾盡溫暖給我之後，徒留下的寂寞。不該這樣的，給我那麼多關懷，但我最後還是只能把他推開。

邵陽……好好對待自己，收回你對我的愛吧！

閉上眼，消化掉那些淚，我蹲到他身邊輕喚：「邵陽？」

沒反應。

看樣子，他真的累壞了。

傳了封訊息給宥澄說明大概後，我便張羅著我們的棉被和枕頭。

大概是不小心受到什麼刺激，我竟然放著舒適的床不睡，裹著棉被趴在邵陽身邊。

我想，我是真的瘋了。否則我不會從那晚過後就忘了和邵陽保持距離，讓他一步步攻城掠地，更不會為了力拼「有機會」再同班，而在選組時來到自然組。

遠在國外的爸媽要是知道我如此亂來，就算沒昏倒，也肯定要吞掉不少降血壓的藥。

「神啊，拜託讓我能繼續和陽、小曦同班。」分班名單公佈前一天，宥澄整天雙手緊握，鬼打牆說著同一句話。

「都出校門了，模式該換了。」牽著腳踏車，走在離車道最近的邵陽輕笑著。

「我不想和你們分開嘛。」

「放輕鬆。」不知何時，我和他們說話已經少了那份裝出來的冰冷，多的是本身的淡然，「我相信命運會讓我們繼續同班的。」

「小曦果然好完美。」搔搔臉頰，宥澄害羞的低下頭，「又獨立又勇敢成績又好，還幫我解決了和爸媽之間的問題。」

其實，處理宥澄和他爸媽之間問題的人根本不是我，是邵陽認為宥澄離家出走總是不好的，私下要我和他一起去找宥澄爸媽，掌控局面的人也是他，我只能算是坐在一旁的喝茶娃娃。

經過數小時的溝通，宥澄爸媽終於放心宥澄現在的生活模式，雖然要他們接受宥澄的性向可能還需要一點時間，但他們已經願意支持宥澄用自己的雙手證明他的決心。

當邵陽和宥澄轉述時，不知打什麼鬼主意的他竟然把我們的角色對調，變成我是主要溝通者，他是喝茶少爺。聽完整件事的宥澄激動地跑回家去，初次破冰的三人，聽說那晚是噙著淚滴，相擁而眠的。

在此之後，宥澄仍借住在邵陽家，但他一掃前些日子的陰鬱，對未來抱持著無比正面的積極，更可怕的是，在那個笨蛋邵陽的美化下，他竟然把我當成神在拜了。

我曾多次詢問邵陽，但他都以「不想出風頭所以找我當人頭」這種怪異的理由敷衍過去。

時間久了，我也懶得再問，就當事實是這樣吧。

「我才不完美。」側過頭，我無奈莞爾，「我很依賴、很膽小、很固執，還很容易傷害別人。」看巫洛勛和傅子昂就知道了。一個被我傷的從此消失，另一個被我傷的只能用欺瞞來騙自己我對任何人都一樣。

我……大概是不幸的根源吧。

「還少說了害怕一個人的黑暗，卻死愛逞強認為自己可以。」邵陽悠悠地補充。

這傢伙，是在我家裝針孔嗎？

不過……對於他瞭若我的軟弱，我其實，並不反感。

「我說錯了嗎？」邵陽無辜地眨著眼睛，標準得了便宜還賣乖。

「沒有，只是少說了你是變態。」

「會不會說話呀妳，應該要說，我有用這裡在和妳相處。」邵陽拉著我的手貼上他的胸口，再輕輕把手放回我心上。

兩顆心，好像真的被放在一起了。

紅著臉，我緊張地鬆開手，「別隨便啟動工作模式。」

「我有嗎？」

「現在就是。」

「陽跟小曦甜蜜蜜。」

「宥澄！」

正當我被鬧得滿臉通紅，一輛車忽然停在不遠處，從車裡走下的人，表情凝重的像出了大事一樣，「跟我走。」

這裡明明是往邵陽家，傅子昂怎麼……難道他跟蹤我？可是，如果是跟蹤，就不會大刺刺的出現了吧。

躊躇的腳步遲遲沒有移動。照理說，我是不該有任何猶豫的跟著傅子昂走，因為他是唯一瞭解我過去的人，但，我現在最誠摯的心聲，就是不想離開邵陽。

「我的耐心有限。」面露不耐的傅子昂，不難讓人看出他的危險。

算了，也只能這樣了。

跨出步伐的那瞬，默不作聲的邵陽突然從旁拽住我的胳膊，「妳傻啦？還真的要跟他走。」

不跟他走，難道要我們四人耗在這裡嗎？

「我女朋友是你說帶走就能帶走的嗎？」把我拉到身後，邵陽單手牽著車，沉著臉說。

女朋友……聽見這代名詞，我居然一點也不慌，甚至，心還有暖暖的感覺。

手放在口袋，傅子昂身後的火光越加龐大，「蘇曦柔，妳真的跟他在交往？」

「小曦……」宥澄來到我身邊，喉頭的千言萬語，最後還是通通吞進肚裡，只剩緊鎖的眉心，透露著無盡的擔憂。

「沒事。」嘆口氣，我終於說出身為當事人的第一句話，「要我跟你走你卻站在原地。傅子昂，我不是你家傭人。」

這大概是我認識他幾年來，針對他本身說過最重的話了。

明顯愣了下，傅子昂急步朝我走來，越過邵陽，扯著我的手就要離開。

「站住！」

還以為會上演偶像劇兩男拉一女的戲碼，誰知道邵陽一手環胸、一手環腰，直接將我抱住。

這種留人方式，也未免太「太陽」了。

「再不放手，小心我把你踹到地獄盡頭。」

從傅子昂握著我的力道，就可以知道他這些話不是說說。

「該放手的是你。你這樣掐著曦柔，她會痛。」

我和傅子昂同時怔了，手腕上的力道也消失了。沒有察覺到我會痛的傅子昂，以及沒有表現出會痛的自己，邵陽的洞察力就像連環巴掌，甩醒了我們兩人。

「看來你還有點救。」邵陽鬆開環抱我的手，見我還未反應過來，輕笑著摸了我的頭，「有事一定要打給我，知道嗎？」

我無意識地頷首。

頭上的溫度，暖到像要燒起來似的。

跟著傅子昂回家，我都到他房間裡了，我們卻還沒說上一句。

這種氣氛，不打破不行。

「半路攔我過來，有事嗎？」淡淡地，我找了個最直接了當的話題。

「是他那份溫柔體貼才讓妳暈頭轉向嗎？」

「啊？」

「先不論你們是不是男女朋友，妳對他的態度，很明顯已經愛上了。」

擰起眉，我不悅的瞪著他，「你說什麼？」

「我用三年的時間沒能讓妳忘記巫洛勛，但他只花了一年就讓妳徹底遺忘過去。是我用的方式錯了，還是我把巫洛勛想的太強大了？」無動於衷的說出這些話，傅子昂超脫世俗的平淡，卻讓我覺得異常刺耳。

「蘇曦柔，妳真的忘記巫洛勛了嗎？」

「傅子昂，你要不要去做斷層掃描檢查一下腦袋有沒有浸水？」揹起書包，我撇下一個怒氣難平的眼神，「我沒空在這邊聽你鬼話連篇。」

「妳從來不會對我表現情緒，直到遇見他。」拽住我的手，傅子昂低下頭，無奈勾起苦笑，「承認吧，妳已經忘記巫洛勛，喜歡上邵陽了。」

「傅子昂，你給我聽好，我從沒有忘記巫洛勛，更沒有喜歡邵陽。」使力抽回手，我快步踩著憤怒離去。

說什麼鬼話，我哪可能忘記巫洛勛，喜歡上邵陽皣。

哪有可能……

「小曦！」趴在窗邊的男孩小聲地朝我招手。

「小昂？」我驚喜的跑到窗邊，「你怎麼會來？」

「來一下，我有問題要問妳。」

雖然不太明白，但我還是跟著他走到教室後方的女兒牆旁。

「怎麼了？」

「明天是我媽生日，妳認為卡片裡最後一句要寫什麼？我唯一想到的就只有『我好喜歡妳』，但感覺好沒張力。」

「嗯……」抿著小嘴思忖片刻，腦中忽然一現，我激動地大喊：「我最喜歡妳了！」

碰！

說時遲那時快，在我喊完之後，便傳來撞擊的聲音，在平常不會有人經過的轉角處。

「怎麼回事？」

「不曉得，我們去看看。」傅子昂拉起我的手，迅速跑向聲音來源。

「哎……」我愣了下，「巫洛勛？」

他直勾勾的眼神緊盯著我和傅子昂交握的手，突然會意過來的我急忙將手放開，緊張的走上前問：

「你還好嗎？」

「做作！」巫洛勛揮開我的手，狼狽的離開牆邊。

「你在說什麼？是不是撞到哪裡很痛？」

「瞧不起我就直說，少用那種對誰都溫柔的模樣接近我。妳這個假面人！噁心鬼！」

「我沒有瞧不起你。」從未見過巫洛勛動怒的我，害怕的就要掉下淚來。

「喂，你幹麻這麼大聲和小曦說話？」一旁的傅子昂看不下去，急忙替我出聲。

「我就是窮、就是生在那種爛家庭，攀不起你們這種名門子弟！妄想跟妳這位大小姐說話，是我自不量力。」

「巫洛勛你在說什麼，我從不覺得……」

「不覺得是表面！」巫洛勛打斷我的話，怒氣沖天的指著傅子昂，「妳的告白我都聽到了。故意跟我裝的要好，其實妳是想看我出糗吧？是我太蠢了，世界上哪有那麼美好的事。」

「等等，你誤會了，那是……」我急著上前解釋卻被猛力一推，幸好傅子昂反應夠快，當場接住摔向地面的我。

「巫洛勛，我沒有……」淚眼婆娑，我的委屈終於在傅子昂的溫暖中墜落。

心靈受創後所流下的眼淚，震驚了在場的兩個男生。巫洛勛垂在腿側的手已握成拳頭，他欲言又止的想走上前，最後卻還是站在原地。至於傅子昂，他已將我放在一旁，站起身來面對巫洛勛。

「你竟敢惹小曦哭。」

「小昂！」坐在地上的我連忙制止，「拜託，不要打架。」

「認識妳，是我這輩子最痛苦的事情！」輕易釋放了雷的墜落，隨後，他轉身離去。

當時心碎了一地的我，不小心忽視掉的，是巫洛勛那身便服。

而每當我在夢裡發現，卻再也追不上他。

別走，巫洛勛……

不要走！

猛然睜開眼，內外一片漆黑，我躺在床上，呼吸急促、心跳加驟，額上早已佈滿恐懼的冷汗。

他最後的身影，就像匹受了傷的孤狼，在絕望中狂嗥。

又一次複沓，又一次看著他離開……

下到一樓倒了杯水，習慣性往時鐘一望，恰巧凌晨三點。

睡不著了。

坐到書桌前，點亮半夜的燈火，我打開抽屜，從裡頭拿出一只貓咪手偶。

只要看見它，我就會想起邵陽，為了哄我，他還真是竭盡心力了。

「承認吧，妳已經忘記巫洛勛，喜歡上邵陽了。」

盯著貓咪手偶，我赫然發現自己的嘴角向上揚起，脈搏也逐漸平緩。我很確定，巫洛勛從沒離開我的記憶，但，不同的是，我喜歡上邵陽了？

不該是這樣的……

中午，本該是熱絡的用餐時間，每個人卻緊盯著手機，不停更新學校網頁，連餐桶都沒去認領。

十二點一到，熱騰騰的分班名單毫秒不差的出現在首頁。幾家歡樂幾家愁，有人開心地大叫，當然也有人難過地垂下頭。

我和宥澄繼續同班，但卻和邵陽分開了，而且我們的教室，還是位處斜對角的天涯。

面對這個結果，我顯然是鬆了口氣，但總有種說不上來的感覺，壓在不知名的角落。

「我不想和陽分開。」宥澄落寞的來到我和邵陽的位置中間。

朝夕相處，從煩躁到接受再到習慣，而今，和邵陽靠得那麼近的時間，只剩下一個月。

怎麼心……有點重重的。

「等你談戀愛就會嫌棄天天見到我了。」邵陽無奈地看向我，表情滿是寂寞，「只是以後，要見到曦柔的機會不多了。」

不要再提到我，讓我能有勇氣離開你的溫柔。

起身，我不發一語的朝外頭走去，漫無目的。

邵陽，我不想傷害你，真的不想……

悲傷的時間過得很快，一晃眼已來到放學，我們仍舊三人一起走出校門。

「小曦今天不太說話呢。」

「有嗎？」

「嗯，不過這也難免。」宥澄無奈嘆了口氣，「明天見。」

「掰掰。」

宥澄走了，我也朝反方向打算用走的回家，然而奇怪的是，邵陽竟然牽著車走在我身後，似乎不打算回去。

「沒跟我同班很失望嗎？」轉進小巷子，邵陽走到我身邊問。

搖頭，我不語。

「那是傅子昂跟妳說了什麼？」

稍微停頓了步伐。這次，我不打算回應他。

「哎，說句話啦，妳這樣我會擔心。」

不要擔心我。

不要……

「可以別管我嗎？」冷漠地瞥了邵陽一眼，我加快行走的速度。

邵陽的確不管我了，他沒再找話題，而是默默地走在身後。

這種又重又煩又難受的情緒是怎樣？

我的腳步越走越快、越走越快，甚至就要跑起來。或許藉由速度，我才能甩掉這些不該有的情緒。

「汪汪！」忽然一聲狗吠，嚇得我煞住腳步，反射性蹲下身來。

「曦柔，妳還好嗎？」

淚眼汪汪的抬起頭，模糊的淚水裡，看見的是過去和現在重疊的身影。

小巧的腳步，與奮跳著愉悅的步伐，我正在為自己記起全班名字的事情感到開心。

「汪汪！」一隻兇猛的野狗忽地出現在我面前，朝我吠了幾聲。

「那個，不要過來！」

牠嘴邊的利牙嚇得我頻頻後退，在牠往我衝來的剎那，我蹲下身，雙手緊緊摀住耳朵，發出一聲稚嫩又高分貝的尖叫。

誰來救救我……

「妳還好嗎？」

淚眼汪汪的仰起頭，如白馬王子般出現的，是個騎腳踏車的男生。

「有隻好大的狗。」我哽咽的說。

被我的眼淚嚇到，他愣了好一陣子才結巴說道：「我、我去看看。」

「嗯。」

回到我面前，他抓了下頭髮，神色有些不自然，「狗不見了。」

我跟著一看，那隻兇惡的野狗果然消失了，可是，過度驚嚇的我，還是很害怕牠會再度出現。

「我還是不敢走過去。」我哭喪著臉說。

他有些為難的思忖了會，「嗯……我陪妳走回家好了，妳家在哪？」

「前面走到底左轉第三條巷子。」

「那很快就到了。」停好腳踏車，他朝還蹲著的我伸出手，「別哭了。」

「嗯。謝謝你。」

他搖搖頭，讓我走在馬路內側，他則牽著車子走在外側，沉默的有些尷尬。

「你是國中生嗎？怎麼可以騎腳踏車上學？」隨便的，我找了個很無聊的話題。

「我、我是……」他因為我的發問措手不及，抿唇猶豫了會才帶著無奈的笑容說道：「五年六班，巫洛勛。」

「咦？」我小巧的臉蛋完全藏不住驚訝。隔了一會，驚訝消散了，我低下頭，慚愧的道歉，「對不起。」

「不用道歉啦。才剛分班，很正常不是嗎？」

才不呢！我是班長，在最短的時間內記起每個同學是我的職責，而這次我卻失職了，甚至還對他說出那麼沒禮貌的話，肯定要被討厭了。

「這樣好了，我跟妳交換一個條件。妳忘記我是妳同班同學這件事，就用來交換妳幫我保守我騎腳踏車來上學的秘密。」忽然間，他這麼提議。

「好。」我用力點點頭，「我保證，絕對不說。」

我知道，這是他想讓我減少愧疚的貼心。

「謝謝。」他輕笑。

像受到什麼衝擊似的，我緊盯著巫洛勛。他的笑容……溫暖的像要融化人一樣，好溫暖、好好看，好像真正的王子。

一個不留神，我被腳下的石頭絆倒，在摔到地上前一秒，巫洛勛飛快丟下腳踏車扶住我，「小心！」

「巫洛勛。」雖然害羞，我還是頂著紅似蘋果的雙頰對他說道：「其實，你笑起來很好看。」

那天，是巫洛勛親自送我回家，確定我平安進門之後才離開。然而，我不知道的是，為此，他錯失了去安親班接弟弟的時間，還因此挨了他媽媽一頓毒打。

「曦柔妳怎麼了？別哭啊！」邵陽手足無措的丟下腳踏車，趕忙將我拉起。

邵陽和巫洛勛，真的好像……

「好痛。」我流著淚，顫抖的摀著胸口，「邵陽，不要再接近我了。」

不能了……已經是極限了。

從認識以來，邵陽總是疼著我、護著我，讓我徜徉在他的溫暖中。同一時間，邵陽的舉動，卻總和巫洛勛有幾分神似，時時提醒著我未癒合的傷痛。

這樣的反差，我承受不住了。

「曦柔……」

「離我遠點，不要再靠近我了。」我朝他哭喊著：「邵陽，拜託你，讓我一個人，不要再接近我了。」

我的心，好痛、好痛了。

「我知道了。」良久，邵陽輕輕替我擦掉臉頰上的淚，「先上車回妳家，我做最後一件事就好。」

默默上車，我緊抓著邵陽的衣服，強迫眼淚歸位。

是我的錯，是我沒有在完美發生以前毀掉它，才會造成現在痛苦不堪的局面。

一切都是我。

是我的錯。

「我給妳的髮飾還留著嗎？」進到我家，邵陽的態度，平淡的好像什麼都沒發生一樣。

「嗯。」

小心翼翼地從抽屜裡拿出鐵盒，我不捨的輕撫著。過去怕弄髒，我從來沒戴過，想不到現在就要物歸原主了。

「綁起來吧。」在我把鐵盒遞還給邵陽時，他卻給了我一個從未想過的答案。

他想做什麼？

不過，無論他想做什麼，現在的我都會滿足他。

按照邵陽的要求綁好頭髮，我好想看看自己戴上這蝴蝶結的模樣，可是又怕看見鏡中的自己，會讓我捨不得離開他。

忽然被邵陽拉到身邊，還來不及反應，舉在面前的手機已經按下快門。

「這樣就好了，謝謝。」看著手機裡的合照，邵陽淡淡勾起唇角。

叫我綁上髮飾，就只為了和我拍一張照片？這就是，他最後想做的事？

收起手機，邵陽掛在唇邊的微笑依然溫暖，「曦柔，我是真的喜歡妳喔，很喜歡、很喜歡，比任何人都要喜歡妳。」

「你……」顫抖的，我說不出話來，唯有眼眶裡的淚，不停匯聚成流。

「所以對不起，讓妳那麼痛苦。」

不是你，是我，是我自己。

「不過，從現在起，不會了。」邵陽的笑容變得有些苦澀，他吸吸鼻子，眼裡噙著和我相同的淚滴，「我會離開妳的生活，不會再糾纏妳了。」

這句話明明是我希望的啊！可為什麼，我難受的彷彿心被撕碎了一樣。

「蘇曦柔，不管妳信不信，我是真的很開心，我愛上了妳。」一步一步，邵陽慢慢退到門邊，「好好照顧自己，再見了。」

不要走！

邵陽，不要離開我……

門關上了，世界又剩下我一個人，我是該開心的啊！

「是該開心的，我是該開心的。」跌坐在門邊，我摀著破碎不堪的心，痛苦的催眠著自己。

夜雨敲窗，滾滾而落的眼淚蔓延在無垠的黑暗之中。

告訴我，這樣對我們都好，對吧？

第六章——來不及的重逢

那天過後，邵陽果真如他所說，離開我的生活了。

即使坐在隔壁，我們卻從沒說上一句話，放學也各自往反方向回家。曾經肩並肩的我們，轉眼就成了背對背的陌生人。

這就是我要的結果，然而，這個結果，卻吞噬了我和他的笑容。

沒關係，這樣才是最好的。

每天的每天，我總會這樣安慰自己，但是，即使說了再多，心，還是空了一塊出來。

很快的，暑假到了。

邵陽遵循寒假的模式，沒日沒夜地工作著，暑輔也只意思性露面一天。很多人都發現鏡頭裡的他笑容不再，他的粉絲雖然擔憂，卻也樂見他的新風格。憂鬱的氣質，使他的事業攀上另一高峰。

此外，我從宥澄口中得知他交了女朋友，對象在我們學校還和我們同年。雖然不曉得成天埋首工作的他要怎麼談戀愛，但他的確有了變化，除了笑容不再，他的肩上還多了副耳機掛著，無時無刻。

我呢，則恢復獨來獨往的生活，冷眼旁觀所有事物，除了宥澄，沒人有辦法和我說上一句……不對，除了宥澄，還有個人半強迫我天天去找他，那個人就是傅子昂。

他不曉得從哪得知巫洛勛的消息來勸誘我，告訴我只要乖乖聽話，他就會告訴我巫洛勛的下落。從那之後，我無疑成為傅子昂的傀儡，每天到他家報到，假日和他練拳，偶爾還要充當女朋友的角色陪他出門。

宥澄常常問我，這樣好嗎？

每次，我總是頷首。

但這樣真的好嗎？我不知道。

這段日子，我疲於應付傅子昂，唯有到了深夜，才有屬於自己的空間。偶爾，我會打開IG，偷看邵陽的動態；偶爾，我會躺在床上，放空自己的思緒；偶爾，我會縮著自己，想要回曾經的溫度。甚至每個夜裡，我必須要貓咪手偶陪著才能入眠。

事情逐漸變得脫序，但從另一個角度來看，事情又走在正軌裡。一切都在我的掌控之中，一切卻又在我的掌控之外，而我第一次見到邵陽傳聞中的女友，是在開學後的某次巧遇。

他的女友叫洪欣愛，個子不高，說話撒嬌，標準的黏人小女孩。對於她對我的敵意，還有緊勾邵陽的手故意示威的模樣，我連理都不想理。

已經沒關係了。

已經，連朋友都算不上了。

「小曦，這給妳。」放學時，宥澄掛著神秘的笑容把餅乾放到我桌上。

「怎麼那麼突然？」

宥澄癟癟嘴，心疼的說：「曦柔的臉色不太好，大概又沒好好吃東西了。」

愣了會，麻木的心又開始隱隱作痛。即使宥澄不說，我也知道這是邵陽的口吻。他是什麼時候看見我的？從那次洪欣愛勾著他的手離開之後，我們就再也沒見面了吧。

他能不能別那麼關心我？我明明……就葬送了他的笑容。

「我要等妳吃完才能回家，所以……妳捨不得為難我的吧。」宥澄無辜的眨眨眼，但那背後，分明就是和邵陽串通好的陰謀。

只是，這樣的別有目的卻讓我紅了眼眶，心甘情願走進他們設下的陷阱裡。

打開包裝，我咬掉半塊餅乾，同時趁宥澄不注意，快速抹去不受控的淚。

吃塊餅乾都能哭。蘇曦柔，妳什麼時候這麼脆弱了？

「陽那邊有我在，我會盯著他吃飯睡覺，可是小曦，妳一個人一定要照顧好自己。」宥澄轉過椅子坐到我正前方，「你們都是我很重要的朋友。」

「抱歉，讓你為難了。」斂下眼，我的聲音小小的，帶著些微哽咽。

「不會呀，你們又沒阻止我什麼，也沒要我選邊站。相反的，陽還要我好好照顧妳呢。」發現自己說溜嘴，宥澄連忙摀著嘴，尷尬地笑了下。

我不意外邵陽會這麼做，甚至從這兩塊餅乾裡，我得知他一直在關心我，在我看不見的角落。

剛咬下第二塊餅乾，黑壓壓的手機螢幕上忽然亮出一串地址。

唉……這次又是哪裡？

將地址複製到地圖，上頭的點落在一間汽車旅館。身為當事者的我很淡定，倒是嚇到了身旁的純情小少年。

「這是弄錯了吧？」宥澄緊張地拉住我的手，「小曦，妳快打電話給傅子昂，肯定是他弄錯了。」

「不是弄錯。」我微笑揹起書包，把剩下半塊的餅乾放進嘴裡。

在我甘心成為傀儡的當下就有心理準備了，我遲早得付出一切，包括身體。

「小曦，不可以。」宥澄拉下我想招計程車的手，「妳知道男生單獨找女生去汽車旅館代表什麼嗎？」

「總不會是蓋棉被純聊天。」我輕笑。

我的無所謂又再次嚇到宥澄，愣了許久，他氣沖沖地大罵：「既然都知道為什麼還要去？就算陽有女朋友了，妳也該珍惜自己啊！」

是我推開邵陽的，哪有資格和他賭氣呢？

「如果有一天，我帶著傷消失在你的世界，你掛念了我很久很久，很想找到我，但卻一點消息也沒有。幾年後，好不容易有人知道我在哪裡，代價卻是要你付出一切，你願意嗎？」平淡的，我問。

「當然願意。妳是我重要的朋友，無論如何，我都想再見妳一面。」

「那就對了。」我莞爾，「我現在，就是做出和你同樣的決定。」

「可是……」

「好了，回家路上小心。」

我伸手招了輛計程車，把宥澄獨自丟在校門口離去。

雖然在宥澄面前表現的很淡然，但當我坐上車，心臟忐忑的就要窒息，緊握著手機的手，更沒有停止顫抖。

為了巫洛勛，這是必要的。

照著訊息來到指定房號前，我深深吸了口氣，伸手敲下房門。

「不錯，動作很快。」傅子昂身著校服的身影，很快就出現在我眼前。

環顧四周，我隨手將書包丟到床上。高尚精緻的裝潢，很有傅子昂的風格。

「知道要做什麼吧？」傅子昂問。

「是不是今晚過後，你就會告訴我巫洛勛的下落？」冷漠的撲克臉後方，藏著的是快窒息的緊張。

沒事的，一下子而已，很快就結束了。

「就算會受傷，妳仍堅持要知道巫洛勛在哪嗎？」

「是。」

「好吧，妳想往傷痛裡跳，我不攔妳。」

也許是過於緊張，此時的我，並沒有發現傅子昂藏在語句裡的關心。

心一狠，我爬上床等待發落，離我幾步之遙的傅子昂卻動也不動，面露尷尬的問：「哎，要不要吃晚餐？」

「不要。」

「那，我們去看個夜景？」

「傅子昂，拖掉的時間是你的，天一亮我就閃人了。」我沒好氣的提醒。

叫我來的是他，拖時間的也是他，他到底想做什麼？

「我要追加。當妳變成我的人，就算見到巫洛勛，妳還是必須回到我身邊。」傅子昂抬起我的下巴，輕佻的問：「如何，還要繼續嗎？」

「好。」

已經，沒什麼好怕的了。

愣了會，傅子昂無奈的苦笑，「妳就這麼喜歡巫洛勛嗎？」

對，我就是這麼喜歡他，喜歡到，我甘願連自己都毀掉。

「別拖時間了。」

「別後悔了。」半靠在床頭櫃上，傅子昂以欣賞的眼神准許我動作，「脫衣服吧。」

「是。」拉開制服領帶，我像個賣掉靈魂的奴隸，在最熟悉的人面前，一顆顆解開衣釦。

鎮靜下來，蘇曦柔，手別抖。

「警察臨檢！」突如其來的敲門聲嚇得我整個人彈起，傅子昂卻像早就在等待這一刻，連貓眼都不看就迫不及待的將門打開。

傅子昂你在想什麼，我們可都是未成年的學生啊……

拉緊敞開的衣服，壓抑著極為劇烈的脈動，我小心翼翼的瞄向門邊，卻差點沒有昏倒。

那個聲稱自己是警察的人，是宥澄。

都還沒搞清楚狀況，我面前又出現一個男人。他快速替我披上外套，拉著我跑出差點失身的汽車旅館。

「你幹什麼？」好不容易甩開他的手，我忍不住大罵。

「我才想問妳在做什麼！」他的聲音異常的低，還帶著從未有過的怒氣，「真想和那種傢伙上床？」

想到巫洛勛的事可能泡湯，宥澄又說不定會遇到危險，蘊藏在心中的怒火也跟著熊熊燃燒起來，「關你什麼事？」

「我不想看妳作賤自己。」

聞言，我笑了，狼狽的、絕望的笑著，「你懂什麼？搞不清前因後果就跑來搶人還說出這種話的你到底懂什麼？」

心要乖，不要痛，我們本來就不該再有瓜葛的。

「我不懂，我就是不懂，到底有什麼比珍惜自己還重要，到底有什麼我無法為妳做到而他可以！」

「這件事你就是做不到！」

邵陽的怒火幾乎要將他吞噬，他緊抓著我的肩膀不停來回晃動，「只要妳說我就做得到！只要妳願意告訴我，蘇曦柔！」

好痛……邵陽，原來有這麼大的力氣。

「我要找人。」

「什麼？」

「我說，我要找人。」看著他瞳孔裡絕望的自己，我再次被更深的絕望包圍，「那個人的名字是，巫洛勛。」

邵陽的手緩緩鬆開，他難以置信的模樣，給了我第三層的絕望。

看吧。

他做不到。

「少自以為能幫我什麼，你一點也不了解我的過去。」轉身，我緩步朝汽車旅館走去。

這麼一鬧，我什麼希望都沒了，只求我現在回去，還能勉強安撫傅子昂的脾氣。

「第一次說話是在妳回家的路上，那時的妳，就像隻受了驚嚇的小白兔，蹲在路邊不停發抖。」

那擴散在黑夜裡的平淡聲線是如此殘忍，我的腳步愣了、腦子空了，唯有垂在腿側的雙手，劇烈地顫抖著。

「第一次陪妳看家做晚餐，妳含著湯匙興奮說好吃的模樣，到現在還深刻印在我腦裡。」

回過頭，我不敢置信地望著他，望著那個和巫洛勛有幾分神似的邵陽。

「第一次到我家就害妳遇上那種情況。看妳嚇到大哭，我真的好後悔邀請妳來我家，更後悔我為什麼會生在那種家。」

「等一下。」用力揉著疼到快停止跳動的心臟，我激動的淚就要從眼眶溢出，「先等等。」

「是因為過去有吃過才吃出來的嗎？」

「從見到她的第一眼就注定了，我會比任何人都要喜歡她。」

「我需要妳，一直都很需要妳，我已經一個人太久了。」

「有我在，沒事的。」

「蘇曦柔，不管妳信不信，我是真的很開心，我愛上了妳。」

不可能……

邵陽、邵陽竟然是……

「巫洛遙，我最疼愛的弟弟，但他卻成天曦柔姊姊、曦柔姊姊的喊，好像妳才是他親姊姊一樣。」

淚，緩緩佔據邵陽眼眶，慢慢滑過我的臉頰。

「原來，妳沒有忘記我。」邵陽走上前，將呆滯的我擁進懷裡，「蘇曦柔，我好想妳。」

「就算會受傷，妳仍堅持要知道巫洛勛在哪嗎？」

傅子昂說的，原來是這個意思。

「好玩嗎？」我顫抖出聲，「用邵陽的身分接近我，打亂我跟巫洛勛過去的平衡，這樣很有趣嗎？」

「我從沒想過要隱瞞妳。」

「那你是什麼意思？」推開邵陽，我聲淚俱下的吼著：「你說啊！用邵陽的身分接近我、說愛我，到底是什麼意思？」

「我以為妳忘記我，以為妳心裡有其他對象，才沒告訴妳我就是巫洛勛。」邵陽急著和我解釋：「曦柔，相信我，我真的沒想過要隱瞞妳。」

可是，他終究還是用邵陽的身分和我面對面了。

「沒有要隱瞞我，所以自在的轉換另一個身分接近我，而我卻為了喜歡上邵陽又怕忘記巫洛勛，在過去與現在的分界點拉扯。」摀著額，我不禁笑出聲：「真蠢。」

「曦柔……」

「邵陽，我喜歡你，可是現在的我，比喜歡你，還要恨你。」心死的，我轉身離去。

帶著憂鬱，邵陽沉默的跟在後頭，直到我關上門，他還是站在我家門口。

靜靜的，宛若只剩一副軀殼。

真可笑，繞來繞去，我居然喜歡上同一個人。不過現在，我不再喜歡他了，我不再愛了。

明明結束了這段鬧劇，明明心可以不再掙扎，為什麼我卻一點也快樂不起來，為什麼眼淚，要一直流呢？

無聲無息的，我流了整夜的淚。當我意識到時間，上學已經來不及了。

也罷，今天就請假，到遠一點的地方走走吧。

打開門，邵陽消瘦的身影立即映入眼簾。他始終盯著我的方向，但我確定，他的瞳孔並沒有映出我的身影。

於是，我又將門關上。

僅那麼一瞬，我好不容易平靜的心又再次起了波瀾。仔細一看，邵陽瘦了好多，面容也變得憔悴，宥澄說有在注意他的日常，怎麼還會弄成這樣？

等等，他的衣服和昨晚一樣……他該不會在門口站了整晚吧？

再次打開門，他還是沒注意到我，只是看著我的方向，飄散出若有似無的哀傷。

我是不是，把話說的太重了。

不對，擺出各種姿勢本來就是他的專業，就像他明知道我是誰，卻還是裝出不認識我的樣子，這說不定也是他的演技，我不能心軟。

「滾，我家不需要門神。」雙手抱胸，我冷漠的說。

視線從各個遠方拉回，邵陽看見是我，露出淺淺的微笑，隨後，他殘忍的在我眼前，倒下了。

「邵陽！」我尖叫將他抱進懷中，「喂，你醒醒啊！邵陽！」

生平第一次坐進救護車，高分貝的鳴笛佔據大腦，我無法思考，只能緊盯邵陽死白的臉龐，身體不斷顫抖。

要是邵陽出事怎麼辦，我該怎麼辦……

從急救房走出，醫生脫下口罩鬆了口氣：「邵同學是急性肺炎，目前狀況已經穩定，待會會送到普通病房，你們可以跟著過去。」

「謝謝醫生。」

身為肇事者，我一句話也沒說，只是跟著教官的動作鞠躬。

未滿十八歲的我，並沒有資格簽署住院同意書，也不曉得邵陽有無藥物過敏或其他不良反應。當醫護人員問起，我除了教官室的電話之外什麼都答不出來，更不用說聯絡他的家人。

直到這種關鍵時刻，我才發現我一點也不瞭解邵陽。身高體重、血型生日、家庭背景，甚至他的個性、他的出現、他為什麼騙我……這些，我全都不知道。

一直以來，都是他主動朝我走來，不求回報的對我好、給我溫暖，如果對象換成是我，他肯定都答不出來吧。

比起邵陽，我真正該恨的，是那個一無所知，卻還亂發脾氣的自己。

「教官，抱歉，給你添麻煩了。」邵陽靠在床上，面色虛弱的說。

「還說呢！知道你很忙，但也要好好照顧自己。」

「我以後會注意。」

「蘇曦柔，既然沒事了，妳就先回學校上課吧。我會在這裡待到晚上，等邵陽的家長來。」

「哎？」慌亂回過神，我正巧和邵陽四目相接，尷尬的不知所措，連忙撇過頭避開視線。

現在這樣，回去也好。

「教官，可以讓曦柔陪我嗎？」不曉得該稱讚邵陽觀察力驚人，還是他太瞭解我，見苗頭不對，他馬上出聲將我留下。

「我是無所謂。蘇曦柔，妳可以嗎？」

霎那，我的立場極為兩難。雖然邵陽頻頻打暗號叫我答應，可是，我真的要留下來嗎？我們兩個之間，還存在著難以化解的糾葛。

「為難的話就別勉強。」

「我可以。」

「真的？」

「嗯。」

在緊要關頭，我還是順著心底最微弱的意志留下了。

「教官，學校那邊應該有很多事吧？這裡有曦柔陪我就好。」邵陽無辜的眨了眨眼，又露出那得了便宜還賣乖的本性。

「真是……現在的小孩。」嘆口氣，教官瀟灑的揮手離開，「既然你希望我離開我就不當討厭鬼了，但要記住，不准亂來。」

「遵命。」

「媽，嗯，我沒事了。這邊有朋友照顧我，妳明天再來就好。」

教官前腳剛走，邵陽馬上拿起手機打電話，內容還是要他媽今天別過來了。

簡直是小孩子，逮到機會就胡來。

「對不起，嚇到妳了。」咳了幾聲，邵陽有些難為情的問：「妳抵抗力好嗎？會不會被我傳染？」

這些問題早在留我下來的時候就該想好了吧？

「你別說話就沒事。」依著牆，我平淡的說。

安靜閉上嘴，邵陽沒有提起昨天的事，只是一直盯著我，弄得我好彆扭。

「要叫你女朋友來嗎？」我尷尬的問。

這話似乎是戳中邵陽的點，他冷著臉，嚴肅的搖了搖頭，「我只要妳。」

這個人真是……

「那至少跟她說一下。」

「我不要啦！」過度大喊嗆的邵陽不停咳嗽，力道之大好似要把肺咳出來一樣。

笨蛋！

我緊張的跑到他身邊幫忙拍背，看他咳嗽不已卻仍堅決搖頭的模樣，我只好順著他，「好啦，都聽你的，不要激動。」

邵陽……好溫暖。

氣息逐漸平緩，邵陽趁勢環住我的腰，把頭埋進懷裡，呢喃的說：「讓我任性一天。」

嚥下難以言喻的痛，我仰起頭，艱澀的張口呼吸，順道想把盈在眼眶的淚全逼回去。

一碰到邵陽，我的心就好痛、好掙扎，可是，我沒有辦法推開他。

「為什麼不怪我？」我哽咽的問。

「為什麼要怪妳？」

「是我害你變成這樣。」

如果我昨天別急著把自己關進冷漠的世界，多說一點話，直接把他趕回家，即使鬧得更難看，他也不用住院了。

「傻瓜。」邵陽拉著我坐到他身邊，寵愛地摸著我的頭，「放暑假第一天我就感冒了，只是沒時間去看醫生才會變成現在這樣。」

暑假到現在第一次段考結束……三個月！

我沒好氣地推開他的手，「白癡，開學沒時間嗎？把自己弄到住院好玩嗎？」

「不好玩，但至少，妳在我身邊了。」低著頭，邵陽的笑容很苦，甚至苦進了我的心頭，「沒有妳的生活很難熬。」

鼻子一酸，眼眶一熱，透明的淚不聽話地滾至兩側。既然如此，為什麼還要交女朋友？為什麼不早點和我坦白？

「暑輔那天，我目睹洪欣愛被她喜歡的男生當眾羞辱，替她出頭之後，就莫名其妙變成她男朋友了。」伸出手，邵陽溫柔揩去我的淚，「沒拒絕，是以為妳知道以後，會慶幸我終於離開妳的生活。只要妳不再痛，對我來說就是好的。」

連我心裡在想什麼都知道還主動和我解釋……邵陽，你到底要我怎麼做？我到底該怎麼做？

「邵先生，你要訂餐嗎？」忽然間，一位護理師出現，打破了我們的沉默。

「不用，謝謝。」

待到門關上，邵陽可憐兮兮地望著我，「我想吃麻辣鍋。」

「你找死嗎？」

急性肺炎還想吃麻辣鍋，這傢伙不要命了。

「就知道妳會這麼說。」笑著，邵陽拉起我的手，「曦柔，我們今天就這樣相處好不好？別管昨天以前發生了什麼，就當作在夢裡，讓我任性一下。」

抿唇沉默良久，我在邵陽的期盼下輕輕點了頭。

控制一次自己的夢，也好。

「那，我要喝水。」終於，邵陽又重現離開我之前的燦爛笑容。

「我去裝。」拿著熱水瓶，走出病房前，我也淺淺地，打從心底露出最真誠的微笑。

夢境，果然是最幸福的地方。

隔天，窸窣的談話聲影響了我的睡眠，我迷濛的揉眼，撐著床墊起身。

「吵到妳了嗎？」邵陽溫柔的問。

搖頭，我半夢半醒的呢喃：「沒有。」

身上蓋著同一件棉被，還有近在咫尺的邵陽，我終於想起昨晚他怕半夜冷氣太強，死賴著要我跟他睡同一張床，我不答應他還不睡。

「會冷嗎？」

「還好。」說是這麼說，但我又躺回邵陽身邊。

這裡溫暖的，好讓人留戀。

嘎然一聲，門邊出現的人看上去是個國中生，但我卻莫名的有點眼熟。

「來了。」邵陽淺淺一笑。

我和宥澄相視一眼，彼此都不明白邵陽到底什麼時候，從哪裡拐到這個可愛的國中生。

「姊姊？妳是曦柔姊姊嗎！」男孩興奮的衝向我，嚇得我不自主的往邵陽懷裡躲。

「你這樣會嚇到曦柔啦。」邵陽清澈的笑容和小時候看見洛遙拉著我跑的時候一模一樣，「曦柔，他是洛遙。」

「洛遙？」我愣了愣。

把眼前的男孩和記憶中的小男孩重疊之後，我激動的不能自已，「你長這麼大了。」

想當初洛遙還是個矮我許多的可愛小孩，現在居然長得這麼高、這麼帥了。

「姊姊我好想妳。」洛遙眼眶泛淚的抱住我，「我還以為再也沒機會見到妳了。」

很多事情，好像只有我遺忘了，他們兄弟倆卻清楚記得。

「我也是。」

我已經搞不清楚了，我現在所流下的，到底是久別重逢的喜悅，還是當初來不及的淚。

「直接把我排除在外，你們這樣對嗎？」嘟著嘴，邵陽不滿的嘀咕。

「哥哥，雜誌裡的女生明明就是姊姊，你幹麻騙我？」洛遙不開心的問。

「哥哥？」宥澄一頭霧水的抽了張面紙給我。

「他就是我弟，巫洛遙。洛遙，他是我跟曦柔的死黨，鍾宥澄。」邵陽解釋時，還不忘把手放到我頭上，安撫情緒尚未恢復的我。

「宥澄哥哥好。」洛遙還是和小時候一樣，很有禮貌的向人打招呼。

「原來你就是陽的弟弟。」宥澄恍然大悟的笑著，「早上陽已經跟我說過你們的事了。」

邵陽見我情緒恢復了，又把注意力轉回洛遙身上，「你有請假嗎？」

「當然啦，我是乖孩子。」

「那就好……咳咳！咳咳！」邵陽忍不住重咳了幾聲。

「還好嗎？」我伸出手，輕拍著邵陽的背。

「胸口好痛。」喘著氣，邵陽閉眼倒在我肩上。

擰起眉，洛遙擔憂的問：「真的不要緊嗎？」

「醫生來巡房的時候有說，陽的情況雖然穩定，但為求謹慎，還是要再住院觀察幾天。」

早上醫生有來？我怎麼都沒聽見他們交談的聲音？回想起來，我好像很久沒有睡的那麼安穩了。

「那就好。」洛遙落寞地笑了下，「哥哥，你好好靜養，明天別來了。」

「可是……」

「沒關係，我本來就只想見你一面，現在見到了。」洛遙的笑容，逞強的令人心疼。

「如果覺得抱歉，那今天的午餐就哥哥請客啦。」為了舒緩沉重的氣氛，洛遙率先打起精神，開心地勾上我的手，「姊姊，帶我去買好吃的。」

「好。」我甜笑，實在是拿撒嬌的洛遙沒轍。

「不能給曦柔添麻煩喔。」交出錢包時，邵陽還不忘叮嚀。

「姊姊我們快走，哥哥又要碎碎唸了。」

拿著兩手滿滿的食物回到病房，一群人邊吃邊聊著沒有營養的話題，一頓簡單的午餐，我們竟然拖了一個多小時才結束，歡樂程度連進來巡房的護理師都感受得到。

收完殘局沒多久，宥澄和洛遙已累的趴在床邊睡著了。我躺在邵陽身旁，安靜的空間又使我萌生睡意，但身旁的他卻拿著手機不曉得在幹麻。

「你不睡嗎？」我帶著些微的倦意問。

「我發個動態。」迅速按完，邵陽把手機放回櫃子上，「好了，妳可以睡了。」

「我又沒在等你。」我撇過頭，不禁刷紅了臉。

「那我睡了。」

確定邵陽沒動靜了，我才大著膽子靠向他。

果然，好安心的感覺。

很輕易的，就讓人進入夢鄉……

細微的聲音，加快了我醒來的步調。瞇開眼，邵陽沉睡的側臉就在眼前，一旁還有洛遙跟宥澄的貼心守候。

這幅溫馨的場景，頓時填充了我的心。

真好。

肩膀忽然被點了兩下，我轉過頭，出現的人是我從未想過的，也是我不得不面對的。

「怎麼了？」身旁的邵陽很快就發現我的動靜，他閉著眼，帶著濃厚的睡意呢喃。

「沒事，我去一趟廁所。」我輕輕爬下床，替邵陽蓋好被子，「你繼續睡。」

跟著洪欣愛來到這層樓的角落，她轉身就是呼我一巴掌，「妳在對別人的男朋友做什麼？」

火辣的痲痺感，徹底痛醒了我。

是啊，邵陽現在是別人的男朋友，我還毫無防備地和他睡在同張床上，到底想做什麼？

「我不管你們過去感情有多好，但現在邵陽是我的，妳最好自愛點，別當小三破壞別人的感情。」

低下頭，我默默聽著，心默默痛著。

蘇曦柔，妳竟然可悲到變成小三了。

「蘇曦柔，別逼我毀掉邵陽。」

我瞪大眼，難以置信地盯著她。

洪欣愛……在說什麼？

「要是妳再接近邵陽，我不僅會把妳當小三的事昭告天下，也會讓他無法在那個圈子裡混下去。」

我徹底愣了。洪欣愛居然拿邵陽的工作當要脅，要我和他徹底切割。她到底知不知道那份工作對邵陽來說有多重要，邵陽又是用多麼嚴謹的態度在看待那份屬於他的專業。

「我知道了。」顫抖咬緊唇，我盡可能冷著聲音說。

「哼！」

甩過頭，洪欣愛離開了，留下我獨自站在角落，好像被全世界遺忘般，靜靜地站著。

該結束了，無論是巫洛勛還是邵陽。

到廁所洗了把臉，臉上的紅印尚未消退，但我的東西還放在病房裡，又不能不回去拿。

真討厭。

拖著腳步回到病房前，我實在沒勇氣走進去，實在不曉得該怎麼做，才能恢復當初的冷漠無情。

深吸了口氣，我都還沒打開門，就聽見裡頭大呼小叫的聲音。

奇怪，是我走錯了嗎？

疑惑的正要轉身，門卻像爆炸般被用力撞開，邵陽緊抓胸口，靠著牆勉強站立，臉色蒼白的好比幽靈，甚至手背上還流著鮮血。

見到我，邵陽輕輕露出一個微笑，「曦柔……」

「喂！」我反射性接住邵陽，和他雙雙跌到地上。

「哥哥！」

「陽！」

洛遙和宥澄趕緊上前將邵陽從我身上拉開。

扶著他回到病房，我驚見洪欣愛哭紅了眼，恨不得殺了我一樣。

到底，怎麼了？

即使虛弱的快喘不過氣，邵陽仍不肯躺回床上，而是摟著我，將臉埋進我的腰際。

看我一臉茫然，宥澄輕聲解釋著：「陽發現妳被洪欣愛帶出去又那麼久沒回來，認為她對妳做了什麼，兩人大吵一架之後陽完全不聽勸，扯掉點滴就說要去找妳。」

低下頭，望著賴在懷裡的他，心，更是煎熬了。

「姊姊，妳的臉頰怎麼紅紅的？」

搖頭，我快速找了個角度遮住紅印。

洛遙著急的跑到我身邊，不顧我的反抗抬起我的臉，「姊姊，妳被打了。」

聞言，邵陽硬扯著我坐下，仔細看過我臉上逐漸消退的紅印，冷冷的把目光掃向洪欣愛，「妳對她動手？」

「是又怎樣？」洪欣愛理直氣壯的大罵：「她不要臉，我打她剛好而已。」

「夠了！洪欣愛，遊戲到此為止。」邵陽提分手的同時，還伸手將我攬到懷裡附帶解釋：「我喜歡的人是曦柔。」

微微一愣，我偷偷抬起頭望著邵陽。

他的堅定，動搖了我說結束的決心。

「就為了她和我分手？」洪欣愛激動的不能自己，「邵陽，你在意過我們的感情嗎？」

「妳可以單方面說交往，我也能單方面說分手吧？」邵陽手一揮，直接指向門口，「出去。」

「我不要！」洪欣愛用力的尖叫、大哭大鬧，完全不把這裡當成是病人休息的地方。

剛把我交給洛遙保護，洪欣愛便衝過來撲進邵陽懷裡哭著：「阿陽，我錯了，我跟她道歉，你不要跟我分手。」

虛弱的邵陽顯然撐不住突然的重量，直接被壓到床上，但他的手還是努力地想撥開洪欣愛，最後是宥澄和洛遙看不下去，聯手把她從邵陽身上拉開。

哭鬧著只求延續一段感情，洪欣愛，好像有點可憐。

「動手打人本來就該道歉，但這跟我們分手沒有關係。」抬眸，邵陽的眼神比以往都要犀利，「我們分手，單純是這段關係裡沒有愛情。」

「有！我愛你！我愛你！」

不曉得為什麼，聽見另一個女生和邵陽說愛，我竟有種刺痛的感覺。

「那是我對不起妳了。」邵陽低下頭，「對不起，我沒愛過妳。」

「邵陽！」洪欣愛撕心裂肺的哭喊：「你別逼我毀掉你的工作！」

她的一番話，讓所有人都愣了。

得不到就毀掉，洪欣愛的愛情價值觀還真是可怕至極。

「毀啊。」

細微卻清楚的聲音，彷彿讓人產生幻聽。洪欣愛難以置信的問：「什麼？」

「我說，毀啊。」邵陽不帶感情的視線，輕輕地掃過洪欣愛。

「你瘋了嗎？」

不僅洪欣愛，這也是我想問的話。

「這世界除了洛遙和曦柔，我什麼都可以不要。」冷淡的訴說著絕對，邵陽凜如霜雪的氣場，瞬間震懾了洪欣愛的哭鬧。

「我不會分手的。」吸了吸鼻子，洪欣愛瞪著我撂下狠話：「我會一直黏在邵陽身邊，我要讓世人知道妳是小三，我會讓所有人都指著妳謾罵。」

「妳……」

「夠了。」我制止即將和她吵起來的邵陽，「夢該醒了。」

不僅洪欣愛，我們之間還有無數的結纏著，單憑他愛我這一點，是不足以改變任何現況的。

「曦柔……」

拿起包包，我黯然離去。

「曦柔姊，我跟妳一起走。」洛遙急忙追來，親暱地勾住我的手。

「不陪你哥嗎？」

「我不想遇見媽。」嘟起嘴，洛遙撒嬌的靠到我肩上，「我最喜歡姊姊了。」

「你喔。」我溺愛笑著。

只要看見他媽媽，就會想起童年的陰影吧，想起當初是怎麼對他們兄弟倆家暴……

「曦柔姊，雖然不知道妳跟哥哥怎麼了，但妳明天可以來我的運動會嗎？」進票閘門前，洛遙難掩落寞的問。

沒有親友參加的運動會……邵陽那時候，好像就是如此。每個人都歡天喜地的在親人身邊，只有他一個人默默坐在休息區內，模樣好孤單。

伸出打勾勾的手，我輕笑著：「不能告訴邵陽喔。」

「嗯。」洛遙開心地和我勾勾手，「我等姊姊來。」

「回去小心點，明天見。」

回家洗完澡，查好明天到洛遙學校的路線圖，我翻來覆去，卻遲遲無法入睡。

又是一個難以入眠的夜，我又不自覺點開IG，偷看邵陽的動態。

讓大家擔心了抱歉，我已經沒事囉，這陣子我會好好休息，不會再讓你們擔心了。

夢裡的我，很幸福。

附圖是邵陽打著點滴的手背，卻仍然調皮的比出剪刀手，心情明顯和其他日子不同。

是啊，夢很幸福。但，正因為如此，夢醒來之後的痛，才會遠比想像中，還要讓人難以忍受。

第七章 救贖的力量

和煦的陽光普照，清涼的秋風吹過面龐，今天真是個適合熱鬧的日子。

稍微搭配下服裝，我猶豫好久，才決定綁上邵陽給我的髮圈。不為什麼，只希望我的出現，能多少填補洛遙心裡的寂寞。

搭上車，照著地圖走到門口，攤販的吆喝、學生的喧鬧，熱鬧的氛圍裡，充滿了國中生釋放壓力的青春。

我的國中，好像沒有這麼熱血。

「曦柔姊。」接到我來電的洛遙命令我千萬不能進去找他，非得要他來接，原因就只是怕我被小屁孩騷擾。

「你的臉好紅。」我笑著從包裡拿出紙巾替他擦汗。

洛遙吐吐舌，乖乖地站著讓我替他擦汗，「剛跑完四百公尺嘛。姊姊我跟妳說，我跑了第一名喔。」

「這麼厲害呀！」我踮起腳尖摸摸他的頭。

能看見洛遙這麼天真的笑，這趟真是來對了呢！

「姊姊想參觀我們學校嗎？」

「好。」

洛遙拉著我的手，帶著我從頭到尾逛了一圈，介紹之餘還差點把鬼故事說出來，嚇得我急忙喊停。

這種感覺好像回到當初，我第一次到他們家，他拉著我的手興奮介紹的模樣。

洛遙沒變，他還是那個願意把我帶進他的世界，和我分享他生活點滴的弟弟，我最疼愛的弟弟。

「給你。」坐進涼亭，我把手中的飲料交給洛遙。

「謝謝姊姊！」

「我啊，真的很喜歡哥哥。」洛遙喝了口飲料，有感而發的仰起頭，「無論身處的環境多糟，哥哥都會用盡他所有的力量給我關愛，只要有他在，我就可以什麼都不怕。」

「邵陽……他就是這樣的人吧。」

「嗯，所以我很心疼哥哥。他習慣長年的成熟，以至於他用成熟掩蓋了他的脆弱，他沒有休息的地方。」

「你是弟弟，邵陽當然不會給你看見他幼稚的樣子。」想起從見面到現在他一連串的幼稚行為，我不禁輕笑，「哪天你看見，就不會覺得邵陽成熟了。」

「哥哥有在姊姊面前表現出不成熟的樣子嗎？」

「嗯。」而且很常。

「太好了。」放下心的洛遙，自言自語的笑著：「哥哥真的很喜歡姊姊。」

我倒認為，那些幼稚的舉動，只是他用來吸引我注意的方式。

「啊！糟糕，趣味競賽要開始了。」聽見廣播，洛遙緊張地站起身，「可能要用跑的，姊姊要一起嗎？」

搖頭，我微笑道：「我等會去找你。」

「好，姊姊要注意安全喔。」洛遙匆匆叮嚀完，立即朝操場奔去。

這孩子。

我慢悠悠地晃到洛遙的班級休息區，本想安靜等他比完賽，卻不小心遇見幾個熟識的身影。

「小曦！」宥澄一見到我，馬上開心的跑來，「我好擔心妳。」

「瞎操心會短命喔。」我輕笑。

「那你們就別讓我擔心嘛。」噘起嘴，宥澄無奈瞥了邵陽一眼，「陽也是，不聽勸堅持要來。」

邵陽……

無預警的情況下忽然見到他，我尷尬的連眼神都在飄。

怎麼辦，心好亂。

也許是發現我的凌亂，邵陽勾著微笑主動朝我走來，可是他的唇，卻蒼白的沒有血色。

「宥澄，我先走了。」轉身，我快步逃開有邵陽在的地方。

除了逃，我已經不曉得還能用什麼方式，來面對這個讓我心煩意亂的男人。

找到洛遙之後就回家吧！

人來人往的運動會中，我還沒找到洛遙，卻先遇上一個不該遇的人。

原來，什麼都沒改變。

「妳這個小三，知道阿陽重視他弟弟就先來攀關係嗎？」洪欣愛刻意提高的音調霎那蓋過運動會的喧鬧，引來周圍未參賽學生的好奇。

不一會兒，戰火外圍已充滿關切的視線。

「蘇曦柔，妳真的很不要臉，搶別人男朋友還敢理直氣壯。告訴妳，我跟阿陽弟弟可熟的，輪不到妳。」

靜看洪欣愛囂張的臉，我由衷替她感到悲哀，不僅是因為她的無知，還有她的針鋒相對。她一心想綁住邵陽，以至於她不願去承認邵陽愛我的事實，除了哭鬧要脅，就只能在他背後辱罵我、把我貶到一無四處。唯有這樣，她才能自我欺瞞，告訴自己邵陽不會為了如此糟糕的我動心。她表面上高傲、蔑視任何人，實際上卻是那麼卑微的在維護自己的尊嚴。有時候我還真搞不懂，在這段關係裡，錯的人到底是誰。

「蘇曦柔，我在跟妳說話。」

「嗯。」

我的從容很快就讓洪欣愛原地爆炸，她不顧圍觀的都只是國中生，衝上來就要給我一掌。吵不贏乾脆動手嗎？

我一側身就讓腳步凌亂的她從我身旁飛過，直接與草地做親密接觸。然而不下幾秒，在場觀眾皆露出失望的神情，只因我在她要跌個狗吃屎的剎那拉了她一把。

雖然不想弄髒我的手，但我可不想把洛遙的運動會搞砸。

「姊姊。」洛遙不知從哪飛奔出來抱住我，還順道把我拉住洪欣愛的手鬆開，「妳好帥。」

餘光瞥見，失去支撐的洪欣愛，還是免不掉與草地做肌膚之親的劫難。

「姊姊，對不起，我不知道學校會讓神經病進來，讓妳受委屈了。」洛遙咬著唇，歉疚的說給周圍的人聽。

我搖搖頭，輕輕笑了笑。

「我們走吧。」

看洛遙帥氣為我出頭，拉著我轉身就走的背影，我滿是欣慰及感動。當初那個躲在我身後的孩子，如今已能站在我身前保護我了。

「洛遙，你長大了。」我感動的說。

「那是當然的啊！」洛遙撓撓頭髮，靦腆地笑著。

看樣子，我可以安心回去了。只是，要用什麼藉口呢？如果照實告訴洛遙，他一定會留我直到邵陽找來的。

「姊姊，我知道妳還在生哥的氣，但他是真的很愛妳。拜託妳，再給他一次機會。」單憑一個眼神，洛遙清楚看穿了我的發愣全是為了邵陽。

搖搖頭，我微笑道：「洛遙，你聽好，邵陽已經有女朋友了。無論我有沒有生氣，我們都不可能在一起。」

感情世界裡，如果扯進第三個人，愛與不愛，就不再是那麼簡單了。我跟邵陽之間有太多羈絆和情感，單憑這點，我們就不可能在對方有另一半的情況下維持朋友關係，唯有把彼此當成陌生人，我們才能繼續前行。

「我不懂，是你們先認識、相愛，即使彼此不說，你們的心依然在對方身上。是洪欣愛一廂情願說要交往，憑什麼你們要因為她分開？」

「但是邵陽並沒有拒絕，不是嗎？」

「哥沒有在第一時間撇清關係的確是他不對，但昨天的狀況姊姊也看到了，哥為了姊姊，連命都可以不要。」

我知道，就是知道，所以我很痛苦。

我們兩個，根本不該再有瓜葛的。

「抓到妳了。」忽然間，熟悉的溫度從後方擁住我，邵陽淡淡的嗓音，瞬間擊毀我心裡的牆，「這次再逃，我會死喔。」

「這裡是公眾場合。」我盡量冷著聲音說。

邵陽溫暖的，讓我的心好痛。

「那答應我，別逃了。」

不能答應他，絕不能答應他。

「不答應的話，我會一直抱著喔。」

「嗯。」低下頭，我小聲應了聲。

我不明白，這聲允諾，到底是代表我不會逃要他放手，還是要他別放開我。

「哥，你怎麼來了？」洛遙擔憂的問。

「我來找曦柔。」

我一愣，完全無法理解。他在說什麼？

「既然是來找姊姊的為什麼要把洪欣愛帶來？」

「你說洪欣愛來了？」邵陽激動的咳了幾聲，馬上把注意力轉向我，「妳們見面了嗎？她有沒有對妳做什麼？」

「沒有。」我對洛遙使了個眼色，要他千萬別說出會讓邵陽擔心的話。

「哥，你放心啦，這裡可是學校呢！如果沒意外，閒雜人洪欣愛現在不是被趕出校門，就是被追著跑校園了吧。」

這個洛遙，到底瞞著我做了什麼？

「洪欣愛好可怕，簡直變態了。」宥澄害怕的呢喃。

洪欣愛是很可怕，但知道她不是邵陽帶來的，不知怎地，我有點開心。

「遙，你在這啊！」不遠處幾個男生大喊，笑鬧著朝我們走來。

「嗯。」洛遙開心地說：「他們是我朋友，我介紹你們給他們認識。」

「等等！」我還來不及拒絕，已被洛遙拉著向前幾步。

「跟你們說，這是我姊姊，從小就很疼我喔。」洛遙得意的說。

都到這裡了，我只能尷尬的和他們點頭。

「啊！她是雜誌裡的正妹。」

「騙人！真的是她！」

「現在才介紹給我們認識也太不夠兄弟了吧。」

大夥兒你一言我一語的圍剿著洛遙，還有人跳起來勾住他的脖子，戲謔地揉著他頭髮，彷彿他介紹的是女朋友一樣。

國中生就是這麼單純，又或者是，這是屬於男孩特有的天真。

「別鬧啦，還有。」洛遙拼命從他們的魔掌中逃離，把邵陽拉到我身邊，鄭重介紹著：「他是我親哥，邵陽。」

在場所有人都愣了，其中一個男生不敢置信地指著邵陽，「你哥是……太陽？」

洛遙歪過頭，一臉無辜的問：「我沒說過嗎？」

「廢話！」另一個男生巴了下洛遙的頭，「怎麼你哥那麼帥你卻一臉屁孩？」

「什麼屁孩，我只輸我哥一點好不好？」

「嘖，你這一點都能上月球了。」

「你這傢伙找死！」洛遙被他那群損友氣的跳腳，也不管我和邵陽，直接追上前和他們嬉鬧在一塊了。

「洛遙很重視妳。」邵陽輕輕對我揚起微笑，「他從小就不喜歡別人碰觸到他的生活圈，唯有真心認可的人，他才願意把對方的存在納入他的世界裡面。」

聞言，我不禁愣住。我以為洛遙喜歡黏著我只是出自於小時候的習慣，想不到對他來說，我竟然是那麼重要的存在。

「怎麼了？」忽然間，邵陽開口詢問。

我循著他的聲音發現，洛遙其中一個朋友沒有加入你追我跑的追逐戰，反而站在原地看著我們發呆。他搔搔臉頰，有些害羞的說：「哥哥姊姊果然是情侶，才能拍出雜誌上那麼唯美的照片。」

眨眨眼，我和邵陽不禁相視而笑。

「我才是他女朋友。」等我們注意到，洪欣愛已經出現在邵陽身邊，緊勾住他的手宣誓主權。頭髮摻了好多根草，衣服也被泥土弄髒，落魄的模樣實在叫人不忍直視。

「妳真的夠了。」邵陽皺起眉頭，站在旁邊的我都能感受到他是花多大的力氣在扳開她，無奈她的手比章魚還厲害，手上的吸盤還會自動黏回獵物身上。

「這像吸盤魔偶的女人是誰啊？」發現有異狀的洛遙停下嬉鬧，眼神銳利的彷彿能刺穿人一樣。

「吸盤魔偶……哈哈好像喔，不知道丟寶貝球能不能收服？」

「勸你不要，這隻吸盤魔偶具有強大的犯花癡和攻擊性。我剛才親眼目睹她欺負曦柔姊，甚至想對她動手。」

洛遙！

邵陽沉下臉，嚴肅的問：「洛遙，你說什麼？」

我搖頭暗示洛遙別說，然而他卻給了我一個歉疚的表情，「姊姊，這件事我認為要讓哥哥知道。」

邵陽不再和洪欣愛拉扯，而是憤怒的盯著她，「說清楚。」

「哥，不用說了，她的話不能信，我晚點再實況轉播給你聽。」洛遙對著一旁的朋友說道：「幫我找主任來，最好順便報警。」

「OK！」

「洪欣愛，妳就繼續抱著我哥等警察來吧！」

「你……」

「哥，我先帶姊姊離開。」洛遙貼心替我擋掉等會的狂風暴雨，拉著我的手往大門走去。

「洛遙，謝謝你。」那和邵陽極其相似的背影，不禁使我眼眶酸麻。

怎麼回事，明明就告訴自己不能再為邵陽掉淚，為什麼現在又出現這些不必要的情緒。

「我說過，我會和哥哥一起保護姊姊。」耳朵微微泛紅，洛遙羞澀地牽著我的手向前。

同樣的人、同樣的話，過去的記憶在腦中浮現，可我和邵陽，卻已經回不去從前。

「曦柔！」手腕傳來的熱度使我猛然回頭，映入眼簾的是面色蒼白的邵陽，宥澄正憂心的跟在他身邊。

他來找我了……

邵陽的手溫，傳到心裡了。

「洛遙，你先帶邵陽去休息，他的樣子很糟糕。」抽開充滿熱度的手，我低聲輕語。

「我陪妳回去。」

搖頭，我勉強微笑著，「照顧好自己，記得回醫院。」

喉頭好苦，眼淚，快要流下來了。

「姊姊。」洛遙擔心的跑到我面前，「我陪妳到捷運站。」

他毫無保留的關心，不禁讓我漾開微笑，「傻瓜，你穿校服不能出去。」

即使少了邵陽，我還是有個那麼貼心的弟弟。

這樣，就夠了。

「可是……」

「不用擔心。」我踮起腳尖摸了摸洛遙的頭，「下午的比賽要加油喔。」

「那，姊姊，妳到家打給我。」

「好。」

洛遙簡直跟他哥一個樣，嘮嘮叨叨的。

邵陽……看他臉色那麼差，不曉得要不要緊。

回過頭，我已看不見邵陽跟洛遙的身影，一股不知名的惆悵緩緩從心底滲出，佔據了我本該無所謂的世界。

我到底是為了什麼失落？無論他是邵陽還是巫洛勛，無論他是生是死，都跟我無關了才是。

搭上捷運再轉火車，我幾乎無視旁人的存在，失神的走著。

身體左邊被挖空一大塊，我的心蹺家了，可是我不知道它在哪裡，更不知道該怎麼把它抓回來，於是，我讓靈魂跟著出走。

靈魂若與心在一起，多少也有個照應。

走上區間車，我揀了個位置坐下。側過頭，車窗外人來來往往，有人輕鬆談笑、有人拼命趕車，更有人偷擦眼淚，卻故作鎮定的昂首闊步。

屬於每個人的故事，每天都在進行著，在別人容易忽略的角落，在自己看得見的地方。

「那麼憂鬱會悶出病喔。」一隻手在我面前揮了揮，回過神，一張秀氣可人的臉龐驀然出現在眼前。

「怎麼來了？」我微笑道。

「陽要我跟妳說他沒事了。」

「就這樣？」

就為了這個原因要宥澄追來？

「當然是表面話。」宥澄對我眨了眨眼，「實際上是要我陪妳回去，怕妳一個人會有危險。」

「他擔心錯人了吧？」我挑起宥澄的下巴，打量一番後滿意的頷首，「細皮嫩肉又楚楚可憐的模樣，我沒保護好你可不行。」

「臭小曦，妳很壞。」宥澄低聲斥喝，面頰紅透半邊天的可愛模樣差點讓坐在對面的大嬸失控，衝上來把他摟進懷裡磨蹭。

我輕輕把頭靠在宥澄肩上，閉上眼，讓他身上特有的香味將我包圍，「謝謝你。」

若是宥澄沒有出現，這一小時的車程裡，我可能會寂寞到無所適從吧。

宥澄纖細的手指輕輕扣上我放在腿側的手，「小曦，其實妳還是很愛陽吧？」

不愛了，我不再喜歡邵陽了。明明那麼早就認出我，他還是隱瞞了自己的真實身份，甚至用我們的曾經擾動我的記憶。

他的居心何在我不明白，今日若非洛遙，我不會再與他有所交集，更不會因此丟了自己的心。

「我才不喜歡騙子。」咬緊唇，我賭氣的說。

為什麼，當我說出這些話的時候，眼眶酸澀的像要流出淚一樣。

我本來，就不該喜歡邵陽的啊！

「小曦，妳的手在顫抖。」宥澄的話很輕、很溫柔，「陽告訴我，你們國小就認識了，但礙於家庭因素，他只能被迫離開妳。五年後，他回來找妳，卻發現妳心裡住著另一個人，所以他決定要讓妳喜歡上現在的自己。如果知道妳心裡那個人就是以前的他，我相信他不會傻到隱瞞自己的身分，用另一個妳陌生的樣子接近妳。」

邵陽隱瞞我是事實，洪欣愛不願分手也是事實。傷害造成了，故事回不去了，我們之間，到底還有什麼希望可期？

「這證明了邵陽沒有愛過我，我也從沒愛過他。如果真的喜歡對方，又怎麼會造成這種局面？」雖然是在跟宥澄解釋，但其實我很清楚，這是在對自己催眠。

凡是美好的事物，毀掉就對了。

「你們不是不愛，而是太愛了。」宥澄莞爾，「陽因為太愛妳，所以不敢追問妳的過去，怕會讓妳更加封閉自己。同樣的，因為陽帶給妳的美好太過虛幻，妳害怕承認對他動心，也畏懼他會再次成為過去，才與他更加拉開距離。」

我們因為太愛，而錯失了彼此的愛……

不對，這種時候我不該同意宥澄的話，而是要為自己的論點找站得住腳的藉口才對，哪怕這個藉口，極度荒謬無理。

「洪欣愛呢？邵陽跟洪欣愛交往，你怎麼解釋？」我的腦海裡，最終只剩下這個連我自己都知道答案的強詞奪理。

「這點，妳比我還清楚。」

火車行進的速度逐漸放慢，一台快速列車從旁呼嘯而過，震動了身後的玻璃，也蓋過宥澄的聲音。

不用他說，我也知道這些都是我的問題。

我只是想守護過去那段不美好的記憶，杜絕邵陽給我的一切美好。我的自私，最終還是造成兩敗俱傷的殘局。

「勇敢面對最真的自己，無論黑暗還是光明，也許坦然會讓妳疼痛不已，但那之後妳會有個全新的人生。小曦，妳告訴過我，我是妳少數想守護的美好，這句話，現在換我說給妳聽。無論有多痛，我都會陪妳一起走過。」宥澄握住我的手，他總是不自信的眼睛，如今卻閃著堅定難拔的決心。

我該像宥澄說的勇敢去面對嗎？面對我，其實很愛邵陽的事情。

回到台南，下了公車，宥澄堅持陪我走回家，他說這是他對邵陽的承諾，可是，我們的腳步卻同時停在約莫三公尺外的路上。

有個熟悉的人影依在我家門邊，毫無威脅性的睡著了。

「我們先往回走，我打電話叫陽來。」宥澄拉著我的手就想往反方向跑。

「不用。」我扯住宥澄，要他仔細看看在門邊打盹的人，「是傅子昂。」

「就因為是他才要走。」擰起眉，宥澄清秀的臉蛋頓時蒙上一層憂愁，「萬一他強行把妳帶走怎麼辦？」

「那叫邵陽來有用嗎？」我失笑，「別看傅子昂外表高高帥帥好像沒什麼腦袋，他是柔道黑帶。」

「咦——」驚訝都還來不及宣洩，宥澄就急忙摀住嘴，拉著我要狂奔。

「別那麼緊張。」我輕笑，拉著宥澄往我家方向走，「如果他真想強行把我帶走，你再打電話報警也不遲。」

「這樣太危險了！」

不顧宥澄刻意壓低聲音的勸阻，我拉著他走到傅子昂面前。他沒意識到有人接近，仍舊沉沉睡著，疲憊在他閉起的雙眼中無所遁形。

是因為我被邵陽救走，他才會氣到連覺都睡不好嗎？

「傅子昂，醒醒。」我蹲下身，輕輕晃動他的肩膀。

「唔……妳回來啦。」睡眼惺忪的揉著眼睛，還沒從夢中回神的他看見我的臉龐，不由得露出一抹憨笑。

真是敗給他了。

「你怎麼在這裡？」

「有話想跟妳說。」傅子昂用力地甩了甩頭，好似這樣就能把他的睡意甩掉一樣，「我們去吃晚餐。」

「你別做夢了。」宥澄忽然把我護到身後，冷著聲音對傅子昂宣戰：「我不會讓你把小曦帶走。」

我愣著，驚訝的心情遠大過於感動。從來都沒有自信的宥澄現在居然站在我面前，用他的方式在保護我。

「真是麻煩。」他起身，拍掉沾黏在褲上的灰塵，雙手隨意放在口袋，嘴角勾起不懷好意的危險。

秋末的風在冷空氣裡盤旋，站在逆風處的傅子昂頭髮被吹得紊亂。他不以為意的瞅著宥澄，嘴角的笑容越加深邃。

對傅子昂而言，現在站在他面前的不是宥澄，而是沙包。

「宥澄，你先走吧，他不會對我做什麼。」我出聲制止宥澄繼續和傅子昂硬碰硬。

要是傅子昂出手，我可沒那種自信不讓宥澄受傷。

「我不要。」即使知道傅子昂的實力，宥澄仍倔強的擋在我面前，「我不會讓妳被帶走。」太陽，開始西下。

「真好玩。」傅子昂帶著笑容走到宥澄面前，宥澄也不甘示弱的回瞪，站在宥澄身後的我更是繃緊神經待命，只要傅子昂一出手，就要立即把宥澄向後拉。

我相信，傅子昂是不會對我動手的。

傅子昂輕浮的打量著宥澄，甚至還用食指抬起他的下巴，「明知道打不過我還敢站在小曦面前說要保護她，真是可愛。」

愣著眨了眨眼，我呆望著眼前這幕。夕陽的餘暉下，傅子昂的身影顯得更加高挑，嘴角那抹不懷好意的笑，好似下一秒就要將宥澄吃掉。

「你神經病！」宥澄快速打掉傅子昂的手，雙頰緋紅的護著我向後退了幾步。

「你好無情。」傅子昂跟著走來，還裝出無比受傷的樣子。

眼看宥澄就要招架不住，我連忙將角色對調，「傅子昂你吃錯藥？」

要是宥澄在我面前被傅子昂生吞，我拿什麼去跟邵陽交代。

「不覺得他很勇敢嗎？」傅子昂輕笑，趁機把我拉到身邊，「小傢伙，不用擔心，我不會對小曦做什麼。」

傅子昂握著我的力道變溫柔了……從來都緊握著怕我會逃開，如今卻只是輕輕握著，只要我稍微抽手就能從他身邊離開。

愣愣抬頭望向身邊的他，怎麼突然……

「你幾天前還想對小曦硬來，哪可能幾天後就打消念頭了。」宥澄拉住我另一隻手，卻怕我痛沒有出力將我扯離，而是口頭警告著：「快點放開小曦。」

「真是……我該說你傻還是天真？」傅子昂失笑，「我當時若是出手，小曦會被你們帶走嗎？」

難怪我一直覺得奇怪，傅子昂怎麼可能都沒追來，還讓當誘餌的宥澄全身而退。從以前，他想要的東西，只要他出手，就絕不會失手，這是他身為老闆兒子的任性。

「因為你傻了。」宥澄理直氣壯的反駁。

絕不會是他傻了，反倒有點像……故意的。

「宥澄，你先回去吧，傅子昂應該真的有事找我。」我湊到宥澄耳邊以氣音叮嚀著：「別告訴邵陽。」

要是被邵陽知道，他絕對不顧自己有多虛弱跑來找傅子昂要人，最後可能反被算帳也不一定。

「怎麼可以……」

我對宥澄眨了眨眼，「放心。」

「你不用擔心。」傅子昂輕輕摸了我的頭，「小曦的柔道跟散打好歹是我調教出來的，只要她反擊，哪可能被我欺負。」

我木然。

過去，傅子昂從沒摸過我的頭，可是現在的他，居然那麼溫柔的碰著我……

宥澄面露難色的模樣馬上被傅子昂捉個正著，他牽起一旁的腳踏車示意我坐上，大腦還處於石化狀態的我居然忘了再跟宥澄說說話，就直接坐上他的腳踏車。

「希望你以後都能像今天一樣自信，畏縮的你一點也不可愛，掰啦。」傅子昂把這句話跟宥澄一併留在我家門口，就當沒這回事般，踩著腳踏車離去了。

宥澄一個人，不要緊吧？

「想吃什麼？」傅子昂邊騎邊回過頭來，看我呆愣的樣子非但沒有動怒，還揚起異常燦爛的笑容，「我說小曦，該回魂囉。」

「你想做什麼？」我不安的問。

沒有打電話要我過去而是親自來找我，還在我家門口等到睡著，甚至那麼溫柔的摸了我的頭，問我想吃什麼……這宛如癡人說夢的事，怎麼想也不可能發生。

「讓妳那麼不信任是我自作自受。」回過頭，他憂鬱的聲音透由風從前方傳來，「我反省過了，過去的我太自大，凡事都要妳配合，從沒有真正關心過妳，也難怪妳會一直惦記著巫洛勛，在分手時那麼灑脫。」

瞬間，我給出反射性的直覺，「你想復合？」

「是。」

巫洛勛……不對，邵陽回來了。無論我們之間有多少問題沒解決，我都不想當著他的面和別人交往，我沒辦法在他面前跟別的男生曬恩愛。

宥澄說的對，我果然，還是很喜歡邵陽。

「對不起。」思忖過後，我還是給出傅子昂最不想聽見的三個字。

「就知道妳會這麼說。」傅子昂輕笑，「喜歡妳是我的事，如果真要復合，我也會靠自己的力量去把妳追回來。」

天啊，傅子昂是撞到頭了嗎？這種話……他怎麼可能說出這種話啦！

「我知道妳還半信半疑，但可以先回答我嗎，妳想吃什麼？」

抿唇思索了會，腦中忽然浮出不久前拿到的新傳單，「你知道圓環附近有間新開的簡餐店嗎？」

「主打超豪華聖代的那間？」

「嗯，我想去吃吃看。」一時沒控制好，我居然在傅子昂面前露出小孩般的神情。

「那就走吧。」傅子昂的眼神倏地變得溫柔，「要是我之前也像這樣詢問妳的意見，我就能早點看見妳這麼可愛的模樣了。」

「不覺得這樣的我很像小孩嗎？」

傅子昂搖了搖頭，「這才是原本的蘇曦柔。」

這樣帶著一點幼稚，會為了一些小事而開心的我，才是原本的我？

拽著他的衣服，我低下頭，沉默的不曉得該說什麼。

這些年，我幾乎忘了我原本的樣子，可是，他卻記得。

腳踏車很快停在傳單上的店門口，傅子昂轉頭朝我一笑，「這間對吧？」

「嗯。」

點完餐，我靜靜觀察著傅子昂，如此熟悉的臉龐，此刻卻像變了個人似的，還帶著若有似無的哀傷。

他……怎麼突然變成這樣？

「其實，來找妳之前我想了很久，雖然這麼做等於親手葬送我的機會，但如果我不說，固執的妳，肯定不會放過自己。」傅子昂輕輕握住我放在桌面的手，「小曦，面對吧。」

我抽回手，蹙起眉，脾氣竟沒來由地湧上，「說什麼啊？」

「面對自己，其實很愛邵陽，面對自己，其實很開心他就是妳朝思暮想的巫洛勛。」傅子昂淡淡的聲線，卻一針插進我心裡的糾結。

從頭到尾都是我在騙自己嗎？每個人，都看得出來我喜歡邵陽。

「一直以來我都在逃避，逃避妳喜歡巫洛勛、逃避妳對邵陽動心、逃避我其實是個很糟糕的男朋友的事情。」傅子昂輕笑了下，「我很清楚，跟自己的心打架有多痛苦。」

傅子昂……

「邵陽的出現，讓我意識到自己有多麼差勁。要妳到汽車旅館，其實是想測試他的反應，如果他沒來，那我會死守邵陽就是巫洛勛這件事，重新把妳追回身邊。」

所以那些都是傅子昂安排好的？他之所以不停地拖延時間就是為了等邵陽來？如果是這樣，那一切的不合理就都說得通了。

「小曦，我太瞭解妳，所以我有義務讓妳認清現實。」傅子昂說得動聽，而我的心卻痛到快要窒息。

眼中噙著淚水，我微微張口，「更該認清的現實是，邵陽有女朋友了。」

洪欣愛的存在是我們誰也無法忽略的事實。我可以騙自己不愛邵陽，但我不可能騙自己沒有洪欣愛這個人啊！

「跟邵陽說妳還愛他，我相信他會把事情解決的。」

「要是事情真有這麼簡單就好。」我苦笑。

「如果是真心喜歡一個女生，無論多困難，身為男生的我們都會想辦法解決，妳們女生只需要把事情想得越簡單越好。」

我也很想把事情簡單化，可是洪欣愛的存在一點也不簡單。而且，就算我跟邵陽是兩情相悅，但這樣搶走別人的男朋友，真的好嗎？

「真是個善良的傻瓜。」

「什麼？」

「小曦，妳記著，愛一個人本來就沒有道理，誰多愛、誰少愛、誰愛誰，這些都不是我們能控制的，在還沒有結婚給出另一半永久的約束以前，沒有誰對不起誰。」

語落，我們的晚餐也送上來了，傅子昂難得面帶微笑和女店員道謝。看她雙頰緋紅，激動到快升天的模樣，我不免會心一笑。

傅子昂真的變了，他不再像過去那般自大，現在的他不僅體貼，還能一眼看穿我的思緒，甚至適時替我打了那麼有用的強心劑。只是，讓他特地到我家來點醒我的原因，是什麼？

「為什麼幫我？」

「天曉得，可能最近唸書唸到瘋了。」傅子昂的眼神倏地變得溫柔，「愛一個人，不就是希望她能獲得幸福嗎？哪怕能給她幸福的那個人不是自己。」

低下頭，我拿起擺在兩側的餐具開始用餐，喉頭卻湧上一陣酸澀，眼眶頓時充滿液體的光輝。

傅子昂的話是那麼有力量，將我從深淵裡向上拉，即使他知道，這麼做的後果是換他摔進谷底。

這頓飯，我們誰也沒說話，怕會擾亂此刻的寂靜，怕會不小心落下那死守的淚滴，一口一口，彷彿在倒數著最後的別離。

耶穌那時吃的《最後的晚餐》，也是如此百感交集吧。

看我吃得差不多了，傅子昂自動把店員叫來，「麻煩上甜點。」

熟悉不已的臉龐，如今卻有了截然不同的感覺。傅子昂是真的愛我，才會用這種方式幫我找回自由。

「這是你們的聖代，請慢用。」

頃刻，我的眼睛為之一亮。

由紫色霜淇淋襯底，上面擺著兩球巧克力冰淇淋、一球香草冰淇淋，用餅乾軟糖裝飾後，再淋上些許巧克力米。更驚豔的是，杯緣放了幾顆不同顏色的乾冰，製造出七彩的夢幻視覺效果。

光是看到這甜點心就融了大半，這幾天的糾結瞬間被掃空，無怪乎人家說心情不好吃甜食就對了。

「看妳興奮的。」傅子昂勾著淡笑叮嚀：「妳的好朋友快來了，只能吃三分之一喔。」

「傅子昂。」挖起一口冰放入嘴裡，入口即化的綿密，不免讓我含著湯匙久久不肯鬆口，「如果你早點頓悟，說不定我會愛上你。」

「現在愛也不遲。」

「已經來不及了。」

「一點機會也沒有嗎？」

「你去問邵陽要不要給你機會。」

「妳這傢伙。」傅子昂驀然起身，含住我正要送進嘴裡的湯匙，成功與我搶食之後還露出讓人討厭不了的壞笑，「改變不了事實我只好趁機多來點間接接吻了。」

「幼稚鬼。」

「哼，妳咬我。」

當自己被自己鎖在困境裡轉圈的時候，若有人能不畏辛難地闖進，帶你撞破那道牆，回到光明後，請好好珍惜那個人，因為他將會是你最知心的朋友。

對於傅子昂，我是這麼深信著。

第八章 再見

「傅子昂，還睡！」端著托盤回到房間，看見傅子昂又趴在桌上大睡，我氣的一腳踢向他。

「痛！」摀著臉，傅子昂心有不甘的從桌上爬起。

「真是……到底是誰一早來按壞我家電鈴喊著要我救你的。」臭著臉，我把沏好的花果茶和餅乾放到書桌中間，「結果一下喊累一下喊餓。」

「我哪有辦法，這次期中太壯烈，要是明天的模擬考再考砸，我爸就要幫我找家教，到時候連去上廁所都很麻煩了。」

「我倒變支持傅爸爸的。」我輕笑。

「蘇曦柔妳良心何在？」傅子昂哀怨瞪我一眼，也不等花果茶放涼，馬上就拿起來喝，「好燙！」

「才剛煮好當然燙。」我把事先準備好的冰水遞給他，「喏。」

「得救了。」一口氣喝光冰水，傅子昂趴到桌上，懶洋洋的望著我，「哎，不覺得唸書超無聊嗎？妳到底哪來的自律精神？」

「剛開始我也覺得混過就好，可是，看見有人那麼努力，就覺得或許，唸書也不見得完全沒用。」

想著想著，我不禁微微一笑。

「妳的『有人』是指邵陽？」

「嗯。」

就算工作再忙再累，他還是會抽出時間唸書，保持在全校前五名的位置，也會在考前託宥澄轉交他的筆記給我，讓我不至於那麼辛苦的面對弱科。

即使從洛遙的運動會後，我們再也沒有見面了。

傅子昂捧著心，可憐兮兮的別過臉，「好過分，居然用放閃回報恩人。」

「這不算放閃喔，我們還沒在一起。」

「啊？都十二月了你們在搞什麼，享受曖昧的感覺？」傅子昂完全是以「這人沒救了」的口吻說道。

「洪欣愛……邵陽的女朋友，她不願意分手。」

從和談到憤怒再到無視，宥澄說，即使邵陽不理她，周遭的人都鄙視她，她還是比鼻涕還黏的賴在邵陽身邊，逢人就稱自己是邵陽女友，還鬧了幾次自殺，搞得邵陽都快精神崩潰，而這也是我們避不見面的原因。

現在的洪欣愛草木皆兵，要是被她撞見我和邵陽在一起，沒人有把握她不會做出什麼震驚世人的瘋狂舉動。考慮到我的安危，邵陽才決定暫時先用電話聯絡，並透過宥澄傳些要給對方的東西。

我知道這是在保護我，我也很努力過好自己的生活，只是偶爾的偶爾，像這樣想起來的時候，心總像被掐住般，痛得我盈滿淚。

「大概是不甘心吧。」

「嗯？」

「不甘心自己得不到愛情，不甘心救了自己的男人喜歡的不是自己。說穿了，她就是個想佔有卻又不愛邵陽的自私鬼而已。」

「你怎麼知道？」

「雖然狀況不太一樣，但我是過來人。」傅子昂悠閒的啜了口茶，「把妳交給邵陽，我到現在還是很不甘心，但誰叫我喜歡妳，妳喜歡他。」

「你的話好衝突。」

「有嗎？」

頷首，我打算結束這個不願多提的話題，「休息時間結束，唸書。」

「唸書」這兩個字的威力好像等同於「快逃」一樣，傅子昂急忙將桌上的餅乾抱進懷裡，「等一下啦，餅乾還沒吃完。」

「邊唸邊吃。」

「小曦是魔鬼！」

「快，餅乾放下，講義翻開。」

噘著嘴，傅子昂發現柔情攻勢沒效，只好委屈地將餅乾放到一旁，再次跟書打仗。

和朋友一起唸書雖然麻煩了點，但好像也不是什麼壞事。

「小曦是惡魔！吸血鬼！」腦袋被摧殘殆盡之後，躺平的傅子昂，不禁含冤控訴我的罪刑。

「都煮麵給你吃了還嫌。」

「那是晚餐。」傅子昂縮起身，眼眶含淚，可憐兮兮地望著我，「真沒想到妳是這種人，我都說不要了。」

「拜託，只是要你寫完這疊考卷才准回家，別說的好像我姦了你一樣。」我無奈翻了個白眼，傅子昂這傢伙越來越有戲了。

「現在都晚上十點半了。」

「那麼傅大少爺，您可以請司機來了，外頭很冷請注意保暖，不送。」語畢，我開始整理亂糟糟的桌面，收起小桌子塞到縫隙裡，房間又再度變回原樣。

「小曦，跟我去個地方好不好？」

我擰起眉，困惑的點了點頭。

這麼晚了，傅子昂要帶我去哪？

「少爺，我先去附近的便利商店等您。」車子停在一個公園前，司機把鑰匙交給傅子昂，畢恭畢敬的下了車。

「你不讓司機早點休息，就是為了帶我來公園？」我詫異地問。

「打給邵陽叫他過來。」

愣了愣，我不禁笑出聲：「剛才把你逼太緊，精神錯亂了嗎？」

「不痛嗎？」傅子昂的嚴肅，讓我再也無法微笑，「彼此相愛卻因為一個恐怖情人而無法在一起，甚至連見面都不能，妳不會難過嗎？」

「難過又能怎樣？」斂下眼，我苦澀的問。

洪欣愛那麼危險，我不可能要邵陽拿命去跟她拚啊。

「告訴邵陽妳有多難過，他要是珍惜妳，就不會再那麼軟弱了。」

「傅子昂，不是每個人都像你一樣，分手後還能那麼有大量。」我哽咽道：「別隨便讓我想起這些事。」

我好不容易不去記得的。

「妳哭了。」

搖搖頭，我勉強裝出微笑，「好了啦，送我回家。」

「我想吹風。」拉著我的手，傅子昂把我從溫暖的車內拖到風蕭蕭的室外。

「好冷！」我喊著。

「這天氣殺人。」傅子昂說。

「那你還出來。」

看他跟我一起把手放進口袋，拼命學袋鼠跳的模樣，我的嘴角，逐漸揚起欣慰的笑容。

一起瘋、一起無厘頭，熱血的做出朋友才願意奉陪的蠢事。我跟傅子昂此刻的距離，比當情人時還要靠近。

「曦柔！」

猛然回頭，我呆愣站在原地，紊亂的呼吸，蕭蕭的風掀起衣領，冷卻了好不容易熱好的身子。

暈黃路燈下，那身影猶如灰姑娘的魔法，奇幻、美好，卻從來不是真實。

又是，夢嗎？

「我回來就要走了。」手放在口袋裡，傅子昂衝我一笑，瀟灑的離開現場。

單肩掛著後背包，加上平時必備的棒球帽、耳機，身著皮衣的邵陽，明顯才剛結束工作。

緩步朝我前進，邵陽的氣息仍舊亂哄哄的，滿頭大汗的模樣，不難看出他有多麼著急。

「會感冒喔。」我把手縮進衣服裡，踮起腳尖幫他擦去汗水。

「好了。」在我打算後退時，邵陽彎下身，輕輕將我摟進懷裡。

下巴放在他肩上，吹著冰冷的風，身體被他抱著，感受著暖和的體溫。真實的殘忍交錯著夢境的溫暖，逐漸冰裂了我的堅強。這些日子以來所忽視的痛全在此刻溢出，形成潸潸而下的眼淚。

「我好想妳。」邵陽的聲音哽咽不已。

「我也是。」我很想這麼回他，可惜現在的我，光是忍住不哭出聲就耗掉大半的體力。我不想破功，更不想讓他因為我的眼淚自責。

抹去淚水，我靜靜地待在邵陽懷裡，聽著彼此喧鬧的心跳。

光是兩人相擁相依，我就覺得好平靜、好滿足。

直到北風都膩了這套，變得不再呼嘯，我們才緩緩鬆手，深情款款地凝望對方。

我再次幫他擦去額上的汗水，心疼的問：「怎麼會滿身大汗？」

「我下車就跑來找妳了。」

「你從火車站跑來？」我詫異道。

這裡離火車站有段距離吧？

「嗯，因為想快點見到妳。」

這傻瓜，工作都那麼累了還不懂得留點體力。

只是……「你怎麼知道我在這？」

「當然是我說的。」傅子昂悠哉地拿著還在冒煙的咖啡走來，「晚上了，妳不能喝。」

「這就是你這麼晚了還帶我來公園吹冷風的目的？」

「當然。可不能只有我獨佔妳的痛苦。」

額上槓下三條線，我簡直被傅子昂打敗了。

為了這點事不管三七二十一的瞞著我把邵陽找來，這樣的作法雖然亂來，卻也挺符合傅子昂的處事風格。

如果我也能那麼果決，我們說不定，就不需要受洪欣愛牽制了。

「對不起，讓妳那麼痛苦。」斂下眼，邵陽的表情比以往都要寂寞。

「小曦受的苦，不是你用一句對不起就能了事的。」冷淡的語調，如鷹隼般的目光，傅子昂直勾勾地盯著邵陽，「不說、不提，不代表不在意、不難過，小曦沒有你以為的堅強。」

「傅子昂！」我趕緊拽住他的手要他別再說下去，別再隨便，釋放我的脆弱。

拉開我握著傅子昂的手，邵陽溫柔的和我保證：「再給我一星期。聖誕節之前，我會處理好一切回到妳身邊，屆時，我不會再讓妳受傷了。」

一個星期處理好一切，接著，他會回到我身邊。可能嗎？面對遲遲不肯妥協的洪欣愛，邵陽有辦法在這一個星期裡平安的離開她嗎？

「如果沒做到呢？」傅子昂問。

「我會站在原地任你打，死了也不要緊。」邵陽眼裡閃過堅決的信念，「這次，我絕不會讓曦柔離開我。」

傅子昂別有意味的勾起唇角，「我等著。」

全然無視傅子昂的挑釁，邵陽輕輕將我擁入懷中，「再等一下，我很快就會回到妳身邊了。」

邵陽的溫度逐漸在胸口化開，那抹冬日裡的溫暖，讓我的眼淚再度撲簌簌地流下。我多麼希望此刻的他已不需要離開我身旁，我們能這樣抱著彼此直到地老天荒。

那晚，送我回家的人仍舊是傅子昂，他對邵陽的說法是：「在你還未處理完洪欣愛這顆未爆彈之前不准靠近小曦。」，但回到我家，傅子昂卻把我擁入雙臂，對著懷裡的我說：「要幸福喔，這應該是我最後一次送妳回家了。」

那時我才明白，原來傅子昂已經算到未來，他會堅持送我回家，是在提前和我道別。

只可惜，一向聰明絕頂的傅子昂，這次也猜錯了。

「王八蛋！你有種再說一次！」傅子昂激動地揪著邵陽的衣領，拳頭差點就往他臉上揮下去。

「我說，我沒辦法和洪欣愛分開，現在的我，只能辜負曦柔了。」邵陽冷到沒有溫度的聲音，淡淡地飄在裊無人煙的黑夜裡。

盼了七天，邵陽依約把我跟傅子昂叫出來。他的確如我所想，給了我一個不一樣的聖誕節，然而這個不一樣，卻一腳把我踹入地獄的深淵。

「你當初信誓旦旦的說了什麼，現在又做了什麼。」氣不過邵陽冷漠的態度和說變就變的決定，傅子昂忍耐已久的拳頭直直往他右臉頰揮下，「你給小曦多大的期待你知道嗎？如果做不到，你當初就不該回來招惹她！」

用手背拭掉嘴角的血跡，邵陽搖搖晃晃的站起，逞強說道：「少廢話，我站在這裡，你打完快滾。」

「下三濫！專門欺騙女人的感情！」抓起邵陽的衣服，傅子昂一拳又一拳的砸在他身上，嘴裡一邊咒罵，一邊為我叫冤。

最後一拳揮出，重傷的邵陽再也無法爬起。傅子昂把他從地上扯起，退了幾步，作出最後一擊的預備動作，他果真如當初所約，要活生生把邵陽打死。

「夠了！」我飛快移動到邵陽面前，硬是擋下傅子昂的攻擊。

好痛！

傅子昂一驚，急忙衝上前查看我的傷勢，「蠢蛋，妳幹什麼？」

「阻止你殺人。」拉開傅子昂的手，我轉頭瞥向神情擔憂的邵陽，「他傷的人是我，要動手，當然也是我來。」

深呼吸，冷空氣直衝腦門。冷靜下來後，我輕輕勾起微笑，「不會有事的，我很堅強，比誰都要堅強。」

長時間分分合合的相處，傅子昂很快就明白我的固執，他無奈摸了摸我的頭，「有事打給我。」

「嗯。」我回給傅子昂一個溫暖的笑容，「聖誕快樂。」

「再說吧，妳快樂我才快樂。」

等到傅子昂漸行漸遠的背影消失在轉角，我轉過身，小心的扶起邵陽，「來我家，我幫你擦藥。」

搖了搖頭，邵陽用他僅剩的力氣撥掉我的手，「妳回去吧。」

連解釋都不給我就要待在洪欣愛身邊，即使是他們兩人先交往，我才是後來的第三者，但我真的無法接受，邵陽是這種說變就變的人。

「今天結束之前，你都還是我的人吧？」

瞪大眼，邵陽的表情既複雜又震驚。在他心中的我，應該不會是說出這種話的女生，我也從不認為自己會是說出這種話的人，可是，踩在懸崖邊，我已經沒有退路。

真糟，這些傷肯定會影響工作。

回到我家，我小心地幫邵陽上藥，結束後，又讓他吞了顆止痛藥。

傅子昂出手還真不是普通的重，但我也從這些傷中，看見他是如何把我放在心中。

邵陽傷害了我，我傷害了傅子昂，傅子昂傷害了邵陽……這個圈圈好像食物鏈一樣，最後，只能讓三個人都受傷。

「曦柔，對不起。」邵陽打破沉默輕聲開口。

「你應該知道，我想聽的不是對不起。」閉上眼，我努力壓下那些過於悲傷的情緒，卻沒料到這個舉動，反而使我的心疼痛不已。

「短期內，我沒辦法離開洪欣愛。」斂下眼，邵陽悲傷的呢喃：「真的沒辦法。」

邵陽……

「發生什麼事了？」

到底是出了什麼事，才會讓當初堅決分手的邵陽反悔，不僅選擇留在洪欣愛身邊，還打算和我切斷往來。

「不早了，去休息吧。」看著我的苦瓜臉，邵陽勉強揚起微笑，「再見。」

還是不願意給我解釋。

難道，他真的不喜歡我了嗎？

「給我原因，否則我不會放你走。」伸出雙臂、仰起頭，我用力瞪著眼前這個男人。

就算心痛到快死掉了，我還是無法就這麼讓他離去。

「傻瓜，妳非得讓自己受傷嗎？」

「那你非得用這種方式傷我嗎？」

我倔強地盯著邵陽。良久，他閉上眼，緩緩說出一個我從沒想過的答案，「洪欣愛懷孕了。」

剎時，好像有什麼東西在胸口爆開。痛到無法呼吸的窒息感帶動我的眼淚向下墜，暈眩的腦袋天旋地轉，我幾乎看不清眼前的視線，狼狽的跌回沙發上。

邵陽總是說愛我，但他卻在說愛我的背後跟洪欣愛有了小孩……

懵懂的年紀、青澀的初戀，當初一心一意喜歡蘇曦柔的巫洛勛，早在他改名換姓的那刻跟著死了。是我太傻了，是我。

「如果不那麼愛我，就別輕易和我說愛。」我以自己聽得見的音量呢喃。

「什麼？」邵陽溫柔的問。

就是他這種以我為中心的溫柔才讓我迷失自己，讓我天真的以為，當初錯過的我們，或許還有相愛的機會。

「你如果不愛我，就不要口口聲聲對我說愛！」我失控的朝他哭吼：「剛才我怎麼沒讓傅子昂打死你，現在光是看見你，我就好想打死自己！」

我握緊拳頭，憤恨地砸在心上。

不該動情的……我不該再對傷害過我的他動真情的。

「聽我說，妳聽我說！」邵陽用力握住我的雙手，「小孩不是我的。」

聽此，我的嘴角不禁微微抽搐，「我有那麼好騙？」

洪欣愛成天黏在邵陽身邊，現在懷孕了，小孩不是他的會是誰的。

「真的不是。」邵陽坐下來，輕輕將我摟進他的臂彎中，「相信我，除了妳，我對誰都沒有興趣。」

「如果不是你，那還有誰？」在邵陽的溫度裡，我逐漸恢復冷靜，卻仍難掩顫抖的情緒。

「這陣子，我用盡各種方式想和洪欣愛分手，她不肯，又想給我教訓，就跑去和那時羞辱她的男生上床，誰知道搞出了人命。」邵陽單手揉著太陽穴，無奈苦笑著，「說起來我好像是主因。」

「因為這樣，你要繼續跟洪欣愛在一起？」我難以置信的提高語調。

「男方不願負責，洪欣愛又堅持要把孩子生下來，我的無視，最後卻換來她割腕自殺。在急診室時，她爸媽不斷求我，希望我能陪她把小孩生下來，他們也會盡可能開導她。」

眼淚又再次落下，我哽著快把我淹沒的痛楚艱澀開口：「你答應了？」

「這件事我也有錯，我沒辦法拒絕。」邵陽用他幾乎沒有溫度的手指輕輕拭去我的眼淚，「曦柔，妳知道嗎？她爸媽那時候是哭著求我救他們女兒，甚至洪媽還向我下跪，我真的無法轉身就走。」

就為了這個可笑的原因毀掉對我的承諾，甚至還挨了傅子昂那麼多拳。既然如此，當初直接跟我說不可能就好了啊！

「所以就拋下我嗎？」我冷聲。

「曦柔？」

我低著頭起身，站到一頭霧水的邵陽面前，跪下。

「妳幹什麼！」邵陽驚慌失措的想將我拉起，無奈我卻不為所動，眼淚如同斷了線的珍珠，一顆顆滾落至地毯上。

「我現在跪著求你不要拋下我，你會留在我身邊嗎？」抬起哭花的臉，我聲淚俱下的朝邵陽大吼：「你會留在我身邊嗎？」

「拜託妳不要這樣。」

他直接將地上的我打橫抱起，走回房間輕輕放到床上。

「先休息吧，妳太激動了。」替我蓋上棉被，邵陽轉身就要離去。

還是要離開嗎？

還是因為洪欣愛肚子裡的小孩，所以決定離開我嗎？

「如果是因為小孩的話……」我拉住邵陽的手，再次擋住他的去路，「如果我也有小孩的話……」

毫無猶豫，我在邵陽面前用力扯開上衣，襯衫鈕扣受不了強烈的拉扯，一顆顆落至地面，再高高反彈，落下，再反彈，直至吸收了所有衝擊力。

發顫的手緩緩伸至背後解開扣帶。當我把殘餘的布料脫下，上半身已赤裸的呈現在邵陽面前。

「妳幹什麼？」不相信我會做出這種舉動的邵陽，幾乎是失了神的問。

「如果我也有小孩的話，你就不會離開我了，對吧？」我伸出顫抖的手打算脫掉邵陽的上衣，他卻拉起床上的棉被將我包裹，再隔著棉被緊緊抱著我，幾乎是用盡他的全力，緊緊地抱著。

「蘇曦柔，妳是我這輩子最想保護的人，算我求妳，不要傷害自己。」邵陽哽咽低語。

「你知道這話很卑鄙嗎？」我笑著，眼淚卻情不自禁的狂掉，「堅決離開我，還說我是你最想保護的人。」

「那妳剛才為什麼不讓傅子昂把我打死？」

「你就真的這麼想死嗎？」

邵陽推開我，難掩激動的吼著：「對！要是傅子昂那時就把我打死，我現在也不會比死還痛苦。」

從未見過邵陽落淚的我一時愣住，他懊悔的搥著胸膛，動作越來越大力、話越說越激動，「妳知道做這個決定我有多痛苦嗎？妳知道看到妳為我受傷我有多自責嗎？妳知道我要殺自己多少次才能站在這裡跟妳面對面嗎？我有多愛妳……蘇曦柔，妳知道嗎？」

邵陽……比我還痛苦……

他比我還不想，放棄我們之間的感情……

「不要為了我傷害自己。」邵陽顫動的手指輕輕撥開我的瀏海，「算我求妳了。」

被炸彈般的消息無情轟炸過後，想出一切抵抗的辦法卻徒勞無功之後，我終於忍不住情緒，蹲下身來嚎啕大哭。

無論我做什麼、無論我們有多喜歡對方，邵陽都不會回到我身邊了。

「不要哭，不要哭。」邵陽抱緊我，自己的哭聲卻附和著我，共同譜出一首悲傷至極的奏鳴曲。

良久，我哭到聲嘶力竭，只能靠在邵陽懷裡，釋放最後些許啜泣。

他比我早些時間平復情緒，哭紅的雙眼直盯著我瞧，好似要把我的模樣全刻進心裡。

「不要看，很醜。」雙手被棉被困住，我只能把頭動來動去，盡量不讓邵陽看見我剛哭完的樣子。

「妳為我哭的樣子，很美。」邵陽把我的頭固定好，輕輕在唇畔落下一吻。

即使心還痛著，我也要對眼前的人展露笑顏，唯有這樣，才能多少減去他埋藏在心底的痛苦，讓他不再為我擔憂。

「對不起，我不會再做這種事了。」望進邵陽的瞳孔，我對著裡頭的女孩莞爾一笑，「我會好好保護自己，變回你心目中那個閃閃發光的蘇曦柔，不會再讓你擔心了。」

那是，我對自己的約束。

聽見我的承諾，邵陽眼中又泛出些許霧氣，他哽著聲音輕笑：「謝謝妳。」

我搖搖頭，說出全然違背自己心意的話：「你也要加油，洪欣愛……她的確比我需要你。」

「對不起，讓妳為了我不得不堅強。」

我再度搖頭，「不用擔心我，也不需要覺得愧疚，等到下次見面時，我絕對會用以往的笑容跟你打招呼。」

而這也是我，最後能為他做的事了。

「好。」邵陽閉上眼，痛苦的吞下唾沫，「那我們，就暫時說再見了。」

「嗯。」

陪著邵陽走下一樓，他要我在大門前停下，「鐵門我會帶上，妳把大門鎖上就好。」

「邵陽。」站在門口，我出聲制止了他的離去，「如果哪天我被悲傷吞噬了，你願不願意闖進所有黑暗的角落來找到真正的我？」

「我願意。」

微勾起唇角，我輕輕的笑了。

無論是不是真的，這樣的保證，就足以讓未來的我逼迫自己露出笑容，哪怕那些笑容背後的眼淚，才是真正的我。

「再見。」門關上之前，我留給邵陽最後一個專屬他的微笑。

再見了，我的邵陽。

我童年的愛。

第九章——只能相離

擅自請了幾天假，加上元旦假期，我總共一個星期沒到學校。

清晨的學校被悠哉的氛圍籠罩，少了學生壓線遲到的慌張，三三兩兩運動的民眾彷彿來自另一個世界，談笑間，消失在偌大的校園。

風是一雙略感枯燥的手，隨意撫過，熨平的校服輕飄而起，剪至肩膀的短髮大幅度擺動，差點弄亂我梳好的造型。

把頭髮繞到耳後，輕摸側邊的蝴蝶結髮飾，我對著走了兩年多的校門揚起微笑。

從此刻起，我要用力笑著，我要用力的，回到小學時期的自己。

不知道該不該感謝我亮眼的新髮型，嚇壞班上同學之餘，有不少女生前來關心。面對我的外向，她們先是傻眼，隨後開心的和我交換連絡方式，幾節下課之後，我身邊已擁簇著一群人，唯獨，宥澄不在。

「宥澄，我們去打掃。」鬧烘烘的掃地時間，我拿著兩支掃把來到宥澄座位前，笑容可掬的眨了眨眼。

「嗯。」宥澄一如既往的走在身邊，臉上卻少了平時的靦腆微笑。

來到外掃區，斷垣殘壁的景象不免讓我們愣住，落葉多到我誤以為來到颱風天，看見樹為了活命拼死去跟風打架的殘影。

「給。」把掃把遞給宥澄，我擰起眉頭輕問：「怎麼了？」

「妳怎麼了？」

低頭看了自己一眼，我不明所以的問：「我怎麼了？」

「消失好幾天，一出現頭髮就剪短，個性也完全變了。妳跟陽怎麼了？」

「我們邊掃邊說。」

手一邊動作，我把邵陽必須要留在洪欣愛身邊的事，以及我說我會重拾笑容不讓他擔心的事，選擇性的告訴宥澄。

連我自己也感到訝異，我居然可以把前些時間還哭得要死不活的事，在此刻用事不關己的旁觀者口吻說出。

這樣是不是就代表，我看淡了。

「這算什麼，我現在就去找陽問清楚。」宥澄隨手一丟，可憐的掃把就這樣被遺棄在掃好的落葉堆上，驀然一看，畫面意外的清新柔美。

「別去。」我拉住宥澄的手腕，「這是他的選擇，也是我的決定。」

「小曦，妳能不能不要那麼逆來順受？」宥澄搶過我的掃把再次隨手丟到一旁，拉著我來到圍牆邊，「洪欣愛很明顯在打悲情牌，陽被弄傻就算了，連妳也要跟著犯蠢嗎？」

「我們棄守工作崗位了。」我故左右而言他的傻笑著。

「我在說很嚴肅的事。」宥澄難得拉下臉，警告我別再轉移話題。

不退讓、不裝傻，我又能如何？邵陽已經說的那麼清楚了啊！雖然不是自願，但就連我裸著上半身哭喊要他留下，他都沒有因此改變決定。除了堅強，抬頭挺胸勇敢走下去之外，我還能做什麼？

「妳努力過嗎？妳留過陽嗎？」宥澄氣憤瞪著我，「愛情不是一個人的事，如果妳不主動，一昧等著陽向妳走來，就算哪天陽跟別人結婚了我都不意外。」

宥澄的指控，讓我連平淡的笑容都裝不出來，只能微微扯動嘴角，「我做出連自己都像想不到的挽留，但這舉動只讓邵陽更加痛苦，讓他在我跟洪欣愛之間煎熬。」

「陽他……沒有為了妳留下？」宥澄難以置信的愣問。

我搖頭，「別忘了，我不是邵陽的女朋友。」

也許很多人都認為我跟邵陽才是一對，但對洪欣愛而言，我不過是個和他男朋友兩情相悅的第三者罷了。

「大笨蛋。」宥澄抱緊我，心疼低語：「就算這樣，妳也不能逞強啊。」

「我沒有逞強，我只是想讓自己活的更好，總不能邵陽不在我就一副要死不活的樣子吧。」我放鬆力氣靠在宥澄肩上，「不過謝謝，你的擔心我都收到了。」

這種時候有個可以依靠的肩膀，這感覺，真的很溫暖。

「就像妳一直以來在我身邊給我力量，我也會陪著妳，不離不棄。」宥澄雙頰微微泛紅，靦腆輕語：「再怎麼說我也是個男生，應該多少有點力量吧。」

「當然。不過，比起我，我更希望你能多關心邵陽，勉強自己陪著洪欣愛，他比誰都要痛苦。」仰起頭，宥澄羞澀的模樣全映入我眼簾。

他害羞的樣子果然很可愛啊！

「等我氣消了再說。」宥澄調皮的眨眨眼，「不這樣做我會得內傷。」

「嗯。」我微笑。

有了宥澄的陪伴，我一定，能笑到邵陽回歸的那天吧！

放學時間，和幾個先行離去的同學說了再見，我同宥澄緩步走出校園，有種說不上來的熟悉，卻又感到無比陌生。

熟悉，是宥澄在我身邊，陌生，是邵陽消失不見。

「如果妳現在的笑容不是勉強而來，那麼小曦，妳真的就和妳的名字一樣，是會讓人不自覺想親近的，那道柔和的日光。」

「是嗎？」我害羞的將頭髮撥到耳後，風輕輕吹過，撩起我上衣的領子。

就像動漫中一定會出現的場景，在風吹動的瞬間，女主角撥頭髮的視線裡，一定要出現男主角的身影。

做著和女主角同樣動作的我，視線裡的確出現了一個男生，那個男生或許也可以說是男主角，曾經的男主角。

「怎麼陽一消失，傅子昂就陰魂不散了。」宥澄撇過頭，小聲碎念著。

「要陪我過去嗎？」我眨眨眼，露出一抹壞笑，「他在放空。」

「當然。我才不會又讓他把妳帶走。」想起上次我在家門口被傅子昂帶走，宥澄不禁又氣紅臉。

兵分二路，宥澄走到他面前，雙手插腰，扳起臉孔假裝生氣的說：「你來做什麼？」

唉，這清秀可人的臉龐還真不適合扮黑臉。

「哦，你出現了。」傅子昂輕笑。

「啊？」宥澄偷偷向已站在傅子昂身後打算嚇他的我放出求救信號。

我把食指貼上唇，要他先聽聽傅子昂的說法。

「改天我介紹一個人給你認識，保證你會喜歡他，雖然他有點霸道就是了。」

「什麼？」

看宥澄傻愣愣，臉頰紅透半邊天的樣子，我急忙出手捶了傅子昂一拳，「不要隨便跟宥澄開玩笑。」

「我沒在開玩笑。那傢伙我認識好幾年了，感覺他應該很適合鍾宥澄。」傅子昂似乎早就知道我在後面，說話連頭都不轉，一點也沒被嚇到。

「那個人不會欺騙別人的感情吧？」我旋身站到宥澄身邊。

宥澄的感情路已經夠坎坷了，那時被現實逼到絕望，自己毀滅所有對感情美好嚮往的他還深深烙印在我心中。我真心希望在接下來的感情路上能有個人好好保護他，帶給他所嚮往的，那份簡單到不過，卻難如登天的愛情。

「當然不……喂！妳的頭髮是怎麼回事？」傅子昂沒被我的埋伏嚇到，反而被我的短髮嚇著。他激動的反應和不自覺提高八度的音調，簡直比看到尼斯湖水怪還誇張。

「不好看嗎？」我無辜問道。

傅子昂的嘴角微微抽搐，「是很好看啦，只是妳幹麻把頭髮剪短？」

「宥澄，幫我解釋。」

我是膽小鬼，我不想再說明一次為什麼了。

結尾都還沒說完，傅子昂竟然丟下腳踏車，從大門邊筆直衝進校園，嘴裡碎唸著要把邵陽碎屍萬段。

這個人真是……他到底還記不記得一星期前他才剛為這件事揍邵陽一頓，更何況現在都人鳥獸散了，他還想去哪找人。

「傅子昂！」追到渾身乏力，我只能在後頭停下腳步，氣喘吁吁的大喊。

一陣風從我旁邊咻地掠過，宥澄加快速度衝到前方，張開雙臂擋住傅子昂的去路。終於停下來了。

我打起精神跑上前，用力拽住傅子昂的手，「拜託，你能不能別那麼衝動？」

「妳是被下降頭嗎？這麼白癡的決定妳不僅支持還幫他說話！」傅子昂甩開我的手，不能理解的怒吼。

「我不是在幫他說話，我是在保護自己。」保護自己，要堅強的決定。

「如果你是真心在乎小曦，就不要質疑她的決定。」宥澄說。

「再說，你蹺課到這裡不是為了要幫我出氣吧？」

「我沒有蹺課，是學校有活動提早放學，想說來看看妳的情況，誰知道聽到比之前更讓人火大的事。」傅子昂頭上的火終於熄滅，但他還是非常不滿的臭著一張臉。

「阿陽你看，是曦柔跟宥澄耶。」都還沒擺平傅子昂，嬌滴滴的娃娃音就從後方傳來，那故意提高的音量，明顯是衝著我來。

「到我身後。」傅子昂將我拉到後方，氣勢凌人的瞪著他們。

洪欣愛挽著邵陽的手，硬是把想避開我們的他拉了過來。她就像個奪到玩具的小孩，驕傲的表情全寫在臉上，但是邵陽看起來一點也不快樂，甚至還刻意避開了我的視線。

為了邵陽，我要笑著，要讓他知道，我已經遵守和他的約定，堅強起來了。

「曦柔，妳的頭髮是怎麼回事呀？」洪欣假惺惺的笑問。

我摸了摸頭髮，辜負傅子昂的好意站到他身邊，「不覺得很好看嗎？」

面對我所失敗的一切，我不想畏畏縮縮的躲著，我沒有那麼嬌弱玻璃心。

我的尊嚴，由我自己來捍衛。

「好看呀，只是這麼突然，會讓人以為妳失戀了。」

洪欣愛故意伸手要摸我的頭髮，卻被一旁的傅子昂打掉，「尊重點。」

「好痛，哪來的冒失鬼？」洪欣愛摀著被打紅的手，撒嬌的伸到邵陽面前，「呼呼。」

「呼屁！信不信我直接把那傢伙打掛！」傅子昂好不容易熄滅的火焰又再次燃燒，他死命握緊拳，把所有怨氣全集中在拳頭上，要不是我拉住他，現在早就出人命了。

「不是鍾宥澄那種娘娘腔，就是動不動要打人的暴力份子。蘇曦柔的朋友都是這副德性嗎？」洪欣愛一臉厭惡的用鼻孔噴出一口氣。

「道歉。」我還沒開口，邵陽已經扳著一張臉，嚴肅的要求洪欣愛道歉。

「我又沒說錯，鍾宥澄就是個死gay。」

啪！

超大聲的巴掌響徹只剩下三三兩兩的學校，過大衝擊而發麻的手、印在洪欣愛臉上的手，證明方才戲劇性的一切都是真實。

「蘇曦柔妳憑什麼打我？肚子裡的小孩被妳打掉怎麼辦？」洪欣愛發瘋的尖叫跺腳，但我站在她面前，她卻連反擊都不敢。

「要不是妳懷孕，我打的會是肚子。」

「妳……」

「我很同情妳，哭哭啼啼利用一個跟邵陽沒血緣關係的小孩求他留在身邊，這樣的妳，可悲到要臭嘴才能抒發壓力。」我的眼神倏地變得犀利，「但是，不准拿我身邊的人抒壓。」

「蘇曦柔妳真的瘋了。」

「我就是瘋了才會跟妳一般見識。」我握住宥澄的手，對他眨眨眼睛，「我們走。」

「宥澄。」邵陽在我們走出校門前追到身旁，「對不起。」

道歉的對象明明是宥澄，可是邵陽的手，卻握住了我剛才打洪欣愛的那隻手。

邵陽的溫度……從手心傳過來了。

他攤開我發紅的掌心，心疼的撫著，「都紅了。」

「抱歉，讓你為難了。」

我沒有力氣縮回手，因為我把力氣，全用在回收眼淚上頭了。

不能哭……蘇曦柔妳不能哭……

「放開。」傅子昂硬是闖入我跟邵陽之間，阻擋了我們對彼此的觸碰。

「讓開。」邵陽不耐煩的說。

好險現在已過放學時間，站在門口疏導交通的教官們都走了，否則這一觸即發的緊張情勢，難保不會再有第三人闖入。

「不是你的種你還答應負責，證明你根本不珍惜和小曦在一起的機會。既然你不在乎，那小曦就交給我保護，我還是很喜歡她。」

邵陽的臉色頓時變得鐵青，他不斷用眼神求證我、求證宥澄，想知道傅子昂說的是否屬實，但那樣的他，卻讓我的心陣陣抽痛。

都選擇留在另一個女生身邊了，還有權力干涉我的私生活嗎？

「隨便你們想做什麼。小曦，我們回家。」宥澄拉著我過馬路，搭上剛好到站的公車，遠離了還在門口僵持不下的兩人。

「還好嗎？」

「嗯。」我靠在宥澄肩上，「我想睡一下。」

「好。」

閉上眼，波濤的心再度變得平靜，泛在眼角的淚光，我告訴自己只是因為疲倦而已。

❣

幾天後，我接到洛遙來電，他納悶問我，邵陽最近是不是發生了什麼，我才因此得知邵陽原本說好寒假會空出假日幫他複習，但卻臨時取消了。

我在電話中沉默多時，萬萬想不到把洛遙看得比自己還重要的邵陽，居然會因為洪欣愛而放棄幫他補習。我開始害怕了，在天秤的搖擺下，連洛遙都無法勝過洪欣愛，那麼，我呢？

不對……我早就是，不被選擇的那個了。

直到洛遙的聲線將我喚醒，我才從絕望的深淵中暫時爬回，重新強迫自己振作。

我沒有說出我們三人之間的事，而是要洛遙別想太多，從寒假開始，每個假日都來我這，由我接下邵陽的承諾，當中唯一條件，就是這件事必需保密，不能跟邵陽說。

洛遙是個聰明的孩子，如此戲劇性的轉折，即使不知道發生什麼事，也知道絕對沒有表面上的雲淡風輕。他貼心的替我留下不必解釋的空間，但寒假時，他卻拎著行李闖進我家，告訴我他連過年都不回去了。

原來，洛遙的處境遠比邵陽告訴我的為難。他的新媽媽是個標準後媽，人前一個樣，人後不像樣，而他爸爸忙於工作，對洛遙根本不聞不問，加上妹妹出生，他更是爹不疼娘不愛。

我心疼洛遙的遭遇，更捨不得他從小到大都活在沒有愛的家庭裡。二話不說，我收留了洛遙，甚至在過年期間帶著他飛到美國和爸媽團聚，除了訓練他的英文能力，更重要的是，我清楚邵陽是唯一能給他親情溫暖的人，而目前的邵陽，無法做到這點。

開學後，我的生活變得忙碌，除了要顧好課業，還要替正在倒數計時的洛遙整理最後的考前衝刺。傅子昂有事沒事就蹺課來我們學校找我去吃晚餐，雖然總會被我碎唸，但他不著痕跡的陪伴，隱形的填滿了我剩餘的空間。至於邵陽那邊，我沒再與他見面，只是偶爾從宥澄口中，聽見他近期的狀態。

我不再哭了。

歷經這些充實的日子，我心上的傷顯然不再疼痛。邵陽，對我而言就像一個好久不見的朋友，如果哪天遇見，我想，我應該能很平淡的笑著和他閒話家常吧。

「姊姊，我去考試了。」

大考第二天，身為洛遙的小老師，我理所當然陪著他到台北考試。一開始，我得知他要跨區考試時還嚇了一跳，後來才想起邵陽在黑暗中對我說的話。

洛遙是為了實現與哥哥的約定，才會那麼拼命唸書。

「怎麼了？和昨天的你不太一樣喔。」我輕輕摸了摸洛遙的頭，「姊姊跟你說過，考試要有自信。」

「哥哥說今天會來陪我。」洛遙搖搖頭，用力拍了拍雙頰，重現他那純真的大男孩笑容，「不過不要緊，我還有姊姊，我不是一個人。」

「坐下，還有十分鐘才打預備鈴。」我命令。

邵陽絕對是有什麼事情耽擱了。

我相信他會來，絕對會。

「剩三分鐘，我先上去了。」洛遙再次拿起鉛筆盒跟准考證，把包包交到我手上，「姊姊，麻煩妳了。」

「嗯，加油喔。」

邵陽，還是沒來……

這個白痴，這是洛遙最後一天考試了，他難道不知道自己對洛遙來說有多重要嗎？到了這刻，還是堅持要照顧洪欣愛？

「洛遙！」吵雜的試場傳來一聲著急的呼喊，大汗淋漓的身影，堅持邁開疲乏的腳步往我們這邊跑來。

「哥！」洛遙一掃方才的勉強，喜出望外的跑到他面前，「你來了。」

「抱歉我遲到了。」邵陽用力揉了揉洛遙的頭，「加油，沒考上我會難過的。」

「嗯。」洛遙滿足的點點頭，「哥要待到我考完，帶我跟姊姊去吃午餐喔。」

「好。」

「給你。」我走到邵陽面前，把一包面紙遞給他，「別感冒了。」

「謝謝。」

「幸好你趕上了，洛遙一直很期待你的出現。」我微笑轉身，坐回原先的地方。

「曦柔，謝謝妳。」邵陽坐到身邊朝我伸出手，卻在碰觸到臉頰的前一刻把手縮回。

那麼久沒見，我們的確不該忽然觸碰到彼此。

我們之間，還是該保持一點等待靠近的距離。

「謝我什麼？」我當作剛才的邵陽是在拍蚊子，不受影響的問。

「這段時間，妳一直都在照顧洛遙，替我給他所有的親情。」邵陽苦笑著，「身為哥哥，我真的很不負責任。」

「我不這麼認為。」仰起頭靠上椅背，湛藍的天，浮過幾朵不問世事的白雲。

因為洛遙，我沒有時間憂傷，沒有時間難過，更沒有時間獨處。與其說我在代替邵陽給洛遙關愛，倒不如說是洛遙在代替邵陽陪著我。他時時刻刻待在我身旁，陪我渡過那段最難熬的時光，以至於我現在能平靜笑著。

是洛遙用他的存在遮住了我的眼淚，讓我能夠更堅強、更溫柔地面對邵陽選擇洪欣愛的真相。

「妳……最近好嗎？」

「不就這樣，上課、下課、唸書，日子平淡的很。」

這樣的平淡中，難道沒有因為想起邵陽而難過嗎？對此，我可以很自豪的說，只有在美國，答應爸媽畢業要過去唸書的那天晚上有想起他，其他時間，我都沉浸在「做好每件事」的氛圍中。

又或許，我會有這種舉動，是我的心為了保護我不再受傷，而開啟的防禦機制吧。

「看妳那麼平靜我就放心了。」邵陽扯動嘴角，溫暖的日光，直接灑在他仰起的面龐，「人生最難卻也最渴望的，就是平淡過完一生。」

的。」

「你看起來很不好。」

會說出這種話，想必他一定累到開光頓悟了。

「每個人都這樣說。」邵陽握住我垂放在腿邊的手，「只剩五個月，到時候，我會主動走到妳身邊的。」

我沉默，放任邵陽的溫度擾亂我體內的平衡。

主動朝我走來……我不敢想像會有那天到來，我不相信洪欣愛會那麼簡單就把邵陽的手鬆開。

救命鈴聲在我快無法招架時響起，我抽開手，急忙滑向接聽。

「蘇曦柔妳在哪裡？」從喇叭傳來的聲音差點震破我的耳膜，「妳家電鈴快被我按壞了。」

「喂，你一個好端端的大男人別隨便欺負我家電鈴啊！」我罵道：「一早就來騷擾人，富家少爺都像你這麼閒嗎？」

「說什麼傻話，本少爺可是特地放下手邊的工作來找妳去吃早午餐欸。東區那邊又新開了一間超好吃的店，妳人在哪我過去載妳。」

「我在台北。」我失笑，「敢問傅少爺，你要出動直升機來載我嗎？」

「拜託，別把我老爸當成郭台銘。」傅子昂翻了個白眼，「妳沒事跑去台北幹麻？」

「陪洛遙考試。」

「又來。拜託妳放生那小鬼好不？妳又不是褓姆，叫他老哥自己來顧，別老是纏著妳。」

「你不要對洛遙充滿敵意啦！有他在，我覺得日子充實多了。」勾起唇角，我彷彿能看見傅子昂吃醋的模樣。

「妳是被虐狂嗎？如果妳要充實的日子交給我，我來。」

「那不是每個人都做得到的。」我挑眉，「如果是你我應該會叫你滾蛋。」

「妳看看，根本差別待遇嘛。」

「等你變得跟洛遙一樣可愛我就不會差別待遇了。」

「哼，才不要，本少爺要保持我的個人特色。」忽然間，傅子昂的聲音猶如一道溫暖的風，輕輕掃過耳畔，「如果不小心遇見他，承受不住的話，就逃到我這裡來吧。雖然我不夠可靠，但為妳建造一個安全的堡壘，我還是做得到。」

「嗯，謝謝你。」

愛耍賴、死要面子、衝動行事，這些都是傅子昂最真的樣子，但這些同時，也是為了掩蓋他那不坦率，卻處處為人著想的心。

「那就掰啦，我要一個人去吃我的早午餐了。」

「幹嘛說的好像我在欺負你。」

「本來就是。」傅子昂咕噥：「欠我一頓午餐，知道嗎？」

「好啦，愛記仇的傢伙。」

「掰。」

通話斷線了，我看著暗掉的手機螢幕，不禁會心一笑。

傅子昂……我深信，他一定會找到一個比我還要好的女生，和她談一場如偶像劇般的世紀戀愛。他值得擁有這樣的幸福。

「妳跟傅子昂……你們的感情看起來很好。」邵陽失落地斂下眼。

「我們……就這樣啊。」我想了想，把手機放進包包微笑道：「他發現什麼新大陸時，總會找我一起去嘗鮮。說穿了，就是兩個吃貨碰在一起產生的特別現象吧。」

「即使如此，妳看起來也很快樂。」邵陽無奈微笑，「跟我在一起的時候完全不同。」跟傅子昂在一起，快樂是必然的，可是快樂，真的就等於幸福嗎？快樂，只是幸福的其中一個條件而已。要怎麼樣，才能算是真正的幸福呢？

「曦柔，跟傅子昂保持距離好嗎？」邵陽握住我的手，輕柔的語調，在此刻顯得格外殘忍，「我很害怕，當我回來時，妳已經不在了。」

邵陽的手在顫抖。

他要我等他，等他回來。

可是那天，真的會到來嗎？

「邵陽，你現在是以什麼身份要求我跟傅子昂保持距離？」我沒有抽回手，而是抬起頭，一派認真的問他。

「我……」沒料到我會如此殘酷，邵陽一時語塞，蒼白的臉龐，訴說著回不去的悲傷。

不是刻意要讓邵陽難過，我也知道他陪著洪欣愛是迫不得已的事情，但是就名義上來說，邵陽確實是洪欣愛的男朋友，他沒有資格管我和誰來往。

我很清楚，傅子昂也很清楚，我們之間該有的界線，我不會給傅子昂過多的期待，傅子昂也不會給我踰矩的關愛。這樣一個情比金堅的朋友，我是不可能因為邵陽幾句話就放棄的。

「我很自私。」邵陽一把將我扯進懷中，「我沒辦法陪在妳身邊，但我也不想看妳離我越來越遠。」

眼前驟然一片黑，靜悄悄的世界，只有邵陽的體溫在蔓延。我沒辦法發出聲音，喉嚨乾澀到像要著火，靈魂……好像離開身體了。

「蘇曦柔，我已經，快要堅持不下去了。」邵陽的聲音，好像快哭出來似的。暈眩的世界裡，我伸出手，輕輕撫著他的頭，讓他在我的懷抱中顫抖。

對不起，我不是故意要讓你擔心，可是我的心，已經好累好累了。

「邵陽！蘇曦柔！」靜到連外頭的車都要踮起腳尖過的考場忽然傳來咆哮，嚇壞不少正在為裡頭奮戰的孩子專心祈禱的家長們。

「妳發什麼神經？」邵陽倏地抓住洪欣愛要打我的手腕，「差不多一點。」

「我就……」洪欣愛本來還想大聲嚷嚷，熟知她個性的邵陽更是早先一步摀住她的嘴，硬把她拖離考場。

好像不會醒的噩夢一樣，不斷重複著。

洪欣愛又出現了。

「妳夠了沒，老是調查我的行蹤到底想幹麻？」在考場附近的小巷子內，一個沒有車子會經過的蠻荒之地，邵陽甩掉洪欣愛的手，刻意站到我前方擋住了她傷害我的可能。

「哼！你天天想辦法要來找這婊子，我不調查行嗎？」

「警告妳，別再用那種詞彙說曦柔。都要當媽媽的人卻還是那麼唯我獨尊，只要不合妳意就動手又動口，妳將來到底要怎麼扶養這個小孩？」慍怒的語氣、緊握的拳頭，對於洪欣愛的種種，邵陽的忍耐就快到極限了。

「我會變成這樣都是因為妳！」試圖往我衝來的洪欣愛被邵陽單手攔下，她一邊哭喊一邊揮舞著手，「蘇曦柔，妳知不知道我為邵陽付出多少，妳憑什麼搶走他？」

「夠了！」寧靜的小巷弄內，邵陽的怒吼直達天際，「妳沒有為我付出什麼！真正為我犧牲的人是曦柔，妳什麼都不是！」

「邵陽！」洪欣愛幾乎是用尖叫來表達自己的不滿，她瘋了似的張牙舞爪，但那些攻擊卻全被邵陽擋下。

那迴盪在小巷裡的淒厲哭吼嚇壞了所有無形的靈體，本該是和煦的五月天，忽然變得陰風陣陣。

「我很抱歉我闖入你們之間，但是邵陽應該早就跟妳說清楚了，他不喜歡妳。」我的出聲，制止了洪欣愛的無理取鬧，「想報復而隨便和人發生關係，事後不僅搞出人命，還哭哭啼啼說著自己多可憐。洪欣愛，妳的舉動不是可憐，是可悲。」

「我的事輪不到妳來管！」洪欣愛怒不可遏的瞪著我，「更何況，這些都是妳一手造成的。」

「我有叫妳上床不帶套嗎？」撇了洪欣愛一眼，我冷淡道：「把所有問題全指向別人，結果問題最大的就是妳。」

「少在那邊裝清高，妳要是有本事就把自己搞爛再來學我討同情啊！連這點都做不到，妳憑什麼教訓我？憑什麼說妳愛邵陽？」

「洪欣愛，妳知道邵陽為了妳的父母、為了妳的孩子，把自己折磨的有多不像人嗎？如果這是妳愛人的方式，那被妳愛上的人，真的很倒楣。」

得知消息的當下，我的確有過同樣的想法，只要我有了邵陽的孩子，他就不會從我身邊離開。但是，當我看見邵陽痛不欲生，不停責怪自己的模樣，我就恍然了。

邵陽不可能看我作賤自己，讓我為了這種荒謬至極的理由懷孕。我也知道，我無法眼睜睜看邵陽夾在我跟洪欣愛父母之間為難，到時候，我大概會遠走他鄉，留給邵陽的，會是一輩子難以撫平的傷痕。

因為愛他，我不願意看見他痛苦，所以我讓自己的每一天都活得精采；因為愛他，我不忍心看見他難過，所以我讓自己假裝很坦然的支持他；因為愛他，我告訴自己要變得更好，要用笑容來減輕他對我的愧疚、對自己的責怪。

我對邵陽的愛也許殘忍，但這就是我愛他的方式，無論在外人眼裡恰不恰當，都不該被拿來比較。洪欣愛不再動作了。

僵持幾分鐘，邵陽覺得她或許被我潑了桶冷水，終於冷靜下來，才鬆下緊繃的肩膀，放開她後退幾步。

要是她真能冷靜，那就好了。

電光石火間，邵陽伸出的手撲了空，我驚見洪欣愛朝我奔來，用力推了我一把，她手上的戒指從我受驚嚇的臉頰揮過，使力刮出一條血痕。

往地上跌去的瞬間，我試圖保持平衡，但我不僅失敗，還讓著力點從屁股移轉至後腦勺。

在每個受到驚嚇之後、每個意識空白之前，果真如偶像劇演的，畫面、言語、表情……種種發生的一切，都會被按下慢速撥放鍵。

要是讓傅子昂知道我退步到連一個孕婦的攻擊都躲不過，大概會被他笑一輩子吧。

「曦柔！曦柔！」

舒適的觸感、熟悉的溫度，我似乎聽見有誰在喊我的聲音。

瞇開眼，邵陽垂下的瀏海映入眼簾，我勾起微笑，伸手撥開他的瀏海。

嗯，這樣才看得到他眼睛裡的我。

「有沒有哪裡不舒服？」

「沒有。」才怪。

被疼痛的火熱感侵占，我的臉頰好似要燒掉一樣，暈眩的腦袋更是左右晃動，水晶體幾乎無法對焦。

「我帶妳回去。」邵陽一手繞過我的脖子，另一手從我膝蓋下方穿過，打橫將我抱起。

「是妳媽跪下來求我，我才痛下決心離開曦柔，暫時陪妳把小孩生下來。」抬眼，邵陽憤怒瞪著洪欣愛，說出我從不敢妄想的話，「恭喜妳，妳的大小姐脾氣成功打破我的極限，往後的日子請另請高明。」

邵陽和洪欣愛，徹底切割了。

怎麼眼眶濕濕的，更看不清邵陽的臉了。

「不要！」洪欣愛死命捉住邵陽的手，「我那麼愛你，你不能因為蘇曦柔跟我分開。」

「折磨我就是妳所謂的愛？」邵陽閉上眼，嘴角微微勾出冷笑，「承認吧！妳只是不甘心才會拼命把我留在身邊。事實上，妳從沒愛過我。」

「我沒有，我是真的很愛你。」

「如果妳硬要把自己侷限在妳愛我的假象裡，那就用力恨我吧。」甩開洪欣愛的手，邵陽抱著我大步離去。

這樣好嗎？

雖然有點擔心，但我沒有勇氣問出口，我怕我問了，邵陽的心又會動搖。說穿了，我同樣自私的想把邵陽留在身邊，我的愛，並沒有比較高尚。

「好笑吧？」邵陽苦笑著，「明知道洪欣愛只是不甘心，我卻還是選擇辜負妳。」

搖頭，我微微一笑。

關於這點，傅子昂早就開導過我了。

邵陽太溫柔，他不忍看見洪欣愛媽媽為女兒擔心，認為自己多少也要負點責任，因此，他才會斷絕與外界的聯繫，獨自扛起來自雙方的壓力。

那時候只看見表面，害怕邵陽會永遠離開的我實在是傻的可以，同時那樣的做法，肯定也給他帶來極大的傷害吧。

「邵陽……我肚子好痛……」洪欣愛哭喊著：「邵陽……」

「不要拿這種事開玩笑。」邵陽不耐煩的轉過身，當他看見臥倒在柏油路，黃色紗裙上沾滿紅色血跡的洪欣愛，嚇到瞬間放下我，衝上前換抱起她。

「曦柔，我……」

「人命關天，去吧。」

「幫我叫救護車在考場門口等。」

拿起手機，我按下一一九，簡單講完狀況跟地點，確定會派救護車過來之後，才撐著路面勉強站起。

要回去跟洛遙說邵陽有事先走了，叫他別擔心才行。

無論如何，絕不能影響洛遙考試。

走了幾步，眼前的路開始上下左右搖晃，根本辨不清東南西北。我抓緊衣領，咬牙拖著步伐到一旁的圍牆邊，順著牆壁坐下。

頭好暈、眼皮好重……

電話……打電話求救……

「怎麼啦，剛過一個小時就想我了？」電話很快被接起，從擴音喇叭裡，傳來揶揄我的聲音。

這種時候，我慶幸還有人能讓我打電話。

「傅子昂……我好想睡……」我虛弱道。

「啊？」呆愣半晌，傅子昂意識到我發生很不得了的大事，緊張的問：「妳人在哪？」

「我不知道。」

「告訴我附近有什麼，快！」

「附近……」使力瞇開眼，我喃喃的說：「一邊是磚頭牆、對面是草叢。」

「等我一下。」

我聽見傅子昂跟人說要去高鐵站而且越快越好，還說超速的罰單他來繳，想必他知道我出事後，急忙丟下手邊的事搭上計程車了。

「小曦，附近有房子嗎？」

「沒有。」

要是有房子，剛才洪欣愛喊成那樣，早就被丟雞蛋了。

傅子昂深吸了口氣，強迫自己先冷靜下來，「好。小曦，妳不能睡，妳拿著手機，慢慢走到人多的地方，不要讓那些下藥的人有機可趁。」

「白癡喔……我沒被下藥……」

真沒想到傅子昂的腦袋那麼廣闊無邊，居然腦補成我被下藥了，我是去陪考又不是陪酒。

不過，陪考陪到打電話求救，我大概也算傳奇人物了。

「那妳幹麻一副要死不活的樣子？」

閉上的雙眼浮現出傅子昂翻白眼的模樣，我的嘴角不禁微微揚起，「可能剛才撞到頭。」

「撞到頭？」

不需要睜開眼睛，想著該怎麼回到考場，我的壓力頓時減輕不少，應該，還有力氣跟傅子昂解釋一下。

「我剛才跟洪欣愛起衝突。」

「洪欣愛？她和邵陽一起去台北？」

「沒，她自己找來的。」

「那邵陽呢？那個混蛋在嗎？」

「洪欣愛動到胎氣，邵陽先帶她去醫院了。」

「有沒有搞錯？丟一個病患在路邊，他帶洪欣愛去醫院？」

「誰病患了？」我奄奄一息的反駁。

「小姐，妳知道妳前天有點發燒嗎？」傅子昂簡直服了我，「難怪妳會喜歡邵陽，兩個白癡湊在一起剛剛好。」

原來我發燒了，難怪邵陽猛然拉動我的時候，我的眼前一片黑暗。

「傅子昂，我……」

眼前驀然一片黑，我的手無力地垂下，沉重的眼皮再也撐不開，唯一能讓我知道自己還活著的耳朵好像有聽見東西掉落的聲音，接下來……我就再也聽不見了。

洛遙……糟了，剛才廢話太多，我還沒跟傅子昂說要他幫我找洛遙。

緊蹙雙眉，我看見洛遙獨自在考場焦急徘徊，他找不到我、找不到邵陽，慌張的像個被遺棄的孩子。

洛遙，我在這，往這邊看，我在這裡啊！從小到大都沒變過，你是我最疼愛的弟弟，我不會丟下你的。

洛遙！

瞇開眼，刺眼的日光燈閃爍，我拉起胸前的被子，換個方向繼續睡。

等等，我不是在路邊嗎？身上怎麼會有被子？

心一驚，猛然張開眼，我仔細對焦眼前的視線，懸吊的點滴照著節奏，規律的流入體內。

這裡……是醫院。

那個連路標都沒有的地方，是誰把我送來的？

「醒了。」女子對我微微一笑。

就是她救了我嗎？

「不好意思，麻煩妳了。」

我想起身向她道謝，卻被她給阻止了，「乖乖躺著呀，等會被我的小情人看見我會被罵的。」

微微歪過頭，我茫然的把視線移回日光燈上。

我怎麼一點也聽不懂她說的話？可是這個女子的面孔，我怎麼越想越覺得眼熟……

「蘭姊，這給妳。」熟悉的聲音傳來，吸引了我的視線。稍微扭頭，眼前的身影終於解開我一連串的困惑。

雖然只見過一面，但我確定，眼前這個女子就是傅子昂的阿姨。

「謝天謝地，妳終於醒了。」一見到清醒的我，傅子昂趕忙把東西塞進蘭姊手中，掀開自己的瀏海直接貼上我的額。

「傅子昂……」雙手貼上他的胸膛，我難為情的想推開他，「太近了。」

「還沒退燒的妳沒資格說話。」他輕輕彈了我的額，「受不了，連陪考都會出事。」

陪考……糟糕！

「傅子昂，現在幾點？」

「十二點零五。怎麼，肚子餓了？」

「我要去接洛遙。」勉強撐起身體，我正要下床穿鞋時，傅子昂卻單手將我壓回床上。

「妳都昏倒在路邊了可不可以別再管跟邵陽相關的事？」傅子昂豎起眉毛，嚴厲的指責我，「蘇曦柔，別太過份，我可是一接到妳的電話就趕到台北來。妳不在乎自己反而去關心邵陽他弟，是把關心妳的我當白痴嗎？」

「可是……」我抿了抿唇，即使會讓傅子昂暴怒，我仍決定去接洛遙，「這跟邵陽沒關係。我帶洛遙出門，就有義務負責他的安危。」

「煩死了，知道了啦！」傅子昂沒好氣地瞪我一眼，把剛脫下來的外套甩到身上，「給我躺著，我去接那小子。」

那一瞬，我彷彿聽見有外星人來訪，眼睛全亮了起來，「可以嗎？」

「不可以難道要讓妳拖著這破爛身子去嗎？」傅子昂再次彈了我的額，「給我躺好，聽到沒？」

「嗯。」

「等等順便幫妳買吃的回來。」轉身，傅子昂背對著我揮了揮手，「知道妳要說什麼，會幫那小子買午餐的。」

看傅子昂消失在轉角的身影，我不禁揚起淡淡的微笑。

如果邵陽沒有再次出現在我面前、如果傅子昂能早點頓悟愛情的互相，那麼，我可能會在他的溫柔呵護下，不再對巫洛勛耿耿於懷。

「小曦不僅溫柔體貼還越來越漂亮了，難怪小昂會那麼喜歡妳。」蘭姊幫我拉好被子，輕輕摸了我的頭，「好好休息，別讓小昂擔心了。」

「蘭姊，謝謝妳救了我。」我抓緊被子，顧左右而言他的向蘭姊道謝。

蘭姊應該還不知道我跟傅子昂分手了，不過，會因為一通電話從台南飛奔到台北的感情，說不是男女朋友應該也沒多少人會信。

「妳要謝謝的人是小昂。他呀，瘋了似的打給我，也不管我有沒有空，喊了一句『人命關天』，就要我按照他給的定位去找妳呢。」蘭姊溫柔瞇起眼，幾條魚尾紋刻劃在細嫩的肌膚上，那是歲月不饒人的印記。

「對不起，造成妳的困擾。」

「不會呀。看小昂那麼緊張，我其實蠻開心的。」蘭姊輕笑，「妳應該很清楚，身為獨子，小昂幾乎沒有得不到的東西，因此，他逐漸失去身為人的溫度。這次，我看見不同於以往的他，會試著保護他想保護的，總算像個男人了。」

我輕柔一笑，沒有答腔。

造成傅子昂改變的是邵陽的出現，我也才恍然，他是真的把我放在心上，哪怕我的心從沒有向著他。比起洪欣愛，我更對不起的人是傅子昂，是那個開始學習怎麼愛人，而選擇默默陪在我身邊的他。

「小昂一趕到，發現妳還在昏睡，竟然慌張的跑去巴著醫生不放，還不停鬼打牆問妳臉上的傷會不會留疤，煩到人家都想把他轟去精神科檢查了。現在想起來還是覺得這孩子好可愛，妳沒看見實在太可惜了。」蘭姊笑呵呵的說。

「蘭姊，我臉上的傷很嚴重嗎？」我誠惶誠恐的問。

「沒事，別理那小題大作的傢伙。妳只是被尖銳物刮到，好好照顧傷口就不會留疤。」蘭姊打趣的眨了眨眼，「小昂可是比妳還緊張，連藥都先買好了，妳現在要擔心的是妳的耳朵會不會被他碎唸到炸掉。」

「那就好。」我如釋重負的鬆了口氣。

嚇死我了，聽傅子昂那麼激動的反應，還以為我的臉會留下一道又長又醜的疤呢。

「小曦，小昂真的很愛妳。雖然過去他的自大帶給妳很大的傷害，但現在的他已經不一樣了，妳要不要試著和他復合呢？」

愣了半晌，我把那些疑惑全吞回肚裡，微笑搖搖頭，「我不認為現在的自己能給他幸福。比起情侶，我們或許更適合當朋友，一輩子不離不棄的那種。」

彼此間存有一點不完美，是為了讓兩人能邁向更美好的未來。不需要破壞美好的存在、不需要汲汲營營的追，現在的我，是這麼認為。

「好吧。人家都說情侶分手後不能再做朋友，但蘭姊還是要謝謝妳，願意把前科累累的小昂當成朋友。」

分手後不能做朋友，那是在兩人曾經深愛過的情況下，我跟傅子昂……我們至今，還沒愛到難分難捨的地步。更或者是說，在相愛的過程中，我太自私、傅自昂太自我，而當我們長大以後，終於學會用不再傷害彼此的方式相處。

「姊姊！」洛遙三兩步奔到我床前，「妳還好嗎？怎麼會昏倒？哥哥去哪裡了？」

「你這小鬼，小曦剛醒，別問她那麼多問題。」傅子昂悠哉走來，把洛遙的午餐放到他頭上，「安靜吃飯去。」

隨後，傅子昂又把一個塑膠袋拎到我面前，「妳的。」

「謝謝。」打開蓋子，長封的蒸氣瞬間衝上臉頰。是白粥……

「忍耐一點，病好了再帶妳去吃甜點。」也許是發現我複雜的視線，傅子昂又補了一句。

「嗯。」我頷首，乖乖拿起湯匙，小口小口吃著。

好奇怪，我明明不是個缺乏關愛的小孩，可是現在我忽然發現，我好喜歡被傅子昂照顧的感覺。

一個人在這每況愈下的環境中，真的努力太久了。

「姊姊，哥哥去哪了？怎麼會放妳在路邊而且還昏倒？」飯後，洛遙憂心忡忡的問。

我看了下傅子昂，他這次似乎不打算阻止洛遙，更或者是說，他也同樣在等我的答案。

微揚起唇角，我緩緩說出事發經過。就像茶餘飯後的話題，我的心情，出乎意料的平靜。

可能，這個結果，我早就有心理準備了吧。

「不愧為妖孽，動手傷人還會哭夭。」傅子昂搖搖頭，一臉無奈的嘆息，「蘇曦柔，我等等帶妳去廟裡祭改好了。」

「哪那麼誇張。」我失笑。

「哪沒有，她都把妳漂亮的臉蛋弄傷了。萬一以後留疤，除了我之外還有誰要妳啊？」傅子昂憤恨的握起拳頭，「還有那個混蛋邵陽，我下次見到他一定要把他碎屍萬段。」

「我說你，姊靠的是內在才不是外表。」還有，別再因為我去傷害邵陽了。

他已經，承受太多了。

聽完整個事發經過就不見蹤影的洛遙一回來，傅子昂便直白的問：「你哥說什麼？」

「吸盤魔偶流產了，現在也在這間醫院。」

洪欣愛流產了……

是我害的。如果我不要跟她起衝突，她就不會那麼生氣，她的小孩……也不會流掉了。

「妳是受害者，再休息一下，晚點我陪妳回家。」一眼看穿我的心思，傅子昂還特別加重語氣在「受害者」這詞上。

搖頭，我輕輕揚起微笑，「我要出院。」

比起自己，我更擔心邵陽，他一定會責怪自己沒有顧好洪欣愛，同時，他還必須承受來自洪欣愛、洪欣愛爸媽，甚至是拋下我的壓力。

這麼突如其來的意外，他一個人會撐不住的。

「知道了。」再次秒懂我的堅持，傅子昂反常的沒有阻止我，「蘭姊，今天謝謝妳，晚點我會陪小曦回去。」

「嗯，我先跟你去辦手續。」蘭姊輕輕摸了我的頭，「回家好好休息，下次見囉。」

「好，謝謝蘭姊。」我微笑。

很快的，手上的點滴只剩下棉花，我步履蹣跚的讓傅子昂扶著，往洪欣愛的病房走去。

我想陪著邵陽，我要看見邵陽好好的出現在我面前，這就是我目前唯一的願望。

打開房門，看見洪欣愛的剎那，我們全傻了。她正坐在窗邊哭著威脅邵陽留下，無論她爸媽怎麼勸，她就是不肯從窗戶上下來。

那個小孩，果然是她拿來綁架邵陽的武器。

「蘇曦柔，妳是專程來看我笑話的吧？」率先注意到我們的洪欣愛哭著朝我大吼：「這樣妳滿意了嗎？」

「要跳下去我才滿意。」傅子昂悠悠地說。

邵陽，他看我的眼神，遙遠的好悲傷。

不要……

相互交換了眼神，洪欣愛爸媽走上前問：「蘇小姐，可以跟妳說幾句話嗎？」

沒有太多驚訝，我輕輕點了頭，「好。」

大概，又會是場暴風雨吧。

病房外，傅子昂執意站在我身邊警戒著，「抱歉，小曦剛被你們寶貝女兒弄傷昏迷，我不在她身邊不行。」

「傅子昂。」我拉了拉他的衣袖，要他先別那麼嗆。

「小愛弄傷妳的事我們真的很抱歉。」他們兩人互望一眼，「其實這個小孩沒了，我們都鬆了口氣。」

抿著唇，我對那個無辜的小生命感到愧疚，卻也同時替他感到欣慰。如果他就這麼出生了，在這種沒有愛的環境下，肯定會活得很痛苦吧。

「那你們找小曦有事嗎？」

「拜託妳，再把邵陽借給小愛一段時間。」他們同時在我面前彎下腰，低姿態祈求著。

我愣了，腦袋完全無法運作了。

不能讓長輩對我彎腰的啊……可是，他們要我讓邵陽留下來，留在洪欣愛身邊。

「我們都看過雜誌，也看過邵陽的IG，清楚你們才是一對，可是小愛現在真的不能沒有他。」洪媽難過的落下淚來，「小愛是我們的寶貝女兒，我們不能失去她。」

「所以小曦就不是她爸媽的寶貝女兒？」傅子昂不悅的回嘴：「邵陽陪洪欣愛那麼久，她的狀況有比較好嗎？」

「醫生說，其實小愛的認知很清楚，但她不願接受，行為才會越來越荒唐。我們一直都在開導她，相信她總有一天會接受所有的事實。」洪爸接續說道。

總有一天？那是什麼時候？

「對不起，邵陽不是誰的東西，留下與否的決定，我無法幫他做主。」深深鞠了躬，我轉身走回洪欣愛房裡。

原來邵陽面對的，是這麼沉重的，來自一對父母對女兒生命的懇求。

「走吧。」我平淡道。

拜託，邵陽，不要用那種眼神看我。

「不可以，邵陽，你不能走。」洪欣愛張牙舞爪的想撲向邵陽，卻被洪爸攔住，「爸，留下邵陽，他只能在我身邊，我不要他跟蘇曦柔過著幸福快樂的日子。」

「神經病。」洛遙冷冷丟下這句話，扯著邵陽的手臂往外走，「哥，我們走，吸盤魔偶的生死跟你一點關係也沒有，你做這些已經夠了。」

門關上了。

靜悄悄的樓層，只有醫護人員匆匆的腳步聲，以及姍姍離去的我們。

搭乘電梯來到一樓，走出門口的霎那，邵陽還是掙開洛遙的手，垂下頭，掙扎的說：「洛遙，你先帶曦柔回家休息。」

果然……

「哥！」

「邵陽你腦子進水嗎？小曦昏倒在路邊欸！你不照顧她反而要去陪著那妖孽？」傅子昂揪起邵陽的衣領，「你想逼我揍你嗎？」

「傅子昂！」我使力推開他，衝進腦袋裡的眼冒金星使我雙腳忽地一軟，直接撲進傅子昂懷裡。

「小曦！」

「曦柔！」

「姊姊！」

同時間，耳邊響起三個不同男人的聲音，拉回我要再次去神遊的靈魂。

撐著點，打起精神來，不能再讓他們擔心了。

「沒事。」我緩緩離開傅子昂借出的力量，靠著自己重新站正，「讓我跟邵陽談談。」

「不要。」傅子昂的眼神比任何時刻都要認真，「現在這種局面，如果我還讓妳跟他談我就是白痴。」

「那你就當白痴吧。」我不再理會傅子昂，而是對著氣到不行又擔心我無比的洛遙輕笑，「洛遙，你會聽我的，對吧？」

「因為是姊姊的話，所以我聽。」洛遙不甘心的走上前，握緊的拳頭順勢揮往邵陽左胸口，毫無準備的他，因此踉蹌了幾步。

洛遙冰冷的視線，清楚透露出他對邵陽的心寒，「哥，痛嗎？這個痛，是我心裡的百萬分之一，姊姊的千萬分之一。我相依為命的哥哥去哪了？執著愛著蘇曦柔的邵陽去哪了？你寧可待在那種人身邊也不願陪我考試、照顧生病受傷的姊姊。哥……」

「洛遙，別說了。」我急忙出聲制止。

此刻我才猛然意識到，我的心，並無法冷靜面對洛遙掀開的事實，面對那屬於我們無法失去邵陽的，脆弱的自己。

看洛遙眼眶含淚，就快哭出來的模樣，我不得已和被我打入冷宮的傅子昂求救，「帶洛遙走。」要是洛遙哭了，我可能也無法這麼鎮定了。

「等著看吧！在你鬼打牆結束之前，我會讓小曦徹底愛上我，我不會再退讓了。」傅子昂手插口袋，撇頭丟下一個冷漠卻藏有些微擔憂的眼神，「小鬼，走了。」

「我有名有姓，才不是什麼小鬼。」洛遙嘀咕著走到傅子昂身旁。

「妳還好嗎？」他們離開後，邵陽伸出的手再次從空中垂下，「對不起。」

連最簡單的觸碰，都不能了嗎……

「可以花點時間陪我去旁邊的小公園散步嗎？」我微笑，率先邁開步伐往綠色樹蔭走去。

蓊鬱的行道樹斜下一道道白色光亮，風輕輕吹撫，影子搖搖晃晃，斑駁的亮光，在微燙的柏油路上、在微溫的長椅上。

「曦柔，我……」

我眨眨眼，指著正在等待我們的長椅，「坐下吧。」

邵陽的手輕輕覆上我的，「怎麼了？」

我的手，正輕遮著邵陽的眼睛，蓋住了他本來看得見的光明世界。

「相信我，把你的手放下來。」

沒有任何不安張惶，邵陽閉起他疲憊的雙眼，睫毛輕柔刷過掌心。

邵陽的頭髮、邵陽的臉頰、邵陽的溫度……

「曦柔，妳哭了？」

他的聲音，溫柔的好殘忍。

那不被允許的無聲淚滴直直滾落臉頰雙側，沾濕了覆在傷口上的紗布。

「我只是，聽見你的心在向我求救的聲音。」我收起情緒微笑道：「不要擔心，我已經遮住你的脆弱，你也可以暫時卸下裝甲，把心解放了。」

「妳不恨我嗎？」邵陽哽咽地問。

我能恨邵陽嗎？倘若一開始，我沒有要邵陽離開我的世界，這所有的一切，就都不會發生了。

「我不恨你。」另一手輕輕摸著邵陽的頭髮，被稀疏落下的陽光曬得有點燙，有點溫暖，「不論是我、洪欣愛、洛遙，甚至傅子昂，我們都因為角度不同而對你產生不同的看法跟期待。獨自承受各方壓力的你，肯定很痛苦吧。」

如果我能再勇敢一點，牽起邵陽的手一同面對，即使事情會變得更複雜，邵陽也不會那麼辛苦了。

只是，維持現在的關係也好。距離高中畢業，只剩下一年時間。

「有時候，我真的找不到自己存在的意義。每一個我想保護的，最後總是傷的最重。」

我沉默聽著邵陽說出口的獨白，那是他心裡最痛、最壓抑的傷痕。

「小時候，爸爸工作不穩定，常有一餐沒一餐的過活，不得已的情況下，媽媽連月子都沒做就出去工作了，後來，媽媽常藉酒發瘋，抓到誰就是一陣毒打。為了讓洛遙能脫離這種生活，他們離婚時，我主動提出要跟著媽媽，讓還年幼的洛遙到爸爸身邊。三餐不定，總比活在恐懼裡好。」

邵陽頓了頓，露出無奈的苦笑，「誰知道兩人離了婚就像重生似的。媽媽不再家暴，爸爸工作一帆風順，跟著媽媽的我，除了物質還有家人的疼愛，而洛遙……即使現今已不愁吃穿，他卻失去了家庭的溫暖。」

同樣的年紀、同樣的班級，我過著無憂無慮的生活，邵陽卻得獨自面對那麼痛苦的抉擇，甚至用犧牲自己的方式，期許他最疼愛的弟弟能過得比他好。可惜的是，人類算盤打得再多，也比不過老天爺輕輕彈指。

「妳也是……我本來想好好跟妳道別，卻無意中聽見妳和傅子昂告白。我比誰都清楚，生在那種家庭的我配不上妳，可是當我聽見妳親口說喜歡他，我還是崩潰了。我遷怒了妳，縱使我在當下就後悔，但傷害已經造成了。」

「本以為這次回來會不一樣，結果妳依然為了我受傷，而我不僅無法待在妳身邊，甚至連觸碰妳的勇氣都沒有。」

溫熱的液體逐漸從掌心流下，那是邵陽的眼淚，更是他怪罪自己的力不從心。

「邵陽，我很感謝你為我做的一切，相信洛遙也是。你犧牲自己的選擇，都是讓我們變得更堅強的力量。」輕輕的，我揚起淡若似水的微笑。

「不要那麼包容我……」幾秒鐘過後，強忍情緒的邵陽終於釋放自己。嗚咽的聲音逐漸放大。邵陽坐著，我站著，我單手摀住他的眼，他的淚在臉頰流淌，我的淚滴落在手臂上。

風，緩緩吹動分針，徐徐撩起我的短髮。

我率先用空著的那隻手抹掉眼淚，盡量以平穩的聲音說：「做你認為對的事情吧！我比誰都要勇敢，你不在，我還是會好好的過日子。」

「我真的好喜歡妳。」握緊拳沉默半晌，邵陽才哽咽出聲：「如果妳對傅子昂動了心，那妳選擇他，我會祝福的。」

這……是邵陽的訣別。

人生果然不能太完美。我們能重逢、能重新再愛，已經補足太多不完美了。

「你答應過，當我被悲傷吞噬的時候，你會找到我。」我微微一笑，「我已經先找到被黑暗囚禁的你。現在的你，自由了。」

我知道自己在求救。

無聲的，在跟邵陽求救。

「聽好了，現在我把手放開，但為了你的眼睛，你要數到一百才能睜開喔。」

俯下身，我在鬆手的同時，輕輕啄了邵陽還殘有淚痕的臉頰，「我懂你無法離開的心情，所以我會讓自己更好、更不需要你擔心。能被你保護，我很幸福。」

踮起腳尖後退幾步，我扯開嗓子對著邵陽大喊：「開始數吧！」

邵陽一定也清楚，當他數完睜開眼，我就不會在了。因此，他的唇才會在數數時如此劇烈的顫抖。

你還會回來嗎？

這個問題，重要到我不敢知道答案，我只能一步步，離開有邵陽在的地方。

第十章　黑暗裡的光

小時候，我們總嚮往著大人的世界，什麼都想嘗試，期望經驗值能帶來迅速的成長。然而長大後，才發現這個世界不如所想，童年的快樂，已被現實的殘酷抹去痕跡。於是，我們又用盡氣力，只求能擋下時間前行。

就這樣，當我們回過神，日子已經消逝了。

洛遙的成績公布、學期結束，不知不覺到來的暑假，我如往常沒參加暑輔。

本以為十多個小時的飛行時間我得一個人過，沒想到傅子昂竟然死皮賴臉的跟著我上飛機，開啟了我們倆同房子不同房間的同居日子。

完全不意外。七月中，我接到洛遙來電，確定他進了師大附中，雖然還有報到、住宿方面的問題，但他說邵陽會處理，要我放心的享受假期。

邵陽……聽見他的名字，不可置否，我仍有些遺憾存在。

當我問起邵陽的近況，洛遙起初支吾的不敢回答，是在我的逼迫下，他才說出邵陽暫時停下所有工作，至於原因，不用說我也知道。

無奈邵陽的溫柔，也責怪邵陽的責任感，我在電話裡沉默了好一段時間，甚至找不到任何言語可以掩蓋心裡的動搖。

洛遙很快就發現我的異狀，緊張的藉由電波幫邵陽解釋。他說，邵陽之所以這麼做，除了洪欣愛成天以死相逼之外，他也快到極限了。

即使邵陽從未在洛遙面前表現出疲態，但血終究濃於水，洛遙當然看得出來，邵陽越來越否定自身的價值，甚至，他忘記怎麼笑了。

心臟的血液忽地逆流，毫無理由的，我在通話結束後，靜靜淌下淚滴。

把自己關進一個沒人進得去的世界，獨自擔起來自四面八方甚至是本身的壓力。現在的情況就和小時候一模一樣，沒人知道發生了什麼，當終於摸到一點皮毛，他卻已經不在了。

邵陽他……會再次從我生命裡離開嗎？怎麼都長都這麼大了還是學不會不負責任，非得要把壓力全往身上扛。

「小曦，快起床，我們去迪士尼。」一大清早天都還沒亮，傅子昂已闖進我房間，粗魯的把還在睡夢中的我叫醒。

翻過身，我不悅的皺緊眉頭，「神經喔，現在才幾點？」

「快點，叔叔阿姨都在外面等妳。」

霎那，我嚇得從床上彈起。

跳下床梳洗打扮一番，穿上天藍配白的連身裙。還未從睡夢中完全醒來的我，忘記垂在腰側兩邊的長緞帶要繞到後方打成蝴蝶結，好險傅子昂及時出手，才免去我一早被爸媽碎念的可怕。

鑽進車內，我終究敵不過睡意，倒在傅子昂身上繼續未完成的睡眠。

當我再度被叫醒，才發現這次要進樂園的只有我們兩個，爸媽說要到附近逛逛，享受一下兩人世界，晚上閉園才會來接我們。

滿臉問號，我都還搞不清楚到底怎麼回事，人已經站在樂園裡面了。

「蘇曦柔，看這邊。」

照指示抬起頭，傅子昂順勢將我傻萌的樣子拍下。

「喂，那張很醜啦，刪掉！」意識到什麼的我急忙追上前抓住傅子昂，著急的要他刪掉照片。

拗不過我的任性，傅子昂終於刪除照片，交換條件是，他從包裡拿出米妮髮箍，謹慎地戴到我頭上。

「什麼時候買的？」摸著頭上兩片軟綿綿的圓耳朵，我驚喜問道。

「妳發呆的時候。」傅子昂也戴上米奇髮箍，拿手機充當鏡子調整了下，滿意的點了點頭。

「很帥喔，傅米奇。」我笑道。

朝我伸出手，傅子昂的眼神頓時變得溫柔，「親愛的蘇米妮，今天什麼都別管，認真的玩吧。」

愣了會，我不禁頷首，甜甜地笑著。

大概是察覺我的不對勁，才會聯合爸媽一早帶我來迪士尼吧。

每個人都在擔心我，所以，我也要更加油才行。

打起精神，我們牽著手，展開只屬於兩人的瘋狂時光。

一起搭乘雲霄飛車，在騰空的瞬間尖叫；一起衝下瀑布，只為了把衣服弄濕；一起轉著咖啡杯，拚著誰先受不了轉速；一起和小朋友排隊，終於成功和卡通明星照相……玩了多種設施的我們，最後還一起參加遊行，觀賞夜晚的閉園煙火。

一整天下來，我好像回到小學時期的自己，開心的大叫嬉鬧，而傅子昂，總是在我身邊。

「玩得開心嗎？」媽從前座探出頭問。

「嗯，很開心。」

「以後有什麼事要說，小昂很擔心妳喔。」爸接著道。

「對不起，以後不會了。」

「哎，選一張，我要放IG。」傅子昂把手機交給我，要我從滿滿一千多張照片裡選出一張作為代表。隨便滑了下，裡頭有許多我笑得非常燦爛的側面照、背影照，還有些是我叫傅子昂快跟上的招手照。這些，全都是偷拍的。

「傅子昂，你是偷拍狂嗎？」我無言地盯著手機。

「喂，別亂看啦。」

「你自己叫我選的還要我別看。」

「唔……」理虧的傅子昂乾脆抽回手機，認真的翻了下照片，「這張？」

照片裡，我和傅子昂頭戴可愛的米奇米妮髮箍，手裡各拿一支大棒棒糖，燦笑如花的看著鏡頭。最美好的霎那，被完整的保存下來了。

「嗯，就這張。」我甜笑。

瘋狂地玩了整天，回到家洗完澡，我正式宣告電量耗盡。

我不曉得睡了多久，直到LINE的電話聲傳進耳朵，我才勉強從床上爬起。

「喂？」我迷糊的接起電話。

「姊姊？對不起吵到妳了。」洛遙在電話裡自言自語著：「奇怪，我明明有算好時間。」

抬眼望了下時鐘，已經快十一點了。

「沒事，是我自己睡晚了。」我拿著手機，邊說話邊下床拉開窗簾。

打開落地窗，盛夏的熱風輕柔地撫面而過，吹起了潔白的窗簾。

等等，十一點再加十五個小時……

「這麼晚了怎麼還不睡？」

「有件事很在意，但又擔心會吵到姊姊，所以一直拖到現在。」

「什麼事？」

「姊姊，我好像能懂哥哥的感覺了。」

心臟猛然一跳，我離開刺眼的陽台，愣愣坐回床上。

邵陽？

「我從中午看見妳跟子昂哥哥的合照之後就一直在想，我真的有資格當姊姊的弟弟嗎？」頓了會，洛遙繼續道：「爸爸是美國知名大學教授，媽媽是有名望的鋼琴家。這麼完美的身世，大概也只有子昂哥哥配得上吧！」

愣了愣，我不禁失笑：「怎麼會這樣想呢？」

「這是從我的角度看見的事實。對我而言，姊姊就是個站在頂端，閃閃發光的公主，有資格站在妳身邊的人，大概只剩下子昂哥哥這位王子了。」

洛遙……

「生在一個暴力家庭，狀況糟時連頓飯都吃不起。這樣的我，到底憑什麼成為姊姊的弟弟？哥哥他，大概早就認清這點，才會拚了命的工作，希望有朝一日能扭轉現況，成為配得上妳的男人吧。」

「此外，我還有一個不自量力的夢。我想要讓我記憶中閃閃發光的她，在我身邊依然能如此閃亮。」

邵陽那時，的確是說了那樣的話。

「我從不認為身世可以決定兩個人的匹配與否。」躺回床上，我放空說道：「對你們而言，我是個難以接近的頂端，在我眼中，你和邵陽同樣有著我做不到的堅強和獨立。也許我說這些你可能無法釋懷，但那樣的你們，比我靠著爸媽站上頂端更加閃亮。」

「姊姊真的這麼想嗎？」

「當然，姊姊什麼時候騙過你了？」我輕語：「洛遙，從小到大，你一直是我最疼愛的弟弟，我們之間的關係不會因為家庭背景的差距而有所改變。」

「那哥哥呢？」

「他也一樣。」沉默半晌，我輕輕說。

我和邵陽之間，有著比家庭背景差距更大的問題，那個問題，輕易地改變了我們的距離。

「太好了。姊姊，我真的好喜歡妳，這輩子能當妳弟弟，我覺得好幸福。」即使是在電話裡，洛遙仍不忘向我撒嬌。

「傻瓜。快去睡覺了。」

「遵命，姊姊晚安。」

「晚安。」

「聊完了嗎？」傅子昂隨意敲了兩下門，貌似來了很久的樣子。

「嗯。」

他輕鬆拉起我，將手機塞進我手裡，心情看起來頗愉悅。

我疑惑的瞄了他一眼，畫面中有個陌生男子，高挺的五官、咖啡色的頭髮，笑容裡帶有難以忽視的戲謔和寵溺，而在他旁邊害羞到不敢看鏡頭的純情少年，是我熟識的宥澄。

「他就是我之前說要介紹給鍾宥澄認識的人。」傅子昂點開他和對方的聊天紀錄給我，「不出所以，他超級喜歡鍾宥澄，現在正拼命追求他。」

眨眼，我好奇的滑著對話內容，除了一些遊戲對話和廢話之外，其他全是有關宥澄的話題。這個男生，好像是認真的。

「他昨天被我的發文刺激到，轉頭就和鍾宥澄告白，不過聽說鍾宥澄那隻純情小動物竟然紅著臉逃了。」傅子昂無奈的笑了笑，「那傢伙受傷的在大半夜打來哭訴，害我睡覺時腦袋裝的全是別人的小情小愛。」

「那宥澄肯定有傳訊息給我。」

點開LINE，裡面真有宥澄傳來的求救訊息，除此之外，在打開的同時，有個人恰巧發了訊息過來。

妳幸福嗎？

這則訊息，我連已讀的勇氣都沒有。

「幹嘛，臉色那麼難看。」傅子昂湊過身，看見最上層的新訊息，瞬間就明白我為何沉默。

他輕嘆了口氣，問：「不回嗎？」

回嗎？

和傅子昂在一起，只要他陪著、只要我無視，就能很快樂的過日子。但是，當我碰到邵陽的事，哪怕只有一瞬，心底的那份苦澀又會再次占據整顆心。

我也不知道現在的自己，到底幸不幸福了。

「和我在一起，妳幸福嗎？」傅子昂抽走我的手機，認真的問。

「我不知道。只要你在，就能帶給我無數的歡樂，那份快樂，可以讓我拋下所有，無拘束的當個小孩。」抿著唇，我沒有辦法思考，只能在傅子昂面前赤裸裸地把心攤開。

「是快樂，不是幸福。」

「什麼？」

「狹義來說，我帶給妳的快樂，只能夠讓妳的心暫時忘卻所有，還不足以讓妳打從心底產生『我喜歡待在傅子昂身邊』的笑容，對吧？」

「我……」咬緊泛白的唇，我不知該如何解釋。

對於傅子昂這陣子的陪伴，我除了感謝，更多的是難以言喻的愧疚。

「沒辦法，我太晚認識妳了。」傅子昂此刻硬裝出的笑容，寂寞的刺痛了我的心。

如果我能快點忘記邵陽，喜歡上傅子昂，那就好了。

「你，要讓我努力一下嗎？」雙手緊握著拳，我害羞的問。

「什麼？」

「給我一點時間，讓我喜歡上你。」思忖片刻，我又道：「雖然我已經答應爸媽畢業之後來這裡唸書。」

「妳願意嗎？」傅子昂激動地握住我的手，「妳真的願意試著喜歡我？」

「不知道會不會成功，但我會努力。」傅子昂開心的模樣讓本來已經夠害羞的我，臉上的紅暈更是達到顛峰。

「那這樣，我去找我爸商量，英國和美國的大學都考，如果我們申請完邵陽還沒結束鬼打牆，我們就再交往，一起來讀大學。」

「不好吧，傅爸爸一直希望你能去英國念商業學院，你和他說要來美國肯定會吵架的。」

「沒差沒差，我天天都在跟我爸吵架。」傅子昂拉著我的手晃來晃去，撒嬌的問：「好不好嘛？」

「嗯。」頷首，我漾出溫柔的微笑。

「YES！老天終於看到我了！」傅子昂又叫又跳的跑出房間，不下幾秒，他又突然回頭攀在門邊叮嚀：「我去弄午餐，快點下來喔。」

「好，你別從樓梯摔下去了。」

回頭看了下手機，我先回覆宥澄的訊息，才深呼吸點開那久違的問候。

我很快樂。

臺灣時間凌晨近三點，邵陽，秒讀了。

❣

新的學期，我們正式成為高三生。

在高三專屬的樓層之間，瀰漫著戰戰兢兢的緊張感，隨著日子接近，氣氛也越來越凝重。每次考完模擬考，從走廊晃過一圈，總有幾個拿著成績單崩潰大哭的人。

邵陽沒有再接下工作，也暫時停止發佈IG，對外是說要全力準備學測，但知道詳情的我們，只希望他真有辦法好好準備考試。

宥澄在開學後不久終於點頭答應交往，給自己再一次相信愛情的機會。從此之後，那個男生總會搭傅子昂的順風車來接宥澄放學，雖然他的個性有點霸道，但卻很保護宥澄，我想，他們是沒問題了。

傅子昂自從和我有了約定便一改他討厭讀書的態度，成天拿著習題在我身邊轉。潛力無窮的他不僅對調了我們老師跟學生的角色，甚至還衝進他們學校前幾名，嚇到傅媽媽把他拉去做全身健康檢查，就怕寶貝兒子撞壞了腦袋。

我呢，算是我們之中改變幅度最小的了。放學在門口等傅子昂的專車，平日和他一起唸書拚國外大學考試，假日一起顧好學校課業，壓力大的時候就一起去道館摔人與被摔，或者找個地方吃頓飯。

其實，回過頭一看，改變幅度最小的我，卻也是變化最大的。我的世界，不知何時已經跳脫邵陽，來到傅子昂面前。

「我真佩服妳跟傅子昂，那麼忙還有時間去申請美國大學。」放學時間，宥澄勾著我的手，疲憊的抱怨著：「考大學好折磨人。」

「加油，已經十一月了。」

我和傅子昂已在昨天完成所有申請程序，雖然他沒特別提起，但照我們的約定，我和他現在應該算是情侶了。

「對了，小曦，陽最近怪怪的。」宥澄擔憂的抿了抿唇，「我知道妳最近和傅子昂感情很好，也知道妳很努力想忘記陽，我本來不該跟妳說這些的，可是陽最近真的很奇怪，我很擔心。」

「怎麼個奇怪法？」

明知道不可以，我還是問了。

冰封在心底深處的疼痛，又再次蠢蠢欲動。

「陽平常唸完書都會和我打探妳的近況，知道妳過得很好，就會一個人靜靜地抱著相框去睡覺，可是最近他都沒問起妳的事，還跑去睡沙發，好像在回憶什麼一樣。」

「我很快樂。」

暑假那則訊息，頓時讓我明白了什麼。

「他大概心死了。」

「哎？」

「這樣對我們都好。」側過頭，我莞爾一笑，「別忘記，我就要出國了。」

「妳真的覺得這樣好嗎？」嘆口氣，宥澄難掩憂心的問。

我還沒回答，傅子昂的車已停在我們面前。

「等很久了嗎？」傅子昂摸著我的頭，輕輕把我往他身邊帶。

「沒有。」在他溫暖的掌心下，我含著有些害羞的笑容低下頭。

感覺……好像真的變成情侶了。

「阿陽你看見了吧？這就是口口聲聲說喜歡你的女人。」嬌嗲的聲音響起，傅子昂一見來者，急忙將我往身後藏。

雖然搞不清發生什麼事，宥澄男友也跟著站到宥澄面前，阻擋了洪欣愛傷害宥澄的可能。

「小曦。」宥澄擔憂地握起我的手。

「我沒事。」

邵陽牽著腳踏車站在洪欣愛身邊，神情比往常都要悲傷。

「有話快說。」傅子昂翻了個白眼，「看見你們就煩。」

「沒事。」從來都是沉默的邵陽難得出聲，「走了。」

「不告訴他們我們要登記結婚的消息嗎？」

彷彿一道犀利的雷擊落下，我瞠大眼，渾身微微顫抖著。

結婚？為了彌補洪欣愛，邵陽連自己的未來都賠上了嗎？

他真的，不再抱著那塵埃般的希望了嗎？

我們，徹底結束了吧。

「我說昂，這是哪來的八婆？」首次遇見洪欣愛的宥澄男友，白眼都差點翻到後腦勺去了。

「就是小曦卡到的那個妖孽。」簡單說明後，傅子昂把視線轉向邵陽，「結婚這件事，你說清楚。」

撇過頭，邵陽不打算解釋。

「就是……」

「閉嘴！老子沒在問妳。」傅子昂一聲咆嘯，嚇得洪欣愛連忙噤口，不敢再吭一聲。

「這就是你最近失常的原因？」宥澄拉著我來到邵陽面前，「這是騙人的對吧？你怎麼可能放棄小曦和洪欣愛結婚。」

緩緩抬頭，邵陽的視線變得混濁不清，我再也無法從中找到蘇曦柔的身影。

「陽！」

「是，我畢業就要和洪欣愛結婚了。」一字一字，邵陽的聲音，平淡的像個失去感情的木偶。

「你瘋了嗎？」宥澄氣急敗壞地喊著：「你知不知道小曦要到國外去了？到時候她再也不會回來，這樣你無所謂嗎？」

邵陽瞪大眼，被控制的心靈好像重獲自由般。他悲痛看著我，想從我口中得知宥澄的話是否屬實。

是啊，這些都是真的。你要結婚，我要離開，我們……徹底結束了。

宥澄還想再多說點什麼，卻忽然被他男友拽住，「說那些幹麻？跟昂一起出國有什麼不好？再也不回來不是更好？有需要什麼事都向這個人渣報備嗎？」

「陽是我朋友！我不可能眼睜睜看著他為了一個恐怖情人毀掉他的人生！」

「昂是我兄弟！我也不可能看你在這邊毀掉他好不容易要得到的幸福！」

「宥澄！別為了這種事吵架。」

「倫！不要為了這種事吵架。」

我和傅子昂同時制止幾乎要吵起來的兩人。

「看吧，他們連默契都那麼好。」

「石裕倫！」傅子昂低聲斥喝。

「宥澄，你們先回去吧。」我柔聲道：「傅子昂在，不會有事的。」

「我自己回去就可以了。」甩頭前，宥澄怒氣沖沖的瞪了洪欣愛一眼，「這樣妳滿意了吧？」

「不陪他嗎？」傅子昂問。

「隨他。」宥澄男友坐回車上，表情比吃了大便還臭。

這兩個人真是……

「聽到我和小曦要一起去國外唸書，你一點反應也沒有嗎？」暫時不管他們，傅子昂輕輕從後方抱住我，「你確定要這麼輕鬆把小曦讓給我？」

「有什麼不對嗎？」邵陽的眼神空了，他嘴角勾起的諷刺，比當初還要傷人，「反正一開始就注定了，你們的世界我到不了。即使再努力，我也不過是個窮人家的小孩，根本沒資格站在蘇曦柔身邊。」

想都沒想，我的手用力一揮，搧紅了邵陽的臉頰，嚇傻了還在沾沾自喜的洪欣愛。

「每次離開都要用這種方式傷人嗎？」握緊拳，鼻頭的酸澀蔓延，我拼命的不讓眼淚流下，「你以為我還會為了你活在毀掉美好的世界嗎？」

面色一僵，邵陽的視線越來越複雜。

「洪欣愛，恭喜，結婚之後，妳就必須一輩子待在一個不愛妳的男人身邊，永遠得不到愛。至於小曦這邊，有我在，她還是集萬眾寵愛於一身，妳想利用結婚奪走她的愛這點，恐怕要讓妳失望了。」傅子昂拉起我的手，「我們走。」

「祝你們幸福。」轉身前，我輕輕丟下這句話。

這是我在墜落懸崖之前，最後的求救。

「先送小曦回家。」進到車內，傅子昂對著司機說。

窗外景色不斷在變，我靠在傅子昂身上，感受著他的體溫。

他就像我的救命稻草，是我被悲傷吞噬前僅存的依靠。

「早點休息，我明天要先準備一下，晚點再來找妳。」摸摸我的頭，在傅子昂離去前，我伸手拉住他的衣襬。

「怎麼了？」他溺愛的問。

撲進傅子昂懷裡，我貪婪著他所帶給我的每一分安全感。

傅子昂，可不可以不要讓我一個人？

我好害怕，被悲傷吞噬的瞬間。

「我知道妳的心情很亂，我的存在，只會造成妳更大的壓力。」傅子昂溫柔的摟著我，在我耳邊輕喃：「什麼都別想，上樓泡個澡，好好睡一覺。」

「我……」哽咽著，我最後還是吞掉千言萬語，在傅子昂懷裡點了頭。

「有什麼事就打給我，我會馬上出現。」

「好。」

踏進玄關，漆黑的空間頓時扭曲，張大血口的悲傷不斷朝我逼近。恐懼層層包圍著恐懼，丟下書包，我倉皇逃出家門。

去哪裡……我該逃到哪裡才不會被黑暗吞沒？

邵陽曾經和我保證他會找到我，哪裡、哪裡才是他能找到我的地方？

加快腳步拚了命的奔跑，我回到國小，用力打開頂樓大門。

跪在地上，我摀著心臟不明的刺痛，兩行透明的眼淚直直落下。

即使告訴自己要笑著面對未來，即使身邊已經有傅子昂這麼好的男生存在，但當我確定邵陽不再回來時，我還是在一瞬間被悲傷吞噬了。

太陽沉入西邊，如夢般的晚霞灑落頭頂，映出少女的粉橘色天空。

當一切全歸於無，就代表，將我吞沒的黑夜要來臨了。

邵陽，你找得到我嗎？我在等你，在等你找到真正的我……

邵陽……

「邵陽！我在等你！」站在最高點，我對著遠處西下的夕陽大吼。

心痛的眼淚滾落，我再也克制不住自己的顫抖。

即使是你，也找不到我了吧。

閉上眼，我蜷著自己縮在屋頂上，流乾了最後幾滴眼淚。

黑夜將至，腳下的鐵門被推開，走出一個精疲力盡的男孩。他來到鐵欄前，不甘心的抓著欄杆大吼：「妳在哪裡？我在找妳妳知道嗎？」

失望的衝擊過於龐大，他踉蹌跌到地上，斗大的淚珠一顆顆滑過臉頰，「我答應過，無論妳在哪裡，我都會找到妳的。」

「邵陽，快點找到我……」緊閉著眼，在完全被吞噬之前，我發出夢囈般的求救。

心中猛然一閃，他走到我蜷著的屋頂下方，對著空蕩蕩的屋頂喊著：「我有感覺，妳在這裡對不對？」

他的角度，不可能看見躺在上面的我。

用盡最後的力氣爬起，黑夜已籠罩大地，我看不清下方那個人的臉，眼淚卻沒來由地落了下來。

邵陽，眼前這個人，是你對不對。

一道刺眼的亮光朝我打來，我單手遮著眼，看見下方拿著手機充當手電筒往我方向照的男孩，正流著淚溫柔呢喃：「蘇曦柔，我找到妳了。」

「邵陽……」我摀著嘴，不敢置信地落下一顆顆淚珠。

他真的闖進黑暗的角落裡，找到我了。

邵陽把手機放在地上，微弱的光源直射天際，和星星一起成為黑暗中指引人們方向的光。

那是矗立在黑夜之中，充滿希望的光明。

抹去眼淚，邵陽對著還在屋頂上的我張開雙手，「跳下來，我會接住妳。」

「嗯。」

那瞬，我的淚飛散到空氣中，在燈光的照耀下，淚水散成無數美麗的星子，而我不偏不倚的飛進邵陽懷中，落入他溫暖的臂彎裡。

「我終於，找到妳了。」邵陽加強了手臂力道，緊緊將我擁在懷中。

「邵陽……」我在他懷裡嗚咽哭著：「我終於，等到你找到我了。」

邵陽，如果哪天我被悲傷吞噬了，你願不願意闖進所有黑暗的角落來找到真正的我？

我願意。

就算我們的愛停在這裡，那也無所謂了。

至少我們都曾用盡全力的，把對方從黑暗裡救出來。

第十一章——抉擇

早晨，冬日的陽光暖暖地滲進窗簾，我迷濛的睜開雙眼。空蕩蕩的房間，還有躺在床上昏昏欲睡的我，昨夜的種種，彷彿夢般不可思議。

不對，照目前的情況看來，那大概真的是夢。

拿起手機一瞧，時間已經來到十點。

對喔，傅子昂說今天會晚點過來。

打了個呵欠，我決定出去外面買點吃的，順道打電話給傅子昂，問他要不要吃點什麼。

不曉得為什麼，夢見被黑暗吞噬，邵陽成功找到我。大哭過後，心情出奇的好輕鬆。

「醒了？」男子溫柔一笑，「早餐做好了。」

「邵陽？」我連忙後退幾步，驚慌失措的自言自語：「那不是夢嗎？」

「妳希望是夢？」

不對，我很確定昨天聽見邵陽要結婚的消息是真的。所以，我真的被黑暗吞噬，邵陽也真的找到我了？

戰戰兢兢的，我走到餐桌前，是很簡單的法國土司和柳橙汁。

「別怕，我等妳吃完就走。」邵陽深情款款的望著我，「想了一夜，我還是沒辦法看妳變成傅子昂的人。」

既然如此，為什麼要結婚？

「結婚，為什麼？」我從來都不知道，原來說出心裡最想遮掩的事實，竟會讓人痛的失去表達能力。

「無論何時，只要妳在傅子昂身邊，看起來都是那麼快樂。本來，我是想直接把妳讓給他的。」斂下眼，邵陽有些自嘲的笑著：「可是，當我得知我有可能再也見不到妳的時候，我就慌了。」

「為了讓我快樂，你拿自己的未來去陪葬？」

「不這麼做，妳不會真正接受傅子昂，不是嗎？可是，我沒想到你們會出國。」

騙子！這什麼爛藉口！

「好了。」我用力拍桌，「藉口到此，你不說真正的理由就給我滾。」

「這些都不是藉口。」

「那這些總不會是主因。」嘆口氣，我輕聲問：「洪欣愛又威脅你了？」

搖頭，邵陽的語調很輕，「她只是剛好無理取鬧。」

閉上眼，邵陽沉澱了很久的情緒，終於緩緩開口：「曦柔，我覺得妳離我好遠。你們在迪士尼的照片，清楚劃分了我們的世界，那是我無論再怎麼努力都改變不了的差距。」

就因為這樣？就因為這樣隨便的說要結婚？

「所以，你就隨便找個人結婚？邵陽，你到底在想什麼，我從不認為我們之間有什麼差別，為什麼你總是要去在意家庭背景的問題？」氣到快腦充血的我，最後只能用眼淚來表達我的情緒。

「我能不在意嗎？從小，我的家庭亂七八糟的，沒有讓我們安穩長大的空間，甚至連爸爸都可以換人。我愛妳，比誰都要愛妳，所以我到台北之後拼命的工作、死命的讀書，以為這樣就能縮短我們之間的差距，可是沒有，根本沒有，我連要和妳一起出國唸書都做不到！」

那一瞬，我猛然憶起洛遙在電話裡的自白，落寞的語調，顯露出他這個年紀不該有的傷痛。

「你們兄弟倆都一個樣，但你比洛遙笨多了。」我揉掉眼淚瞪著邵陽，「如果我會讓你那麼自卑那你就滾！從此不要出現在我的生命裡。」

原生家庭的紛爭，兩個大人的不適合，他們帶給邵陽和洛遙的，是心裡一輩子的傷痕。

「我做不到，我很努力了卻還是做不到。」邵陽苦笑著：「所以，我才想用這個方法逼自己死心。」

笨蛋！全世界最笨的笨蛋！

「邵陽，你是全世界最差勁的男人。用傷害自己的方式讓你身邊的人痛苦，你和洪欣愛根本沒有不同。」我忍住淚滴，憤恨的朝他吼著。

好想緊緊將他擁抱，好想好想，用我微弱的力量，撫平他的傷痛。

「我會去和洪欣愛道歉，取消結婚這件事，同時……」邵陽停頓了，他的眼神，是墜落之前最後的溫柔，「我會回台北，這一次，是真的永別了。」

愣在原地，我呆望著邵陽一步步走到玄關。他穿好鞋子後還轉頭朝我揮手，笑容……溫柔的讓人心痛。

這算什麼！每一次都這樣擅自離開，以為自己有本事扛起所有的傷痛，卻每次都把我傷得那麼重。

「邵陽！你到底是不是真的喜歡我啦？」

飛奔到玄關擋住邵陽，我扯著他的上衣強吻他好一陣子，直到腳痠了才低下頭，害羞地抓住他的衣服，「身為男生，卻還要我主動。」

邵陽一愣一愣的，被我嚇得連話都說不出口。

「我知道兩個大人的自私帶給你很大的創傷。可是，在我被狗攻擊時，出現的人是你；在我獨自看家時，出現的人是你；在我被你媽媽嚇哭時，出現的人是你，甚至在我放棄美好、在我被找碴、在我被黑暗吞噬之後出現的人，都是你。」

頓了會，我淚流滿面的仰起頭，「不管你是巫洛勛、是邵陽、是太陽，我喜歡的是你這個人，不是你的家庭背景。要是你再用這件事束縛自己、束縛我們之間的感情，我真的會生氣的。」

「蘇曦柔……」

畏懼、傷痛、自卑……邵陽自小擔起的壓力全在此刻化為淚滴，他擁著我，顫抖的不斷哭泣。記得洛遙說過，他心疼邵陽沒有可以休息的地方。這句話，我到現在才懂其中的重量。

「我好遜。」平復情緒之後，邵陽把我抱在懷裡，哽咽的吸了吸鼻子。

「我喜歡你在我面前示弱的樣子，喜歡我終於能陪著你的樣子。邵陽，我喜歡你。」我害羞低語。

「對不起，這一年委屈妳了。」親吻我的臉頰，邵陽在我耳朵旁輕輕呼出熱氣，「這次，我死都不會放手了。」

「這是你說的。」握上邵陽的手，我微笑道：「洪欣愛那邊，我們一起去吧。」

吃過早餐，一路上緊握著手，我在邵陽的帶領下，和他一同站在洪欣愛家門口。

「緊張嗎？」

「還好。」才怪。

要是洪欣愛又哭鬧著不想活了，邵陽肯定不可能轉身就走。

這一次，我們的手，不曉得能牽多久。

開門的人是洪爸，他一見到邵陽彷彿看到救星似的，連忙請我們進屋。

洪欣愛，又怎麼了吧。

「小愛從昨天開始就把自己關在房裡，不斷說著她永遠得不到愛，我跟爸爸已經無計可施了。」洪媽無奈道。

得不到愛？是傅子昂那時……

我想，我知道該怎麼做了。

「交給我吧。」

「說什麼。」邵陽緊張的在我耳邊私語：「很危險妳別亂來。」

「現在除了我，你們誰過去，都只會讓洪欣愛繼續撒嬌，活在一個連自己都痛苦的世界裡。」不顧邵陽的阻擋，我笑了笑，「請問她的房間在哪？」

「蘇曦柔……」

微微一笑，丟下焦慮到快爆炸的邵陽，我堅決不讓洪爸、洪媽陪同，一個人走到洪欣愛房門前。

「是我。」我冷著聲音說。

等了幾秒，門果然被打開了。

「妳來幹麻？」洪欣愛用她哭紅的雙眼，憤怒的瞪著我。

「來看妳笑話。」我推開她，不請自來的走進房裡，隨手抱起她床上的絨毛娃娃，舒適地坐好。

「滾。」

「哎，妳很羨慕我吧？為什麼蘇曦柔身邊總是有人愛她，而我拚命挽留，卻只留得那副沒有心的軀體。」我順著絨毛娃娃的毛，毫不留情地戳破洪欣愛心中最想不透的秘密。

「妳再不走，我殺了妳。」

「明明是一片真心，卻被渣男當眾羞辱，好險邵陽出現，輕鬆打腫了他的臉。因此，只要和邵陽交往，就能替自己出這口氣，沒想到渣男根本不在意，邵陽的心又只向著蘇曦柔。為什麼，為什麼那麼不公平？為什麼這世界沒人愛我？」

「妳不要再說了。」

血淋淋的真相痛得洪欣愛瘋狂掉淚，她癱軟在地上，連把我撵出去的力氣都沒了。

「這件事，錯的是那個不懂得珍惜妳的渣男，是他把妳的自尊丟在地上踐踏，但這跟我還有邵陽一點關係也沒有。」想起過去種種，我的淚也沒來由地盈滿眼眶，「可是，妳卻自私的把邵陽變成和渣男一樣的渣男了。」

「阿陽他不是，他是個很溫暖的人。」

「對我來說是。」閉上眼，我不遮掩的讓淚流下，「在妳出現之前，我因為一些私人因素而推開邵陽。他很溫柔，為了不讓我痛苦，選擇在遠處默默守護，之所以沒有第一時間拒絕妳的虛榮心，也是為了我。」

「這是妳的問題，跟阿陽無關。」即使哭得理智不清，洪欣愛仍堅持替邵陽發聲。

她其實，也不是那麼壞的女生。

「我還沒說完。」我無奈笑著，「後來我們和好了，邵陽要分手，妳不肯。知道他為什麼會答應陪妳嗎？答案是愧疚。妳不瞭解邵陽，不清楚他的個性，他是那種認為是自己的事就會默默扛起，哪怕自己才是傷得最重的那個人。」

我搓搓發酸的鼻子，繼續說：「他因為愧疚，選擇擔下妳所有的情緒，但他卻無法割捨我們的感情。他害怕我離開，卻只能待在妳身邊，妳說，這樣不算渣男嗎？」

「蘇曦柔，阿陽真的不是。妳沒看見他在我身邊時有多痛苦，他總是看著妳的照片發呆，有時候還會掉淚。他真的很愛妳。」

邵陽……

「對。妳就是看見邵陽那麼愛我所以忌妒了。一哭二鬧三上吊，妳用盡所有手段留住邵陽，想得到他的愛和溫暖，但他就是無法給妳。洪欣愛，弄到最後，最痛苦的不是妳，是我們兩個。」

「我……」

「洪欣愛，妳的爸爸媽媽很愛妳，他們一再向我和邵陽低頭，就是希望能藉由他的力量，把妳從怨天尤人的痛苦裡解放出來。」

「除了爸媽以外就沒有人愛我了，這世界上沒有人愛我。」

我相信洪欣愛把我的話聽進去了，要不然她也不會摀著臉，在她破碎的世界裡大哭。

「遇上一個錯的人，不愛也是好的。」我移動到她身邊，輕輕給了她一個擁抱，「要求別人愛妳之前，妳必須要學會愛自己。」

「為什麼幫我？我明明對妳做了那麼多過分的事情。」

「大概是因為我們很像吧。」

曾經，我也因為受了傷，偏激的認為凡事都不能完美，在完美發生之前加以毀滅，才不會讓自己再受傷。說到底，那只是在保護我記憶中美好的片段，不讓它們被後來的完美取代。

洪欣愛不過是用了不同的方式，來告訴自己有人愛罷了。

「邵陽在樓下吧？」擦乾眼淚，洪欣愛乾澀的問。

「嗯。」

二話不說，洪欣愛拉著我直奔一樓。

看見洪欣愛踏出房門，她爸媽激動的跑上前，更緊張的是邵陽，他一把拉過我，不停的左右轉動，幅度大到我還沒消化完的早餐都快被甩出來了。

「哎呀我沒事。」我掙開邵陽的手後退幾步，「再轉我要吐了。」

「進去那麼久怎麼可能沒事？」

「別緊張啦，我又不吃人。」洪欣愛帶著哭過的鼻音笑說。

殊不知此話一出，在場的人除了我以外全愣了。

「爸爸、媽媽，對不起，讓你們擔心了。」洪欣愛拍了拍臉頰，重振元氣之後揚起甜甜的微笑，「我已經沒事了。」

「阿陽，我們要結婚的事不算數喔。」洪欣愛對著邵陽深深一鞠躬，「對不起，利用你的溫柔控制你，害你那麼痛苦。」

本以為不結了這件事肯定又會是場腥風血雨，沒想到是這種平和的場面，而且還是由嗜血好戰的洪欣愛先提出。

扭轉一百八十度的思維，邵陽完全反應不過來，只能愣在原地，任憑現實衝擊大腦。

「我真的很希望我喜歡上的人是你。」眼中噙著淚水，洪欣愛拉起我的手放進邵陽手心裡，「你要加油。被我耽誤一年的時間，你得花更多力氣才能把蘇曦柔追回來。」

「我們從頭到尾都沒有在交往。」抽回手，我不滿的噘起嘴，「想追我，先跪一個月的鍵盤再說。」

「我覺得主機板比較痛。」洪欣愛漂亮地補了一槍。

「喂……」

「蘇曦柔，謝謝妳了。」洪欣愛主動抱住我，她這個舉動，又再次嚇了所有人一跳，「還有，幫我謝謝妳身邊那個男生。」

「嗯。」

要不是傅子昂，洪欣愛根本不可能在短時間內清醒。他每次都能一針見血的刺進問題中心，但每次，他都要面對可能和我分開的結局。

「我說妳，有沒有在聽？」

「什麼？」回過神，我傻愣地眨了眨眼。

「真是……」俐落一轉，邵陽把我壓到牆上雙手壁咚，「我說，妳到底知不知道我在下面快急瘋了？」

「別鬧啦，這裡是別人家門口。」我羞赧的別開視線。

這個邵陽，真不曉得自己的魅力有多大是不是，隨便就來個壁咚，弄得我心臟怦怦跳的。

「不要轉移話題。」邵陽嚴厲盯著我，「再不說話，我要親下去了。」

「好啦對不起嘛，可是事實證明我沒事。」抿著唇，我害羞的望著地面，「我回了，可以放手了吧？」

唔……

瞪大眼，混亂的氣息還來不及調整，邵陽的唇已貼上我的，甚至他還得寸進尺的引導我，讓我張口和他交換愛的訊息。

霸道的傢伙。

「這是妳害我擔心的補償。」依依不捨地離開我的唇，邵陽俯在我耳邊小聲的說。

「流氓，不守信。」摀著嘴，我嬌羞地瞪著他。

「別用那種眼神看我。」紅著臉，邵陽把頭靠在我肩上，「蘇曦柔，妳真的好可愛喔。」

「什麼啦。」

「如果哪天我控制不住，記得用力打我。」

「你這個人真的很M。」

「我很認真。」邵陽的手終於離開牆面，轉而撫上我的臉頰，「絕對，不會再讓妳受傷了。」

「嗯。」淺淺的，我揚起微笑。

沒有快樂到可以大笑，但就是這樣淺淺的、淡淡的，從心底滿出來的悸動，讓我感到前所未有的滿足。

「對了，妳是怎麼說服洪欣愛的？她從來不把我的話聽進去。」

「當然是以受害者的身分來罵你有多過份。」背著手轉身，我留下錯愕的邵陽邁開步伐。

邵陽說的話她當然不會聽，因為對她來說，邵陽就是那個能讓她繼續任性的對象啊。

我們牽著手，有說有笑的談論著午餐要吃什麼，然而一轉彎，出現的身影卻使我屏住呼吸。

愧疚、自責、無法面對……種種的愧對，一窩蜂全湧上心頭。

傅子昂靠在牆上不發一語，旁邊停著的是他的腳踏車。

「傅子昂……」

邵陽拉住我的手，阻止我想前進的腳步，我緊張的想說些什麼，他卻要我交給他處理。

不安的跟著邵陽來到傅子昂面前，身旁的他卻忽然彎下腰，「我知道自己很糟糕，傷害曦柔還拋棄她，這一年來都是你陪在她身邊，讓她忘記我帶來的傷痛。可是，即使如此，我還是很愛她，我沒辦法放她走。」

「來不及了。」傅子昂將我扯到身邊，「我和小曦已經交往了。」

「傅子昂，我……」

「妳還欠我一頓午餐。」跨上腳踏車，傅子昂示意我坐上後座。

「曦柔……」

「不要緊，讓我們聊一下。」我微微一笑，離開邵陽前，偷偷地用唇型說：「別擔心。」

「傅子昂……」

路上，無論我怎麼叫，傅子昂就是不理我，我要解釋時，他還會故意煞車打斷我的話。

我知道我虧欠傅子昂太多，我說過我會努力愛上他，也答應申請結束後要和他交往，甚至這些日子都是他默默陪著我。可是，我沒辦法離開邵陽。

我才是那個垃圾，同時傷害了兩個人對我的真心。

「傅子昂……」下了車，我抓住他的手，愧疚的眼淚就要流下。

「想說什麼？」傅子昂冷我一眼。

「對不起，我……」

「吃飯。」拉著我的手，傅子昂絲毫不聽我解釋，直接將我扯進餐廳裡。

不讓我開口，傅子昂擅自點了一份茄汁義大利麵，就吩咐店員去忙了。

座位旁的玻璃窗覆著一層薄薄的水霧，它釋放出的冰冷，如同傅子昂透出的心寒一樣。

「可以聽我說嗎？」顫抖的，我輕聲開口。

「聽妳說要回邵陽身邊？聽妳說沒辦法和我交往？」傅子昂靠上椅背，睥睨的連看都不願看我一眼。

「對不起，我不是故意要傷害你。」咬緊牙關，我還是忍不住心碎的衝擊，啪搭啪搭的落下淚滴。

「我不需要眼淚來同情我的遭遇。」傅子昂抽了張衛生紙丟到我面前，「擦乾。」

緊咬住泛白的唇，我用力深呼吸，希望能多少收回淚滴。

怎麼辦，我該怎麼做……

「要道歉很簡單，吃完。」傅子昂把剛送上的義大利麵推到我面前，殘忍的連眼都沒眨一下。是番茄……

顫抖的唇正想開口，傅子昂又再度冷語打斷，「這都做不到，妳道什麼歉？」

「我吃完，你會接受我的道歉嗎？」

「不會，但會爽一點。」

「我知道了。」

用叉子捲起一小口麵，我顫抖的把它放進嘴裡。

唔……這味道好噁心，胃沒理由的好想吐。可是，這和我對傅子昂造成的傷害比起來根本就算不了什麼。

強迫自己吞下後，我又弄起一口麵放進嘴裡。

這個味道好難接受，我快不行了。

第三口，我為了壓住胃的反噬，一口氣喝掉一大杯水。正當我暗自慶幸那些可怕的症狀消退一些，卻不小心對上傅子昂的視線，他的瞳眸，不知何時變得好水潤。

「等、等等，我慢慢吃。」低下頭，我又再含進一口。

胃終於還是抗議我的暴行，將所有吞下的連同早上一起反擊。我來不及說話，只能筆直衝進廁所，抱著馬桶狂抓兔子。

漱完口，我無力地撐著檯面，鏡子裡反射的我，瀏海沾著方才洗臉的水滴，虛脫的樣子顯得狼狽。

我最不想傷害的人就是傅子昂，可是，被我傷最重的人就是他。

無論是什麼方法，只要能讓他的心裡好過一些，我都會拼命去做。

我虧欠他的，不是用這些就還得起的。

步履蹣跚地走回桌子前，那盤茄汁麵已被換成蜜糖吐司，傅子昂消失了，只留下一隻獅子娃娃在桌上。

怎麼回事？

仔細一看，娃娃下方壓了張紙，上頭潦草的寫了「我原諒妳」四個字。

這是傅子昂的字跡！

左右張望了會，我慌的不知所措。

他人呢？

「小姐，抱歉，剛才那位先生有交代，要等妳吃完桌上的點心，男朋友來接妳之後才能讓妳離開。」

在我想衝出店外找人時，一位店員客氣地攔住了我。

傅子昂，你連讓我出去找你，鄭重和你道歉的機會都不給我嗎？

「小姐，這是那位先生結帳時不小心掉的，再麻煩妳轉交給他。」另一位店員從櫃檯裡拿出一張小卡片，上頭的花紋很有傅子昂的風格。

點點頭，簡單道了謝，我發愣地拿著卡片，坐回原本的位置上。

憑現在的關係，我是不該隨便翻動傅子昂的東西，但我也知道，懶得寫字的他，除了重要的人之外，是不會動用到「卡片」這種東西的。

小白兔，從今天起，我就是妳的寵物了。

卡片裡，只簡短寫了這句話。

原來傅子昂今天會晚到是打算和我正式交往，而我卻、我卻……

對不起、對不起……

一頭趴進桌裡，我再也無法克制自己嗚咽出聲，那是我傷害傅子昂所必須承受的，心痛的譴責。

那天，邵陽很快就趕到餐廳。包含那張卡片和紙條，他細心的把所有東西收好，揹起哭癱的我離開。

然而，我不知道的是，傅子昂並沒有走遠，他一直守在餐廳外面，靜靜凝望哭泣的我，直到邵陽揹著我走出來，他才轉身走往和我全然相反的方向。

第十二章　愛不夠完美

那天過後，我和邵陽終於正式交往，可是我卻忘了，我們交往後所要面對的第一件事，就是分離。

看著桌上的錄取通知單，又想起剛才我為了這件事差點和爸媽起爭執時，邵陽闖進視訊並答應爸媽會說服我去的認真，我的心忽然痛得無法喘息。

小學的錯身到高中的重逢，這當中我們浪費了多少時間，挨了青春多少折磨，好不容易終於走到一起，如今卻又要分隔兩地。

我不知道邵陽為什麼會希望我去美國唸書，可是我真的不想離開他，不想再回到只有我一個人的夢裡。

不過……剛才一氣之下就把他趕出房間，好像做得太過火了。

正當我猶豫著該不該去開門時，放在床邊的手機忽然不要命的連環響起。我按照宥澄的指示打開IG，第一則進到我眼裡的貼文卻差點把我嚇出心臟病。

歷經千辛萬苦，我終於實現雜誌上的CP。大家會祝福我的，對吧？

系統顯示一分鐘前邵陽剛發布新貼文，可是上頭的照片竟是他替我戴上戒指後，我們兩人甜蜜看向鏡頭的畫面。

左手無名指上，淺銀色的光輝流轉，小巧的戒指，承載了我和邵陽相愛的重量。

這個笨蛋邵陽在想什麼啦？

我心急地打開門，不偏不倚撞進一個溫暖的懷抱裡。

「抓到妳了。」邵陽的聲音落在耳邊，又輕又柔，還帶著一絲愉悅。

好像，他早就算準我會衝出來。

「你瘋了嗎？為什麼公開我們交往的事？」

再怎麼說邵陽也是眾多少女心目中的完美男友啊！就這麼公開我們的關係，萬一影響到他的工作怎麼辦？

「我知道這不能代表什麼，可是我想讓妳知道，無論距離多遠，妳都是我公開承認的女朋友。」邵陽摸著我的頭，無辜的對我眨了眨眼，「這樣，能不能原諒我了？」

「你做這些之前到底有沒有想到自己啦？」雖然感動到哭著講這些話的我，一點說服力都沒有。

「為了妳，這些都是小事情。」邵陽俯身吻去我的淚，輕笑著貼上我的額，「我最大的事情，是妳還在生我的氣。」

「笨蛋……」我又哭又笑的拽著邵陽的衣服，心裡滿滿都是被寵愛的甜蜜。

這個邵陽，竟然為了我拿自己的未來當賭注，明明，只要我堅持留下就行。

「真是的，我家曦柔越來越喜歡撒嬌了呢。」邵陽笑著將我抱起，輕輕放回床上。

我能確切感受到邵陽對我的溫柔及疼愛有多麼龐大，可是這樣的他，為什麼會選擇把我推開？

「為什麼要答應爸媽說服我？」靠在他手臂上，我不安的抬眸輕問：「我不在你身邊，你都無所謂嗎？」

「怎麼可能無所謂。」邵陽用力彈了下我的額，「再讓我聽見這種話，我就讓妳三天下不了床。」

「那你為什麼……」我紅著臉，想問卻又不敢再問下去。

「因為我想用一輩子的時間來愛妳。」

將我壓到身下，邵陽的唇輕輕地從額頭吻上，沿著眼睛、鼻樑，最後落到唇上。

心跳聲越來越大，我緊張的大腦一片空白，呼吸也變得僵硬，體內不斷上升的二氧化碳，好似下一秒就會害我窒息。

「記住我的溫度了嗎？」邵陽魅惑的聲音輕輕在耳邊吹送，「在妳出國前，我會每天幫妳複習，讓妳想忘也忘不了。」

我害羞地怔住，看他終於忍不住的笑容，才發現這又是他的惡作劇。

「邵陽！」我惱羞成怒的踢開他，隨手拉起棉被蓋住通紅的臉，「我要睡覺了。」

「我今晚可以留下來嗎？」

「隨便。」

燈關上了，邵陽躺在床的另一側，就和我們第一次同床異枕一樣，中間幾乎隔了一個人的寬度。

「曦柔，我想牽著手睡。」邵陽撒嬌的聲音從黑暗中傳來。

「不要。」我賭氣的把自己縮成一隻煮熟的蝦子，「我累了。」

夜晚的時間過得很快，又可能只是我的錯覺，在我規律的呼吸下，邵陽沙啞的嗓音緩緩流動在夜色裡。

「傻瓜，讓妳離開，我比誰都不安，可是，妳已經為我犧牲太多。再這麼下去，我會不知道該怎麼面對妳爸媽，也不知道該怎麼保持平常心去愛妳。」

沉默片刻，邵陽的聲音開始有了微微哽咽，「所以，無論心裡有多捨不得，我都要推著妳向前，哪怕最後的結果，是妳不會再回到我身邊。」

原來這就是，邵陽答應爸媽的真正原因。

原來邵陽承受的，不只有我們要分隔兩地的不安。

可是邵陽，你知道嗎？從你把腳踏車停在我身邊的那刻起，我就註定要把一生交給你了。

無關家世、無關背景，而是因為那個人是你。

「我會乖乖去美國唸書。」我妥協的聲音在黑暗裡顯得格外無助，「所以你要保證你不會愛上別人，也要保證你不會再和之前一樣丟下我。」

「妳還沒睡？」邵陽詫異地問。

「睡了。」我吸了吸鼻子，彆扭的揉著眼睛，「這是夢話。」

低聲一笑，邵陽挪動身子將我攬入懷中，「那妳在夢裡可要聽好了，無論是巫洛勛還是邵陽，這輩子，他只會愛蘇曦柔一個人，也絕不會再丟下她，讓她受傷。」

待在邵陽的臂彎裡，感受著他溫暖的心跳，所有的不安，竟在一瞬間煙消雲散。

「同樣的，我要親親當保證。」邵陽刻意轉成耍賴的音調，但那背後，他極力隱藏下來的，是一碰就碎的不自信。

「我發誓，無論到了哪裡，蘇曦柔除了巫洛勛之外，就只愛邵陽一個人。」過於緊張而變冰涼的指尖輕輕捧住邵陽的臉，我紅著臉，閉上眼把唇湊上。

「這是誓約之吻。」離開邵陽柔軟的唇瓣，我羞澀撲回他懷裡，不敢看他臉上的表情。

「真是……」邵陽拼命忍下自己激動的情緒，用力把我摟得更緊，「今晚，我不放手了。」

「嗯。」

就這樣待著吧！直到時間將我們分開之前，我只想無時無刻，待在我最愛的男人身邊。

❣

時間過得很快，快到我們來不及掌握就要畢業了。

原以為我的高中生活會和國中一樣，沒有交流、沒有朋友，就連畢業都事不關己。但，這些本該延續的崩壞世界，都因為邵陽的出現而終止了。

邵陽所帶來的溫暖拯救了困在回憶中的我、感染了不夠自信的宥澄、改變了自視甚高的傅子昂，甚至挽回了洪欣愛的生命。

他的出現，替我的高中生活塗上璀璨的色彩，但是，這些光輝燦爛的背後，卻是用他獨自承受所有的淚滴換來。

如果畢業是展翅的日子，那請允許我拍動翅膀，讓我飛到邵陽身邊，給他歇息的地方。

這一次，換我成為他的力量。

「我知道妳男朋友很帥，但這樣目不轉睛的盯著看，他會害羞。」邵陽完全不管他人目光，親暱地將我摟進懷裡，「親愛的，我是畢業致詞代表耶，該不該給我點鼓勵呢？」

「想得美。」紅著臉向後肘擊，我成功逃離邵陽的魔爪躲到宥澄身邊。

「陽，你真的很愛欺負小曦。」宥澄似笑非笑的說。

「只是要點鼓勵也不行。」邵陽哀怨瞥了我一眼，「哪有女朋友這樣子的。」

探出頭做個鬼臉，我又再次躲回宥澄身邊。

「哥哥！」進禮堂之前，洛遙的聲音由遠而近傳來。

我就知道，無論邵陽叮嚀多少次，洛遙都會出現的。

「翹課了？」

畢竟是親兄弟，邵陽早就料到洛遙不會聽他的話，也因此，他的態度並沒有多大的起伏。

「嘿嘿，不用說的那麼清楚嘛。」

「你這小子。」

「一起進去吧。」我輕笑。

我們站在觀禮區看著畢業生陸續就座。過去三年都想著趕快結束高中生活，等真正到了這一天，卻有種難以言喻的落寞湧上心頭。

我想好好把握，這最後的高中生身分。

「時間過好快，我們穿著高中制服站在一起的時間，竟然只剩現在了。」宥澄感嘆著。

「嗯，覺得好捨不得。」

這三年來真的發生太多事了，相遇、分開，再相聚，當我們終於能並肩前行，卻已經走到各奔東西的別離。

這次分離，不曉得何時才能再相聚。

「捨不得，那就留下來吧。」邵陽一手拿著手機，一手摟上我的腰，連同宥澄和洛遙，一起記錄下這美好的瞬間。

「典禮即將開始，請畢業生盡速就座。」

「等會見。」邵陽摸摸我的頭說。

才剛走到班上就有同學傳話，說有人急著找我和宥澄。我們不明所以的互望一眼，彎著身溜到禮堂外，出現的人卻是我從沒想過的。

「你怎麼來了？畢業典禮呢？」宥澄又驚又喜的跑到他身邊，渾身都散發著幸福的光輝。

「昂打算偷偷離開。」沉下臉，宥澄男友嚴肅的問：「蘇曦柔，我現在要去找昂，妳要來嗎？」

傅子昂要離開了？他怎麼可以什麼都不說就離開！

「當然。」毫不猶豫，我用力點了頭。

「那快，我有開車來。」

「等一下。」我拉住宥澄男友，「你的車可以坐幾個人？」

「最多五個。」

「我去叫陽。宥澄，幫我帶洛遙一起走。」我把手機塞到宥澄手中，轉身離開時卻被宥澄男友抓住。

「妳叫他幹麻？」

「人多好圍毆。」跑進禮堂前，我不忘叮嚀：「車子發好，門口會合。」

傅子昂，我還有好多道歉、好多感謝都沒告訴你，在我還沒認真的跟你說再見之前，你不准離開！

左顧右盼了一會，我終於在禮堂邊找到準備上台致詞的邵陽。

拽住邵陽的手，我緊張不已的說：「快跟我走，傅子昂要離開了。」

「現在請畢業生代表，三年一班邵陽，代表全體同學致詞。」司儀那訓練有素的聲音，在瞬間擊碎了我的希望。

「陽，來不及了。」

時間不夠，不能再拖了。

「我知道，給我一分鐘就好。」邵陽小聲說完，即快步走上講台。

一分鐘？

「致詞之前，我想試問在座畢業生，你的高中生涯完美嗎？」邵陽磁性的嗓音透過麥克風傳遍整個禮堂，他不按牌理出牌的發言，不禁使我倒抽了口氣。

他想做什麼？

「我不完美。因為，在畢業典禮的今天，有個重要的朋友不告而別。因此，請原諒我用最後一次青春，來填補這個不完美的空缺。」語落，邵陽把麥克風塞回司儀手中，飛快奔下台，拉著我往外衝。

邵陽的瘋狂舉動嚇住觀典來賓，引來學生一片譁然，其中還包含不少女生的愛慕尖叫。

「他們人呢？」

「都在門口。」

「邵陽……同學，妳幹什麼？」

回頭一看，洪欣愛正擋住追來的老師，轉頭朝我們大喊：「快去！」

我和邵陽相視而笑，牽著手直奔大門。站在車旁等我們的宥澄發現後方有追兵，急忙打開副駕駛座和後座的車門，先行進到後座。

「妳前我後。」邵陽喊。

坐上車，車門都還沒關上，宥澄男友便用力踩下油門，直接駛離學校。

「你們做了什麼？居然引起騷動了。」

「沒什麼。」邵陽順了下呼吸，「好了，現在誰可以告訴我，傅子昂怎麼了？」

「安全帶。」語落，宥澄男友將車子彎上高速公路，擺明不想和我們多說。

「倫，傅子昂的事，你可以說的再清楚一點嗎？」為了舒緩僵硬的氣氛，宥澄趕緊開口問道。

「我一早撞見昂到導師那邊領畢業證書，問他原因，他跟我說是英國那邊急要，後來他說要去廁所，就再也不見人影了。」宥澄男友憤怒地搥了下方向盤，「那個混帳，連我都騙。」

「等等，你怎麼知道他不是回家而是離開？」宥澄又問。

操控方向盤之餘，宥澄男友從口袋掏出一張紙丟到我身上，「我在書包裡發現的，那個死傢伙。」

「倫：

抱歉，要走卻沒和你說一聲。我特地把起飛時間選在典禮結束時，說起來也算和你一起畢業了，所以，你可千萬別來我家潑油漆啊！會被我家保鑣殺掉的。

鍾宥澄那小傢伙就交給你了，他是小曦很好的朋友，你要是敢讓他傷心，我可是會從英國飛回來揍你的。還有，別再怪小曦了，是我自己沒本事給她幸福才會放手，她沒有傷害我。

這些年謝了，兄弟。

昂」

明明是我……明明是我背叛了傅子昂，他卻說我沒有傷害他，甚至連替宥澄出氣都是為了我……

傅子昂，你這個白癡！

邵陽的手從後方伸了過來，「還好嗎？」

我停不下眼淚，只能顫抖的把信交給邵陽，他看完後沉默了幾秒才問：「你們典禮幾點結束？」

「十點二十五。我查過了，高雄沒有飛往英國的班機。」宥澄男友俐落地轉著方向盤，切進內側車道，「只能賭運氣了。」

「不用賭，肯定是。」我抹去眼淚，用力吸了吸鼻子，「時間上來說，傅子昂根本趕不上桃園的班機。高雄沒有直飛英國，他一定先到香港轉機了。」

「查到了！」洛遙喊著：「十點二十五分有一班飛往香港的班機。」

「洛遙，快把公司名稱跟班號發給我。」

「十點二十五……我們趕到那邊都快九點半了，再停車會來不及。」宥澄男友把油門踩的更猛了，「煩死了！」

「先把我放在出境大廳，只要傅子昂沒過海關，我就找得到他。」我堅定的說。

宥澄男友瞥了我一眼，嘴角微微勾起弧度，「要是讓他溜了，看我怎麼討厭妳。」

「嗯。」

傅子昂、傅子昂你等等我，我還有好多話想跟你說，你不可以這樣就走。

握緊雙拳，我在副駕駛座祈禱著。

沿途不斷變換車道超車，我們終於在九點初趕到出境大廳，車都還沒停穩，我便解開安全帶跳下車，衝進人滿為患的機場裡。

蘇曦柔，冷靜、要冷靜，出境只有一層樓，妳一定找得到傅子昂。

左閃人右閃行李箱，擁擠的人潮使我根本無法仔細注意每個人的長相。

可惡，再這樣下去會來不及的。

在我慌得不知所措時，大廳忽然傳來航空公司找旅客的廣播，那名字清楚地擴散在空氣裡，傳進每個人的耳朵。

對了，廣播！

我跑到服務台，把傅子昂搭乘的班號交給服務人員，「請幫我廣播搭乘這架班機的乘客，他叫傅子昂。」

霎那，傅子昂的名字連續兩次迴盪在出境大廳內，敲響了我心中的冀望。

拜託，傅子昂，你一定要出現，一定要！

緊握顫抖的雙手，我閉著眼，嘴裡不停祈禱著。

「我是傅子昂，請問……」

這聲音！

張開雙眼，傅子昂就站在前方，單肩背著包包，手裡拿著護照，他一頭霧水的模樣，讓人看了是又哭又笑。

好險，趕上了。

「傅子昂！」我撲到他身上，雙手勾住他的脖子大哭著：「你搞什麼？以為偷偷摸摸的走很帥嗎？」

「小曦？」傅子昂瞪大眼，難以置信地將我推開，確定他眼前這個哭到不成人形的人是他所熟識的蘇曦柔後，即拉著我到人比較少的角落，「妳怎麼在這裡？畢業典禮呢？」

「還不是為了找你。」我揉著眼睛哽咽道：「傅子昂，你怎麼可以那麼過分？你知不知道我有好多話想告訴你。在車上時、在廣播時，我都好害怕，怕萬一我沒趕上怎麼辦，怕萬一我再也見不到你怎麼辦。」

傅子昂的神情逐漸舒緩，他溺愛地摸了摸我的頭，眼神溫柔，「就是知道妳會哭，我才打算不告而別。」

「傅子昂是大笨蛋！」

「是、是。」

彎下腰，傅子昂緊緊地抱住我，他激動的心跳，輕易牽引了我的情緒。

對他的愧疚、對他的喜歡，還有差一點就再也見不到面的恐慌，使我的眼淚一發不可收拾，完全無法停止。

對不起……對不起……

「再哭會變醜喔。」他用手指拭去我的淚滴，瞳孔深處卻藏著讓人難以發現的水氣，「還能再見到妳，我很開心。」

「對不起，我知道我傷你很重，你討厭我我無話可說，可是，我還是要謝謝你，一直喜歡這樣的我。」咬緊唇，我噙著淚漾開笑容，「能被天下第一大帥哥喜歡，真的是件很幸福的事。」

「我從來沒有討厭過妳。」深吸了口氣平緩情緒，傅子昂勾起唇角摸著我的頭。

「可是我討厭你。」紅著眼回過頭，只見宥澄男友臭著一張臉，「兄弟這樣當的就對了。」

「我說你們，有必要這樣大陣仗替我送行嗎？」傅子昂發現連其他人都來了，不禁感動笑著。

「再笑我就扁你。」

「這麼在乎我，宥澄寶貝會生氣喔。」傅子昂笑著走上前，和宥澄男友肩碰著肩，「謝謝了，總是忍受我的胡來。」

「你才知道。」宥澄男友激動的抱住傅子昂，哽著聲音威脅：「要是放假沒回來找我，我就去你家潑油漆。」

「知道啦。」拍了拍宥澄男友，傅子昂對著一旁的宥澄說：「這不成熟的傢伙就交給你了，他不乖直接打下去，不用客氣。」

「好。」宥澄勾起不捨的笑容，「你要保重。」

「你也是。」

走向邵陽，傅子昂朝他舉起拳頭，「從你帶走小曦的那刻起，你就只有被她甩的份了。要是你管不著下半身，這拳頭可是會再次砸到你身上。」

「放心，我不會讓你有機會的。」邵陽笑著舉起拳頭，輕輕地和他相撞。

「小鬼。」傅子昂戲謔地揉著洛遙的頭，燦笑說著：「給你一個任務，如果你家笨蛋哥哥欺負小曦，一定要馬上告訴我。」

「好，我保證。」洛遙勉強揚起微笑，「子昂哥哥，這一年來謝謝你，一路順風。」

「嗯。」

和大家一一道別後，傅子昂再次回到我面前，不捨地擁抱我，「異地戀很辛苦喔，妳要加油，都熬六年了，千萬別輕易放手。」

「對不起……」觸碰到他的溫度，我心中的愧疚又再次轉動淚水的開關，心裡的千言萬語，最後卻只剩下對不起。

對不起……傅子昂對不起……

「我都說原諒妳了。」傅子昂無奈笑著，「哭成這樣，要我怎麼離開？」

離開傅子昂的懷抱，我抹掉眼淚，吸了吸鼻子，努力控制著那份過於膨脹的不捨之情。

「聽好了，去美國之後，遇到危險千萬別強出頭，無論妳再怎麼厲害，都比不過一發子彈。我不在妳身邊保護妳，妳更要保護好自己，千萬別做出讓我跟邵陽擔心的事情。」傅子昂輕笑著摸了我的頭，「聽到了沒，小白兔。」

「嗯。」

「你真的很欠揍。」宥澄男友衝上前，緊緊抱著傅子昂。

「喂，快放手，我要死了啦！鍾宥澄，快來把這傢伙拖走！」

我噙著淚看著大家聚在一塊，又哭又笑的畫面，就好像青春校園漫畫裡的結局，溫暖，卻帶有一點即將結束的不捨。

我們，就要各奔東西了。

忽然間，我想起傅子昂送我的小獅子。

這個決定，我認為有必要告訴他，縱使他不一定想聽到相關的消息。

「那隻獅子，我會帶去美國的。」拉動他的衣袖，我咬著下唇輕語。

愣了會，傅子昂揚起燦爛無比的笑容，「小心邵陽會哭。」

「我才沒那麼小心眼。」

「哦？那麼小曦，我們每年都來約會，反正邵陽說他很大方。」

「好啊。」

沒料到我會那麼豪爽的答應，邵陽頭上頓時佈滿黑雲，咬牙切齒的瞪著我們，「你們兩個，別給我得寸進尺。」

傅子昂聳聳肩，輕輕地笑了，「認真的，有機會來找我，我帶妳去玩。」

「說定了，要保持聯絡。」

「好。」傅子昂一笑，「我進去了，你們不用送我。」

轉過身，傅子昂背著包包，一步步遠離了我們。

還是，要分開了。

「小昂！」我追到他身後，哽咽的說：「我會去找你的。所以到了英國，一定要跟我聯絡喔。」

「嗯。回邵陽身邊去吧，笨小曦。」傅子昂沒有回頭，而是挺起胸膛繼續向前走。

他昂首闊步的身影，逐漸消失在人來人往的機場裡。

傅子昂離開了。

下一個，就是我了。

爸媽在六月底的時候飛回來和我生活了一個多月。說得好聽是要來接我，但想也知道是怕我叛逃，才會早一步牽制我的行動。

不僅如此，他們回來還有另一個目的，試探邵陽。

當我發現爸媽的計謀，氣得差點就要去和他們溝通，但邵陽卻阻止我，他說這是每個男人必經的歷程，如果沒有通過考驗，又怎麼能抱得美人歸。

雖然擔心、雖然愧疚，但邵陽總是耐心的一關一關過，幾次之後，爸媽都對他讚不絕口，也不再管我們要去哪裡、要做什麼，甚至只要是跟邵陽一起，連回家都可以不用。

在旁邊觀看全程的我，實在對邵陽的馴服能力甘拜下風。

此外，我也跟著邵陽回了他家一趟。再次見到他媽媽，我內心的恐懼還是難以平復，好險邵陽全程握著我的手，趁家人不注意時不停在我耳邊說著「不要怕」、「有我在」之類的話，我才能勉強安下心神，順利過關。

至此之後，我總會趁邵陽睡著時凝視他的睡顏。連我這個旁觀者都有那麼強烈的恐懼，身為當事者的他，到底要做足多少心理建設，才能若無其事地面對一個曾經把他當沙包打的媽媽。

他到底一個人，吞下了多少傷。

一天一天，分離的日子很快就來臨了。

「小曦，這給妳。」宥澄眼角含著淚光，把一隻綿羊娃娃交到我手上。

「為什麼要給我這個？」

「我聽說了，陽給妳貓咪手偶，傅子昂給妳獅子玩偶，洛遙給妳熊熊，所以，我也想跟他們一起成為小曦的力量。」宥澄咬著唇，很勉強的微笑著，「討厭，說好不哭的。」

「謝謝。我會放到床邊，到時候再拍給你看。」

打開隨身行李，貓咪手偶、獅子玩偶、熊熊都擺在最上層，我把代表宥澄的綿羊娃娃放進包裡，再小心翼翼的拉上拉鍊。

這些，都是愛我的人所給我的分身。

「一定要回來找我喔。」宥澄終究忍不住流下分離的眼淚。

「一定會。」我抱住宥澄，淚光閃閃的對著宥澄男友叮嚀：「你不能欺負我家宥澄喔。」

「知道啦。」

「好了，別哭了。」我在淚眼中揚起微笑，輕輕替宥澄擦去眼淚。

「曦柔姊。」洛遙抱住我，哽咽的說：「姊姊，謝謝妳，如果當時沒有妳，我跟哥哥早就活不下去了。在年幼時期，我們所擁有的希望，都是因為妳。」

洛遙這句話深深戳進心裡，霎那，我忍不住淚水的潰堤，在洛遙懷中嚶嚶啜泣。

「我說洛遙，你別隨便把我女朋友弄哭啦。」邵陽無奈地從洛遙懷裡接過我，摸著我的頭安慰道：「好乖好乖。」

「臭邵陽，你在逗貓嗎？」帶著濃濃鼻音，我嬌嗔的問。

「是逗小白兔。」

「討厭。」我含著眼淚，輕輕地笑了。

「嗯。」

「很多話之前都說過我就不說了，現在要把握時間好好抱著妳。」

熙來攘往的機場裡，爸媽站在遠處避免打擾我們，洛遙、宥澄和他男友都在周圍，我和邵陽站在中間，深情地相擁。

「我忍不住了，可以在妳爸媽面前吻妳嗎？」邵陽在我耳邊小聲地問。

「應該可以吧。」

環著我的腰，我們的唇輕輕地重疊在一起。少了濃烈的侵略和佔有，邵陽一次又一次的，把他想對我說的不捨全用吻傳了過來。

這個吻持續了好幾分鐘，直到我們都快斷氣才戀戀不捨地分開。

仰起頭，邵陽正深情款款的凝望我，羞紅臉的我急忙躲進他懷裡，等到紅暈退去，才緩緩從他的庇護下起身。

「到美國要第一時間通知我。」

「嗯。」

摸了摸我的頭，邵陽將我轉過身，「去吧！」

深深吸了口氣，邁出步伐前，邵陽又從身後輕輕抱住我，「如果想我想到受不了，覺得很想哭的時候，就拿這句話來安慰自己。」

——「我們的愛情，不能太完美。」

聽此，我輕輕地笑了。

高中三年，我們一路跌跌撞撞。

曾經受了重傷，一度對這個世界絕望；曾經互相扶持，在脆弱時攙了對方一把；曾經分分合合，把喜歡變得好複雜；曾經笨拙守護，卻在夜半任淚流淌；曾經放手退讓，只為愛人能走向幸福的殿堂……

歷經了重重的曾經，把那些過去全納入不完美的青春裡，然後，我們都長大了。

（全文完）

番外——傅子昂　初動的心

尚未起飛前，空服員走到身邊，彎下腰，有禮貌的詢問：「先生，這是菜單，請問您要吃什麼呢？」

扶著額，我低頭掩飾那快落下的淚滴，「不用了。」

「好的。」

飛機在跑道上加速了會，即抬起機首衝向天際。

我靜靜望著窗外，柔和的日光明亮了整個天空，一滴又一滴的雨，無聲落進我的眼睛裡。

小曦現在，應該不再哭了吧。

她在邵陽身邊，肯定能過得很幸福。

「各位同學，今天要來介紹一位新生。」

穿著道服、綁著馬尾的小女孩跑到教練身邊，毫不怯場的說：「大家好，我叫蘇曦柔，大家可以叫我小曦。」

好有活力的女孩子……咦，我好像在哪見過她。

「她好可愛喔！」看見她，幾個男生已圍成小圈圈，不停在他們的世界裡躁動著。

「好了好了，現在兩兩一組熱身。」

咕！我最討厭分組了。

「教練，我一個人一組。」我舉起手說。

「不行。子昂，要好好跟同學相處喔。」

臭著臉，我不情願的走到角落坐下。

大不了不熱身，有什麼了不起？

「誰要跟傅子昂一組啊，跩的要命。」

「聽說他爸是上市公司老闆，他當然看不起我們這些人。」

「有錢人就是多了點臭錢，還自以為了不起。」

男生們分組時又全聚在一起，講的盡是些數落人的酸言酸語。

我忍著，拼命的忍著，告訴自己千萬不能對他們動手。反正這世界就是如此，每個人看見的都是背後的利益，表面上唯唯諾諾，私底下卻說長道短，根本沒有誰值得真心相待。

「同學，不介意的話可以跟我一組嗎？」那個叫蘇曦柔的新生蹲到我面前，對我綻開一抹如日光般的溫柔微笑。

好可愛！

不對，我在想什麼。

「妳沒聽見他們說的嗎？」我起身，高傲地睨著她，「少來煩我。」

「新同學妳不用理他，來跟我們一組吧。」班上少數幾個女生跑來，直接將蘇曦柔拉到她們身旁。

哼。

蘇曦柔很開朗，人際關係也很好，僅憑幾次練習就跟所有人打成一片，有她在的休息時間，道場內總是瀰漫著歡樂的氣氛。

真是個閃閃發亮的女孩子。

「你叫傅子昂，對吧？」

某次下課，我照慣例留下來練習，只因我不想讓別人看見是司機來接我，但蘇曦柔換好衣服後卻沒有離開，甚至還過來和我搭話。

「有事嗎？」擦去汗水，我冷著聲音問。

「我覺得你好認真，總是會留下來練習。」蘇曦柔俏皮的歪過頭，「你的目標是全國大賽冠軍嗎？」

「什麼全國大賽冠軍，少說無聊話了。」專注的心情全被她破壞殆盡，我動身走向置物櫃，打算提早換回便服。

她根本什麼都不知道，爸媽讓我學柔道只是為了防身，比賽什麼的麻煩的要死，我才不去碰。

「可是我覺得如果是你，說不定真的能拿到冠軍。」蘇曦柔跑到我身旁，對我嫣然一笑，「我對你有信心。」

有信心？

「妳很煩，我要換衣服。」我快速轉過身，紅著臉將衣服換掉。

我的臉怎麼那麼燙？心臟怎麼跳那麼快？我是不是要死掉了？

「哎，下次練習我們一組好不好？」換完衣服，我走到門口等司機來接，蘇曦柔卻纏著我，好像沒有要回家的意思。

「妳沒聽過我的事嗎？」冷眼撇了她一眼，要不是看在她那麼可愛的份上，我早就一拳揮過去了。

「有啊。你爸爸是上市公司的董事長、你是小開、個性很跩、看不起別人、在學校跟道場都沒朋友……」蘇曦柔還很誠實地扳著手指頭，「大概聽了十幾句你的壞話有。」

她的動作和言語簡直讓我哭笑不得，到底該說她傻還是天真。

「那妳幹麻接近我？」幾乎快被打敗地，我問。

「我覺得你不像那麼壞的人。」

「啊？」

「雖然你的個性跩了點，但是你很認真在練習啊。」

她是哪裡有毛病，認真練習跟壞不壞有什麼關係？

「妳家欠錢？」半晌，我忽然問道。

除了她想跟我攀關係借錢周轉之外，我想不通她那毫無邏輯的判斷。

「沒有啊。」她無辜地睜大雙眼，「怎麼這麼問？」

「直說吧，妳接近我有什麼目的？」嘆口氣，我說。

「目的……為什麼一定要有目的才能和你聊天？不能只是很單純的想和你交朋友嗎？」

朋友？聽見我那麼多負面傳聞，甚至我對她愛理不理的，她居然還想和我當朋友？

「以後就叫我小曦吧。我和你同間國小，如果有事的話我在六年六班，可以來找我喔。」見我發愣，蘇曦柔竟然擅自把和我交朋友的提議變成事實了。

「我在二班。」不曉得是不是真的快死了，我竟然被她牽著鼻子走。

「以後我可以叫你小昂嗎？」

小昂……好親暱的稱呼，除了家人，還沒有人敢這麼叫我。

「隨便妳。」撇過頭，我彆扭的說。

「太好了，終於和小昂成為朋友了。」蘇曦柔莞爾，「我原本還擔心你會生氣呢。」

她的笑容好可愛。這……想對她生氣也氣不起來啊！

「妳不回去嗎？」我摀住紅透的半張臉，生澀的轉移話題。

「今天爸爸媽媽沒辦法來接我，我朋友說會來陪我回家。」

「妳不會自己回家嗎？」我無言的望著她。

糟糕，我好像惹上一個白癡公主病了。

「五年級的時候，我在放學回家的路上遇到一隻很兇的野狗，牠還朝我撲來，把我嚇得尖叫大哭。從此，我就不敢一個人走那條路了。」

五年級？野狗？尖叫？

我怎麼好像看過這個畫面。

不論是在學校還是道館，我都不喜歡司機到門口接我，而是要他把車停在離學校有點距離的地方，我自己走過去。

五年級剛開學沒多久，我照慣例走向司機停車的地方，卻忽然聽見一聲凶猛的狗吠，前面有個和我同校的女生，正被野狗嚇得動彈不得。

「等等，不要過來！」她一邊後退，一邊害怕的喃喃自語。

真糟糕，這隻野狗最喜歡咬人了，我第一次走這條路時也差點被咬，好險我反應快，直接攻擊牠的罩門，從此之後牠看見我都不敢靠近，有時還會被我嚇跑。

要去幫那個女生嗎？

想不到那隻野狗對細皮嫩肉的女生有著更強大的攻擊力，露出利牙之後，牠竟然直接撲向她。

她嚇到蹲下身，發出一聲衝破天際的尖叫，而我則在瞬間跑到她前方，再次擋住了那隻野狗。

我瞪著那隻野狗，要牠最好別再輕舉妄動，不下兩秒，牠就夾著尾巴逃了。

轉過頭，我無奈望著那個女生。她縮起的身子顫抖著，還不停微微啜泣，好像處於嚴重的驚嚇之中。

討厭，我最不會處理這種場面了。

啊！我記得車裡都會放一些點心，如果拿糖果給她，就能止住她的眼淚了吧？

反正那隻野狗暫時不會回來，只要快去快回，應該花不了多少時間。

要等我喔！

後來，當我搭著車重返現場，那個女生卻如同人間蒸發般，消失了。

我看向坐在我身旁晃著雙腳，左顧右盼的蘇曦柔。

原來當初那個女生就是她……

「那個……」

「巫洛勛！」蘇曦柔跳下椅子，興奮地朝著騎腳踏車的男生揮手，「我在這裡。」

「對不起，讓妳等那麼久。」那個男生跳下腳踏車，氣喘吁吁的道歉。

「沒關係啦，有朋友陪我。」蘇曦柔朝我一笑，又從她的包包裡拿出手帕幫他擦汗，「洛遙呢？你偷跑出來不要緊嗎？」

「沒關係，他們都出門了，洛遙有答應我會乖乖看家。」他靦腆地避開蘇曦柔的動作，「妳的手帕會髒掉。」

「又沒關係，手帕本來就是用來髒掉的啊。」

這神邏輯真是……

「對了，巫洛勛，我跟你介紹，他是二班的傅子昂。」替他擦完汗之後，蘇曦柔又再次把我捲回話題裡，「小昂，他是我們班的巫洛勛。」

「你好。」他輕輕地對我點了頭。

頷首，我沒有多說。

「對了，小昂，你剛才是不是有話要跟我說？」

搖頭，我安靜的不發一語。

「要我陪你等家人來嗎？」

「不用了。」

只要打個電話給司機，五分鐘就到了。

「好吧，掰掰。」都已經轉身和巫洛勛離開了，忽然想起什麼的她，又回過身朝我揮手，「約好囉，下次上課我們要一組。」

我靜靜望著蘇曦柔和巫洛勛有說有笑的走遠，心情卻是說不上來的沉悶。

他們的感情看起來，好像很好呢。

他們的感情一直以來都很好，所以，絕對不會有問題的。

在香港候機室的角落裡，我靜靜流完最後一滴眼淚。

如果那年小曦沒有出現在道場，我想，我可能到現在還不明白，又酸又澀，這就是喜歡上一個人之後所流下的，眼淚的滋味。

後記

哈囉！大家好，我是天羽，很開心能以《愛情，不夠完美》這本書和大家見面。

第一次寫實體書的後記，我還真是緊張到不曉得要寫什麼，即使參考了許多範例，我的腦袋仍處在一片空白之中。

平常總是想到什麼寫什麼的我，就連寫故事也不例外。這樣的我，好像很難說出什麼大道理。於是，我決定保持平常的風格，就這麼動筆啦！

衷心的希望我的後記不會毀了這本書。（顫抖）

「因為想要完美，所以人在面對現實時才會痛苦，只要把美好破壞，就不會有完美可言，那痛，也就不存在了。」

這個核心，是我半夜睡不著去拐到腦袋所寫下來的，而這本書的雛型，也只有這麼一個核心。

為了迎合這個主題，我本來要讓曦柔誤以為洛勛出車禍死去，把錯全怪到自己身上，偏激的毀掉所有美好。

可寫故事真的是件很神奇的事呢！沒有大綱、沒有走向，就這樣一點一滴的，把我原先的想法全丟進垃圾桶裡了。

一直以來，我總認為故事裡的角色是有靈魂的，他們有屬於他們自己的發展，我只不過是順著他們的發展寫，無法控制故事走向。

這次的《完美》似乎又再次證明了這件事，因為包含子昂的番外，都是我在寫完曦柔跟洛勛的相遇之後所萌生的念頭。

這當中，唯一我有加入私心的，大概是他們三人不同時間同地點的初次相遇吧！

曦柔所遇見的，正是我小學四年級下課後的真實遭遇，而且幸運地，有個很帥的大哥哥停下腳踏車救了我，還陪我一起走回家，我也才因此發現，原來他是我家附近的鄰居大哥哥。

嗯？問我有沒有什麼後續發展？

當然有，後續發展就是——

我到現在還是很怕狗，看到狗就會躲。

哈哈！誰讓現實不能太完美嘛！

《愛情，不夠完美》能實體化，是我從未想過的幸運。得知消息的當下，我除了激動，甚至還有點害怕，怕我會不會把這一生的好運全用上了。（笑）

謝謝出版社願意給我這個機會，讓這本書有實體化的一天。

謝謝昕平編輯的耐心包容，並且給了我充裕的時間跟極大的空間來修飾這個故事。

謝謝慈蓉編輯接手，給我許多建議還幫我處理後續困難又複雜的出版事宜。

希望下次我別再爆字數了，刪減字數什麼的真是痛苦到我快原地自爆了。

還有，謝謝家人們無條件的支持，讓我能自由地做著自己想做的事。

謝謝一直陪在我身邊，以及曾經對我說過每一聲加油的讀者，當然，還有現在正在看著後記的你們。

真的非常謝謝你們，還有對不起，要你們包容這樣任性的天羽。

能隨心所欲的寫小說，能有人願意閱讀自己的小說。我真的感到很幸福、很幸福唷！

希望你們也會是幸福的。

2018.09　宅宅的天羽於家中

要青春48　PG2108

要有光
FIAT LUX

愛情，不夠完美

作　　者	天　羽
責任編輯	陳慈蓉
圖文排版	楊家齊
封面設計	楊廣榕

出版策劃	要有光
發 行 人	宋政坤
法律顧問	毛國樑　律師
印製發行	秀威資訊科技股份有限公司 114台北市內湖區瑞光路76巷65號1樓 電話：+886-2-2796-3638　傳真：+886-2-2796-1377 http://www.showwe.com.tw
劃撥帳號	19563868　戶名：秀威資訊科技股份有限公司 讀者服務信箱：service@showwe.com.tw
展售門市	國家書店（松江門市） 104台北市中山區松江路209號1樓 電話：+886-2-2518-0207　傳真：+886-2-2518-0778
網路訂購	秀威網路書店：https://store.showwe.tw 國家網路書店：https://www.govbooks.com.tw
總 經 銷	聯合發行股份有限公司 231新北市新店區寶橋路235巷6弄6號4F 電話：+886-2-2917-8022　傳真：+886-2-2915-6275

出版日期	2019年6月　BOD一版
定　　價	340元

Printed in Taiwan

國家圖書館出版品預行編目

愛情,不夠完美 / 天羽著. -- 一版. -- 臺北市 : 要有光,
2019.06
面；　公分. -- (要青春 ; 48)
BOD版
ISBN 978-986-6992-15-5(平裝)

863.57　　108007459

讀者回函卡

感謝您購買本書，為提升服務品質，請填妥以下資料，將讀者回函卡直接寄回或傳真本公司，收到您的寶貴意見後，我們會收藏記錄及檢討，謝謝！

如您需要了解本公司最新出版書目、購書優惠或企劃活動，歡迎您上網查詢或下載相關資料：http:// www.showwe.com.tw

您購買的書名：________________________________

出生日期：________年________月________日

學歷：□高中（含）以下　□大專　□研究所（含）以上

職業：□製造業　□金融業　□資訊業　□軍警　□傳播業　□自由業

□服務業　□公務員　□教職　□學生　□家管　□其它_____

購書地點：□網路書店　□實體書店　□書展　□郵購　□贈閱　□其他

您從何得知本書的消息？

□網路書店　□實體書店　□網路搜尋　□電子報　□書訊　□雜誌

□傳播媒體　□親友推薦　□網站推薦　□部落格　□其他__________

您對本書的評價：（請填代號　1.非常滿意　2.滿意　3.尚可　4.再改進）

封面設計____　版面編排____　內容____　文／譯筆____　價格____

讀完書後您覺得：

□很有收穫　□有收穫　□收穫不多　□沒收穫

對我們的建議：________________________________

____

____

____

請貼
郵票

11466
台北市內湖區瑞光路 76 巷 65 號 1 樓
秀威資訊科技股份有限公司 收
BOD 數位出版事業部

(請沿線對折寄回,謝謝!)

姓　名:＿＿＿＿＿＿＿＿ 年齡:＿＿＿＿ 性別:□女　□男

郵遞區號:□□□□□

地　址:＿＿＿＿＿＿＿＿＿＿＿＿＿＿＿＿

聯絡電話:(日)＿＿＿＿＿＿＿＿ (夜)＿＿＿＿＿＿＿＿

E-mail:＿＿＿＿＿＿＿＿＿＿＿＿＿＿＿＿